VON BIENCHEN UND BÜBCHEN

DAS ONLINEDATING-EXPERIMENT

Marina B. Jung
feat. Alexander Wimmer

VON BIENCHEN UND BÜBCHEN
Das Onlinedating-Experiment

ISBN 9798459224214

www.autorenbuddys.at

Satz & Layout: Ralph Edenhofer

MARINA B. JUNG
FEAT. ALEXANDER WIMMER

VON BIENCHEN UND BÜBCHEN

DAS ONLINEDATING-EXPERIMENT

PROLOG

Samstagvormittag. Ich lade zum ersten Mal das Magazin meiner Glock 19. Diese Pistole ist ein Geschenk an mich selbst. Ich weiß, das ist ein ziemlich merkwürdiges Geschenk, aber dieses Mal reichte eine neue Louis Vuitton-Tasche einfach nicht aus. Es musste meine erste eigene Waffe sein. Schon als Jugendliche faszinierten mich die Gespräche zwischen meinem älteren Bruder und meinem Vater, in denen es um Pistolen, Gewehre & Co. ging, aber meinen Waffenführerschein habe ich erst letztes Jahr mit 33 gemacht.

Die meisten Menschen in meinem Umfeld wissen nichts von diesem Hobby. Und das ist auch gut so, denn sobald ich doch einmal davon erzähle, werde ich schief angeschaut. Obwohl ich gar nicht auf lebendige Ziele schieße. Mir reicht es, auf starre Scheiben aus Karton zu feuern. Mehr brauch' ich da nicht. Trotzdem werde ich fast immer schief angeschaut. Ja, und manchmal fragen sie mich auch durch die Blume, was denn in meinem Kopf nicht ganz rund laufe. Da verhält es sich also ähnlich wie beim Thema „Onlinedating" – da werde ich das auch ständig gefragt.

Was soll ich sagen? Das Schießen ist meine persönliche Form von Meditation. Ich bin ein sehr hibbeliger, unruhiger Mensch und kann mich nur schwer auf eine einzige Sache konzentrieren. Aber beim Schießen muss ich das. Ich muss ruhig und besonnen atmen. Ich muss ganz bewusst auf diesen einen Vorgang achten. Ich muss sicherstellen, dass ich alles korrekt abhandle, um gefahrlos einen Schuss abgeben zu können. Und dieses gefahrlose Handling mit meiner eigenen Pistole übe ich heute im Schießkino des K. u. K. Kammerlieferanten Joh. Springer's Erben inmitten der Josefstadt in Wien.

Ich liebe Wien. Diese Stadt ist so unsagbar vielfältig, an allen Ecken und Enden geschichtsträchtig. Einfach kunterbunt und bezaubernd. Das liebe ich so an ihr. Geboren und aufgewachsen bin ich ja in Graz. Graz mag ich natürlich auch, Graz ist putzig, aber Graz ist eben nicht Wien. Ich habe wirklich schon viele Orte dieser Welt gesehen und deshalb kann ich ruhigen Gewissens und ohne Übertreibung sagen: Wien ist einfach die schönste Stadt der Welt!

Ich bin zittrig, als ich das erste Mal zum Zielen ansetze. Auf den Ohren trage ich einen Gehörschutz, der nur bei der Abgabe eines Schusses dämpft, während Umgebungsgeräusche normal hörbar sind. Für solch technischen Schnickschnack kann ich mich begeistern. Ich nehme die Pistole noch einmal runter und korrigiere meinen Stand, weil ich mich nicht sicher genug fühle. Ich halte einen kurzen Augenblick lang inne und atme ruhig. Ein. Aus. Ein. Aus. Dann halte ich die Luft an.

1

„34 Jahre alt, aber von Tuten und Blasen keine Ahnung." Besser könnte ich den Kurzurlaub mit meiner Online-Bekanntschaft U. nicht zusammenfassen. Ich spaziere mit Alex durch den leichten Schneefall. Auf meinem dunkelgrauen Mantel sehe ich nur Tröpfchen, aber im Licht der Straßenlaterne sind eindeutig kleine Flocken zu erkennen.

Ich habe derzeit keinen ausgeprägten Kinderwunsch. Deshalb brauche ich auch keine Beziehung mit einem durch und durch kindlichen Mann, der eigentlich eine Ersatzmutti sucht. „Wenn er in der Nacht pinkeln musste, hat er beim Verlassen des Aborts das Licht angelassen und ist zurück ins Bett gekrochen. Die Spülung konnte er zum Glück noch selbstständig betätigen, aber für den Lichtschalter fehlte ihm offensichtlich die Kraft", gehe ich weiter ins Detail. „Das hieß dann für mich: Raus aus den Federn und Licht abdrehen. Oft zweimal pro Nacht. Hast du sowas schon mal erlebt?" Alex schüttelt den Kopf und schmunzelt. „Auf die morgendliche Frage, warum er denn nachts das Licht nicht wieder ausschalte, meinte U. nur schulterzuckend, dass es dann ja eh aus war. Ja, weil ICH es abgedreht habe!" Meine Gefühle schwanken zwischen Unverständnis und Mitleid. Warum musste dieser Kerl überhaupt die ganze Zeit aufs Klo? Waren die abendlichen Cocktails daran schuld oder hatte er etwa ein Inkontinenzproblem?

Meine langen, blonden Haare sind zu einem lockeren Pferdeschwanz zusammengebunden. Während des Erzählens stopfe ich sie hinten in die Jacke und setze die Kapuze auf. Alex zieht seine rote Haube tiefer ins Gesicht. Es ist ungemütlich kalt geworden und stockdunkel. Der Schnee bleibt nicht liegen, weil es mittlerweile doch mehr nieselt anstatt zu schneien. Ein Blick zur Straßenlaterne bestätigt meine Vermutung. Keine Schneeflocken mehr. Trotzdem spazieren wir weiter. Das ist mittlerweile ein liebgewonnenes Ritual zwischen uns. Da stört uns auch das bisschen Nieseln nicht. Denn beim Spazierengehen teilen Alexander und ich genau diese eine Sache, die uns innig verbindet, obwohl wir sonst grundverschieden sind: **Wir suchen beide den Mann fürs Leben. Nämlich online auf Dating-Plattformen.**

2

Ich schaue auf den Radiowecker neben mir. Die roten Ziffern zeigen 04:29. Ja, ich weiß, so ein Radiowecker ist voll Retro. Für manche Lieder, mit denen er mich weckt, hasse ich ihn auch. Trotzdem empfinde ich eine absurde Form der Zuneigung für ihn. Denn niemand zuvor hat so viele Nächte mit mir in diesem Bett verbracht wie er.

Ich kann nicht mehr einschlafen. Mist. Eine wirklich ungute Zeit, um auf die Toilette zu müssen. Ganz ungewöhnlich für mich. Es fällt mir schwer, wieder zurück in den Schlaf zu finden, weil ich ungewollt an den Kurzurlaub mit U. erinnert wurde. Als ich mich nämlich gerade wieder ins Bett gekuschelt habe, ist mir aufgefallen, dass das Licht im Klo noch an war. Genau wie damals in diesem Thermenhotel. Genau wie an diesem Wochenende mit diesem gefühlt 5-jährigen Steuerberater, der alleine nichts auf die Reihe bekam. Tatsächlich war er nicht imstande, eigenständige Entscheidungen zu treffen. Vermeintlich alltägliche Dinge entpuppten sich als große Herausforderung für ihn. U. brauchte in Wahrheit keine Lebenspartnerin, sondern eine weibliche 24-Stunden-Betreuung mit schicker Außenwirkung.

Warum um Himmels Willen bin ich eigentlich mit ihm weggefahren? Ich weiß noch, dass wir in diesem Kaffeehaus saßen. Aber was dann passierte...?! Ich kann es nicht mehr rekonstruieren. In solchen Situationen treffe ich meine Entscheidungen immer ganz bewusst und vermeintlich klaren Geistes. So empfinde ich das zumindest. Aber im Nachhinein... Im Nachhinein zweifle ich schon oft an meinem Urteilsvermögen.

Urlaub mit einem Mann, den ich davor nur einmal auf einen Tee getroffen habe. Was ist mir denn da eingefallen? Oder... Nein, ich habs, wahrscheinlich war es Wein! Kein Tee, sondern Wein. Ja, der verführerische Wein am Nachmittag. Vermutlich auch noch in der Sonne. Das macht wesentlich mehr Sinn! Aus einer Alkohollaune heraus wurde ja schließlich auch schon das eine oder andere Kind gezeugt. Da lässt sich also bestimmt auch ohne weiteres ein Kurzurlaub mit einem Fremden buchen.

04:42. Ich kann noch immer nicht einschlafen. Shit. Je mehr ich darüber nachdenke, desto munterer werde ich. Und je mehr ich darüber nachdenke, nicht mehr darüber nachdenken zu wollen, desto wacher werde ich und dann ist es gleich ganz aus mit der Nachtruhe. Deshalb lasse ich das jetzt besser mit dem Denken. Dabei überkommt mich in meiner frühmorgendlichen Schlaflosigkeit aber noch schnell die Idee zu einer Partnerschaftsanzeige, wie sie zu diesem Typus Mann, ich nenne ihn auch gerne „Bübchen", passen könnte:

Ich, 34 Jahre, Steuerberater, suche eine verlässliche Frau (gerne auch wesentlich älter) für eine lebenslange Verbindung.

Das zählt zu deinen Aufgaben:
- *Nachts das Licht abdrehen (mehrmals pro Nacht erforderlich)*
- *In einem Restaurant die Hauptspeise reklamieren (wenn nicht gut genug)*
- *Benützte Taschentücher aufheben (wandern nicht selbstständig in den Müll)*
- *Cocktails aussuchen (keine eigenständige Entscheidung zu erwarten)*
- *Zeitungsartikel vorlesen (weil zu müde – sehr wahrscheinlicher Zustand wegen mehrmaliger nächtlicher Toilettengänge)*

Das bringst du mit:
- *karitatives Wesen*
- *mütterliche Qualitäten*
- *geringes Schlafbedürfnis*
- *unendliches Helfersyndrom*
- *familiäres Organisationstalent*

Ich muss über mich selbst schmunzeln. Das passiert mir so oft, ist aber bei Insomnia-ähnlichen Zuständen auch nicht gerade schlafförderlich. Ich wünsche ihm gedanklich recht viel Erfolg bei der Suche nach einer geeigneten Mami. Sorry, Frau!

Ich schaue nochmals auf den Radiowecker. 04:49. Ich werde mir jetzt echt noch ein paar Minuten Schönheitsschlaf gönnen, bevor es ins Büro geht, und verabschiede mich deshalb ganz bewusst von U. wie Urlaub. Einmal werde ich ihn aber noch kontaktieren.

Nämlich am 30. Juni. Da gratuliere ich ihm zum „Internationalen Inkontinenztag".

Adiós, erwachsener Steuerberater! Du suchst keine Frau, sondern Mutter und Vater!

3

Wenn die Bahn nicht so viel Verspätung gehabt hätte, würde ich jetzt nicht so frieren. Bibbernd stehe ich am Bahnhof. Ich steige von einem Bein auf das andere und bewege alle zehn Zehen in den Stiefeln, um mich aufzuwärmen. Es ist so kalt! Nach dem Advent müsste es für mich persönlich nicht mehr frieren in unserem Land. Ich schaue auf mein Handy. Nachricht von Alex: *Sorry, bin in 5 Minuten da!*

Ich versuche, mich abzulenken. Dabei muss ich an meine Kollegin denken. Die mit den orange-blond gefärbten Haaren. Die mutige Farbwahl tut zwar nichts zur Sache, aber sieht trotzdem unmöglich aus, denke ich mir zwischendurch wieder. Unmöglich war auch ihre Aktion von heute. Sie hat mich tatsächlich gefragt, warum ich Männer lieber online als „im echten Leben" kennenlerne. Im Aufzug. So quasi zwischen Aufzugstür und Angel. Was denn mit mir nicht stimme, hat sie gefragt. Gratuliere zu dieser ungeschickten Formulierung! Aber überraschend kam das eigentlich nicht, wenn ich ehrlich bin. Genau das werde ich nämlich immer gefragt, wenn es um das Thema „Onlinedating" geht. Nur meistens auf weniger tollpatschige Art.

Ich kann alle beruhigen: Bei mir ist alles in bester Ordnung! Was die Partnersuche über das Internet angeht, bin ich eben überzeugt davon, dass dieser Weg genau der Richtige für mich ist! Ich suche den Mann fürs Leben. Und habe eigentlich nicht genügend Zeit dafür. Das ist ganz einfach und dann doch wieder so schwierig. Wo sonst lerne ich in so kurzer Zeit so viele unterschiedliche Charaktere kennen? Nirgends. Schon gar nicht „im echten Leben", wie es viele nennen. Deshalb das Onlinedating. Und ich liebe es.

Dass ich den richtigen Mann für mich im „echten Leben" kennenlerne, habe ich schon aufgegeben. Da bin ich realistisch. Oder mehr noch: pessimistisch! Das wird nichts! Immer wieder lernen Menschen ihre Lebenspartner bei der Arbeit kennen. Der Arbeitsplatz ist für mich aber eine partnerschaftliche Tabuzone. „Never fuck the company!" – da steckt so viel Sinnvolles dahinter. Ich habe es auf einer Firmenfeier mal mit „kiss the company" versucht. Leider. Denn auch das musste ich als „nicht sinnvoll" einstufen. Der Kuss dieses Kollegen schmeckte trotz mehrerer Frucht-Cocktails einfach nur nach altem Konservendosen-Fisch. Nicht, dass ich schon einmal alten Konservendosen-Fisch gegessen hätte, aber genauso stelle ich mir den vor. Diese Erinnerung hatte ich eigentlich schon erfolgreich aus meinem Gedächtnis verbannt – zumindest dachte ich das bis gerade eben.

Alex' Auto biegt um die Ecke. Er holt mich wie immer vom Bahnhof Wolkersdorf ab. Ich steige ein und stottere zähneklappernd ein „Ha-a-ll-o!". Er aktiviert unaufgefordert die Sitzheizung. Ein wahrer Gentleman.
„Kalt?"
„Dezent!". Mehr kommt mir fürs Erste nicht über die vermutlich schon blauen Lippen. Ich drehe das Radio lauter und lausche dem Lied „The One and Only" von Chesney Hawkes. „Weißt du, ob der eigentlich noch lebt?", richte ich meine Frage an Alex. Das geistert mir wirklich jedes Mal durch den Kopf, wenn ich dieses Lied aus den frühen 90ern höre. Vielleicht kann er mir diese Frage beantworten?
„Keine Ahnung, ich denke schon. Wer ist das übcrhaupt?"
Okay, alles klar! Das sind die zehn Jahre Altersunterschied. Der sang sich noch vor seiner Jugendzeit in die (Mädchen-)Herzen.

Wir fahren auf der wenig beleuchteten Landstraße entlang und zu jenem Ort, an dem wir gemeinsam Gutes tun. Wir arbeiten beide ehrenamtlich für eine Wohltätigkeitsorganisation. Alex schon länger, ich erst seit kurzem. Wie es dazu kam war eigentlich ziemlich ungewöhnlich. Letzten Sommer war ich auf der Suche nach einer wertvollen Freizeit-Beschäftigung neben meinem Alltagstrott im Büro. In den vergangenen Jahren war ich immer wieder einmal als „Spaziergängerin" in einem Tierheim tätig. Das hat mir viel Freude bereitet, aber es war dann irgendwann einmal auch Zeit für etwas Neues gekommen. Deshalb schaute ich mich um, was denn im Umkreis von 50 Kilometern Interessantes angeboten wird. 50 Kilometer deshalb, weil ich als Städterin einerseits kein Auto besitze und weil ich mir andererseits ein absurdes Motto in meinem Kopf zurechtgelegt habe, seit ich in Wien wohne: Alle Orte, an denen sich mein Lieblingsradiosender Superfly nicht mehr einwandfrei empfangen lässt, sind eindeutig zu weit weg!

Und wie es der Zufall so will, blätterte ich kurze Zeit später auf einer Fahrt mit der Regionalbahn in einer Ausgabe der Niederösterreichischen Nachrichten und las dort einen Artikel über einen jungen Mann namens Alexander, der für die „Team Österreich Tafel“ unzählige Schachteln voll mit Lebensmitteln, Babynahrung und Hygieneartikeln sammelte. Das faszinierte mich. ER faszinierte mich! Ein junger Mann, etwa Mitte 20, mit einer Mission.
Und das war nicht der einzige Zufall. Denn nur zwei Tage später wurde mir genau dieser Alexander auf Facebook als Freund vorgeschlagen. Alles ein total merkwürdiger Zufall. Oder doch kein Zufall, sondern Bestimmung? Egal. Kurzerhand freundete ich ihn an und kontaktierte ihn auch zeitgleich. Ich erzählte ihm meine Geschichte und fragte, ob ich Teil seiner Mission werden dürfte. Und für diese pendle ich nun immer wieder einmal nach Niederösterreich, um mit ihm gemeinsam die gesammelten Lebensmittelspenden zu sortieren oder Spenden von Unternehmen abzuholen.

Bereits an meinem ersten Arbeitstag holte mich Alex wie selbstverständlich vom Bahnhof ab. Das machen die Leute vom Land eigentlich immer, sagte er mir. Hier hat jeder mit 18 sein eigenes Auto und dann holen sie eben die Städter, die oft kein Auto haben, vom Bahnhof ab.

Ich bin ja leidenschaftliche Öffis-Nutzerin. Ich mag die Vorteile für die Umwelt und das Haushaltsbudget. Und ich liebe es einfach, wenn ich beim Fahren und Reisen keine Verantwortung übernehmen muss. Ich schaue nur beim Fenster raus – mehr nicht – und das entspannt mich, lässt Raum für Gedanken und Platz für Vorfreude. Das können viele nicht verstehen, weil es in öffentlichen Verkehrsmitteln im Sommer häufig stinkt und man in nicht klimatisierten Garnituren spürt, wie der Schweiß bis zum Bauchnabel rinnt, obwohl man sich eigentlich gar nicht bewegt. Und im Winter sind die Wagons oft so voll, dass man Seite an Seite mit fremden Menschen steht, denen man sonst nie freiwillig nahekommen würde. Gut, wenn man den feucht-warmen Atem eines Wildfremden im Nacken spürt, hat das zugegebenermaßen schon etwas Ekliges, aber ich habe es irgendwann geschafft, all das auszuknipsen.

Auf der Fahrt erklärte Alex mir gleich alle wichtigen Details und verdeutlichte die Wichtigkeit unserer Aufgabe. Denn allein in „seiner" Ausgabestation sind jede Woche zwischen 75 und 100 Familien auf diese Nahrungsmittel und Dinge des täglichen Bedarfs angewiesen. Er erzählte mir etwa von einer Mutter, deren Mann bei einem Autounfall verstorben sei, die jetzt ohne Einkommen und mit drei kleinen Kindern vor dem finanziellen Nichts stehe. Ohne Organisationen wie diese hätte die vierköpfige Familie nicht einmal genug zu essen. Und das im 21. Jahrhundert in Österreich! Ich war im ersten Moment völlig überfordert von Geschichten wie diesen, denn bis zu diesem Zeitpunkt war mir nicht klar, dass derartige Härtefälle absolut keine Seltenheit in unserem Land sind.

Ja, aber eines war mir von Anfang an schon klar! Nämlich, dass ich unbedingt mehr von diesem engagierten, jungen Mann, von dieser beeindruckenden Persönlichkeit wissen wollte. „Hast du Lust auf einen kurzen Spaziergang? Zum Kopfauslüften?", fragte ich ihn also nach meinem ersten Einsatz, der mich mental ziemlich mitgenommen hatte. Er bejahte ohne zu zögern. Also spazierten wir los. Und so führte uns das Schicksal zusammen. Zumindest fühlt sich das für mich so an. Nach Schicksal und Bestimmung, eigentlich weniger nach Zufall. Ja, und wer hätte damals gedacht, dass diese simple Frage nach einem Spaziergang der Beginn einer ganz besonderen Freundschaft sein würde.

4

Der Radiowecker spielt ausgerechnet Chesney Hawkes. Schon wieder dieser Typ. Warum taucht der eigentlich ständig auf in letzter Zeit? Genau für Lieder wie dieses hasse ich ihn ein klein wenig, obwohl der Wecker ja eigentlich nichts dafür kann. Er ist ja auch nur eine Geißel der Sender. Gibt es diesen Chesney Hawkes eigentlich noch, frage ich mich schon wieder. Hatte der jemals ein anderes Lied als das? Ich kann meine frühmorgendlichen Fragen nicht beantworten, schalte das musikalische Raunzen ab und bleibe noch ein paar Minuten mit offenen Augen liegen. 06:00 – meine übliche Zeit zum Aufstehen. Während dieser Nachschlummerzeit beschließe ich, ab morgen den Sender zu wechseln. Mein Lieblingsradiosender Superfly soll es sein – der spielt bestimmt nicht diese Art von Grausamkeiten. Dann muss ich auch meinen Wecker nicht mehr hassen – das hat er nicht verdient.

Eine Zeit lang war ja das Smartphone mein Bettgefährte. Das habe ich aber von der zweiten, leeren Seite meines Doppelbettes verbannt. Denn bei jedem Blick auf die Uhr checke ich als passionierte Onlinedaterin natürlich auch gleich den Dating-Status. Das kann auf Dauer wirklich nicht gesund sein. Davon bin ich überzeugt. Deshalb wurde das Handy ins Küchentisch-Exil verbannt und bleibt auch bis zum Verlassen der Wohnung dort. Im Küchentisch-Exil und im Flugmodus. Da bin ich streng. Außerdem stelle ich es immer auf lautlos, weil ich das penetrante Klingeln in ungelegenen Situationen nicht mag. Ein Telefon läutet ja meistens dann, wenn man es gar nicht brauchen kann. Wenn man die Hände mit Einkaufstaschen voll hat oder wenn man mit anderen Menschen im Lift steht und belauscht wird oder wenn der Film gerade am spannendsten ist. Deshalb rufe ich lieber zurück, wann es eben mir passt. Das klappt auch im Job recht gut, weil ich es ja spüre und trotzdem dezent höre, wenn mich jemand verlangt. Dazu muss es nicht laut klingeln und mich zusätzlich stressen. Ob die Nachricht oder der Anruf dann eine sofortige Reaktion meinerseits erfordert, kann ich somit selbst entscheiden.

Kurz vor 07:00 bin ich bereit, das Haus zu verlassen. Ich gehe zu Fuß von meiner Wohnung im zweiten Wiener Bezirk in die

Innenstadt. So nennen die Wiener das Zentrum: Innenstadt oder City. Das mache ich jeden Morgen so. Genug Bewegung, um dann ohne schlechtes Gewissen stundenlang zu sitzen. Denn wenn ich mich im Büro bewege, dann nur aus drei Gründen: um frisches Wasser zu holen, um von einem Meeting zum anderen zu eilen oder um mein getrunkenes Wasser dann wieder auf der Toilette loszuwerden. Heute schleppe ich auch Wechselschuhe in meiner grauen Tasche mit. Für das Mittagsdate mit dem Augenarzt. „Der Augenarzt" ist meine neueste Onlinedating-Bekanntschaft aus Salzburg. Und die möchte ich nicht in Sneakers kennenlernen. Da gehts in erster Linie nicht ums Bezirzen. Ich weiß ja noch nicht einmal, ob er es überhaupt wert wäre. Aber in schicken Schuhen mit Absatz spüre ich mehr Leben in mir. Ich habe einen aufrechteren Gang, bin selbstbewusster, strahle mehr aus. Deshalb das Wechselpaar in der Umhängetasche, auch wenn ich mich gerade abschleppe wie ein Esel.

Zu Beginn des 50-Minuten-Fußmarsches erwecke ich mein Handy zum Leben, indem ich die Flugmodus-Funktion deaktiviere. Es vibriert mehrmals hintereinander. 1 SMS – Zustellung des Pakets, heute, blablabla. Okay, kann ich löschen. 1 E-Mail – Deko Online-Shop verschickt heute versandkostenfrei. Kann ich auch löschen. Derzeit kein Dekobedarf. Ah, jetzt wirds interessant! 1 E-Mail – Absender Dating-Portal. *Sie haben eine neue Nachricht vom Augenarzt.* Okay, es steht nicht wirklich der Wortlaut „vom Augenarzt" da, weil „der Augenarzt" tatsächlich auch einen Vornamen hat. Eigentlich heißt er J., ist Steirer und lebt in Salzburg. Wir schreiben uns seit etwa zwei Wochen ziemlich regelmäßig und das, was er da von sich gibt, liest sich mehr als vernünftig. Sympathisch, witzig und wortgewandt. Eine vielversprechende Mischung – diese Mischung kann ich getrost treffen! Nämlich heute Mittag. J. ist zufällig in Wien und irgendwie haben wir es beide geschafft, zumindest ein schnelles Mittagessen in unsere Terminkalender zu packen. Ich klicke auf die Nachricht und beginne zu lesen:

Guten Morgen!

Es ist schon 23:27 und ich sitze noch immer am Computer. Korrektur der neuen Website. So gar nicht meines, aber muss eben auch sein.

Ich gehe davon aus, dass du schon längst im Land der Träume bist und meine Nachricht erst morgen abrufst. Deshalb das mit dem guten Morgen statt dem guten Abend.

Eigentlich wollte ich dir nur sagen, dass ich mich schon unheimlich auf unser Kennenlernen morgen/heute freue!

Also, bis später im Café Schwarzenberg. J.

So etwas lass' ich mir doch gerne gefallen! Ein paar nette Zeilen zum Start in den neuen Tag. Ich spüre, dass die Wechselschuhe in meiner Tasche genau die richtigen sind, auch wenn sich ihr Gewicht wie ein Foltergerät auf meiner Schulter anfühlt. Klassische schwarze Stiefel mit höherem, aber nicht nuttigem Absatz. Zufrieden marschiere ich den Rest der Strecke ins Büro.

Nach dem Mittagessen mit „dem Augenarzt" hetze ich zu einer Besprechung. Zuspätkommen ist nicht meine Art, das passt so gar nicht zu mir. Trotzdem trudle ich erst kurz nach 14:00 beim Termin ein. Das Essen mit J. hat länger gedauert als gedacht. Ich entschuldige mich bei meinen Kollegen, die wenig beeindruckt von meiner Verspätung sind, und setze mich nieder. Ich blicke in den Raum und sehe, dass mein Chef auch noch nicht da ist. Ich bin erleichtert. Vermutlich ist er gerade wieder inmitten eines grenzgenialen Coups und der Deal dauert wohl doch länger als geplant. Mein direkter Vorgesetzter ist nämlich alles andere als eine koschere Person und ich mag ihn nicht. Eigentlich ist er ein Arsch, da muss ich ehrlich sein. Aber das ist eine andere Geschichte.

Ich atme ein paar Mal tief ein und aus. Zeit zum Durchschnaufen. Schweigen im Raum. Ein Kollege drückt am Beamer herum, der andere starrt in sein Notebook. Ich habe also endlich Zeit, meine Gedanken schweifen und das eben Erlebte Revue passieren zu lassen, ohne weiterhin an meinen widerlichen Chef denken zu müssen. Was für ein schönes Mittagsdate! Diese sofortige Vertrautheit, der gemeinsame Humor. J. erzählte mir viel aus seinem Leben. Wie er aufgewachsen ist, dass er gerade seine erste eigene Praxis eröffnet hat und wann es mit seiner Ex-Freundin einfach nicht mehr passte. Auch optisch konnte ich auf den ersten

Blick keine groben „Mängel“ erkennen. Ein wirkliches Schmuckstück also.

„Brrring!“, macht es in meiner Tasche und reißt mich aus meinem Tagtraum. Shit. Ich habe vergessen, das Handy auf lautlos zu stellen. Wieso ist es überhaupt heute schon den ganzen Tag auf laut? Mein Handy ist doch höchstens auf Vibration eingestellt. Wie unangenehm. Das Stummstellen hole ich gleich nach. Dabei sehe ich eine Nachricht von J. Beim heutigen Stelldichein haben wir auch unsere Nummern ausgetauscht. Somit begeben wir uns auf eine andere, persönlichere Ebene. Das fühlt sich ziemlich gut an.

Was für ein schönes Mittagsdate! Danke. J.

Wow, das waren ja genau meine Worte. Genauso hat es auch mein Kopf formuliert! Ich lächle und lege das nun doch auf stumm geschaltete Handy zurück in die Tasche. Mein Chef kommt und das Meeting beginnt. Ich bin voller Glückshormone und deshalb trotz seiner Anwesenheit topmotiviert – es kann losgehen!

5

Ich stehe unsicher am Schießstand und richte die Pistole vor mir auf den Boden. Mein rechter Zeigefinger ruht entlang des Abzugsbügels. So wie ich es gelernt habe. Das ist die einfachste Form der Sicherung, um nicht ungewollt einen Schuss abzugeben.
An den Füßen trage ich meine Lieblingssneakers mit dem neongelben Stern. Die begleiten mich schon so lange und geben mir Sicherheit. Die brandneue Waffe fühlt sich noch fremd an in meiner Hand. Ich atme unruhig. Gleich nach dem Meeting mit meinem Chef habe ich diesen Slot fürs Schießen gebucht. Das brauche ich heute ganz dringend. Meine picksüßen Augenarzt-Endorphine wurden schon nach wenigen Minuten mit meinem Vorgesetzten vom Zorn zermalmt. Ich hasse ihn dafür! Meine Atmung beschleunigt sich merklich.

Wie kann ein Mensch nur so durch und durch böse sein? Und noch mehr frage ich mich, warum er vom Vorstand noch immer geduldet wird. Nicht nur geduldet, sondern sogar beschützt. Das ist ein offenes Geheimnis, dass mehr Geld in seine eigene Tasche als in das Unternehmen fließt und trotzdem hockt er seelenruhig in seinem sündhaft teuren Ledersessel im viel zu großen Büro mit Panoramablick über Wien und grinst sich ins Fäustchen. Keiner unternimmt etwas dagegen. Wie kann das nur sein?

Jetzt. Ich bin bereit! Bereit, meine Waffe das erste Mal ohne Trainer abzufeuern. Ich atme noch einmal bewusst ein und aus. Dann halte ich die Luft an. Mein Bruder sagt ja, dass an dieser Stelle das ruhige Weiteratmen das Wichtigste ist. Trotzdem halte ich immer die Luft an. Ich nehme die Pistole hoch, lege meinen Zeigefinger nun vorsichtig auf den Abzug. Ich kann ganz leicht das Züngelchen der Sicherung spüren. Meine Finger färben sich weiß, ich halte die Waffe eindeutig zu fest. Ich suche den Druckpunkt und ziehe dann tatsächlich den Abzug durch. Ein heftiger Ruck geht durch die Waffe. Der Rückstoß erledigt seine Arbeit, die leere Hülse wird ausgeworfen und die nächste Patrone nachgeladen. Eine 8. Ich bin zufrieden. Erst jetzt atme ich weiter. Ruhig und besonnen. An meinen Chef möchte ich heute nicht mehr denken.

6

Ich habe das MAK, das Museum für angewandte Kunst, vorgeschlagen. Genauer habe ich das Lokal Salonplafond im MAK vorgeschlagen, nicht das Museum selbst. Mit Museen habe ich es nicht so. Mit ausgestellter Kunst kann ich wirklich überhaupt nichts anfangen. Ich mag aber Design sehr. Kunst ist oft ein Teil davon, das stimmt. Aber wenn die Kunstwerke einfach nur so dastehen oder -hängen, ohne jegliche Funktion oder Zweck zu erfüllen, tu' ich mir mehr als schwer damit. „Ist das Kunst oder kann das weg?" – das drückt es ziemlich genau aus.

Als ich Anfang der Woche mit „dem Augenarzt" telefoniert habe, meinte er, er würde am Wochenende gerne nach Wien kommen und sich über ein Abendessen mit mir freuen. So ein Abendessen ist wesentlich entspannter, als ein Mittagessen mit Meeting im Nacken. Also habe ich natürlich zugesagt. Ich freue mich schon sehr auf unser heutiges Treffen. Und auf den Salonplafond. Die Kombination von Design und Architektur mit einem Hauch von Jugendstil finde ich nämlich unwiderstehlich. Spätes 19. Jahrhundert im Geist des 21. Jahrhunderts. Dazu die überschaubare, aber exzellente Karte. I like!

Und als J. mich nach einer geeigneten Unterkunft fragte, empfahl ich ihm im Rausch meiner unbändigen Wien- und Design-Liebe ein Zimmer in meinem Grand Ferdinand. Natürlich gehört mir das Hotel nicht, aber dieses Haus auf der Ringstraße ist eines meiner absoluten Lieblingshotels in Wien. Die vielen verspielten Details und wieder diese Mischung von beständiger Eleganz und modernem Schick. Das fühlt sich ganz wunderbar an dort. Und das weiß ich deshalb so genau, weil ich mich auch schon mal selbst dort eingemietet habe.

Ja, das mache ich tatsächlich hin und wieder, mich in Hotels in der eigenen Stadt einmieten. Wenn mich ein Konzept wirklich, wirklich interessiert, möchte ich die Atmosphäre spüren und hautnah erleben. Dann will ich dort in einem der Zimmer die Brause aufdrehen, den Duft der frischen Bettwäsche inhalieren und wissen, wie die Eggs Benedict an einem Tisch mit Dachterrassenblick schmecken.

Ich weiß, wenn ich von meinen persönlichen Hotspots in meiner absoluten Lieblingsstadt schwärme, dann klingt das immer wie astreine Tourismuswerbung. Ist es aber nicht. Berufsbedingt spricht schon auch ein bisschen die Marketingleidenschaft aus mir, aber diese Wien-Schwärmerei kommt aus tiefstem Herzen und ist natürlichen Ursprungs, weil Wien nicht nur eine hinreißende Stadt, sondern wahrhaftig ein Lebensgefühl ist.

Die Zeit bis heute verging zum Glück recht schnell. Ich freue mich nämlich schon wahnsinnig auf diesen Abend mit J. Als wir das Lokal betreten, ist das sonst sehr beeindruckende Ambiente des Salonplafond aber heute absolut nebensächlich. Meine Augen richte ich heute ausschließlich auf „den (meinen?) Augenarzt". Er erwartet mich in dunkelblauer Jeans, weißem Hemd und blauem Sakko. Schöne rahmengenähte Schuhe in Schwarz. Check, das passt! Vor allem auch zu meinen sehr schicken High Heels, die ich heute ausgesucht habe. Die mit dem etwas übertrieben hohen, leicht nuttigen Absatz. Er bestellt sich einen Schilcher Frizzante als Aperitif. Ja, hieran erkennt man eben einen echten Steirer. Einen echten Steirer, der in Salzburg lebt, gerade in Wien diniert und ein bisschen seine Heimat vermisst. Mein Lokalpatriotismus als Grazerin lässt zu wünschen übrig. Ich bestelle mir einen Martini Bianco. Der Gruß aus der Heimat scheint „dem Augenarzt" zu schmecken, er leert den Frizzante in einem Zug und grinst. Er ist gleich bereit für noch einen.

Zum Hauptgang entscheiden wir uns für gefüllte Polentaknödel vom „Green Egg" und ein klassisches Backhendl vom Bio-Wildhendl mit Erdäpfel-Kernöl-Salat. Kernöl, eh klar! Dazu eine Flasche Sauvignon Blanc – „kleschkalt" muss der Wein sein, wie man bei uns in Graz sagt. Anders schmeckt er eben nicht. Da bin plötzlich auch ich ziemlich patriotisch. Lauwarme Plörre kommt mir nicht ins Glas. Ein wirklich leckeres Tröpfchen, gut gewählt, denke ich mir. Das passt hervorragend zu unseren guten Gesprächen. Denn auch heute wieder: schöne, offene Geschichten und sehr viel Humor.

Trotzdem bleibe ich irgendwie nervös. Das legt sich auch den ganzen Abend nicht. „Der Augenarzt" macht mich wirklich unheimlich nervös. Aber auf die schöne Art und Weise. Wir berühren uns zwischendurch immer wieder ganz sanft. Ganz zufällig natürlich. Oder doch nicht? Dabei durchfährt mich jedes Mal ein zarter Blitz. Das kribbelt und fühlt sich wunderschön an. Auch J. ist die Nervosität deutlich anzusehen. Er umklammert sein Weinglas wie eine Rettungsboje und trinkt in einem ordentlichen Tempo. Der Alkohol entspannt ihn. Je mehr er trinkt, desto lockerer wird er. Den Digestif lasse ich aus. In meinem Alter sollte man die Finger von zu viel Alkohol lassen – ich vertrage ja nichts mehr und spüre jetzt schon, wie er mir in den Kopf steigt. Diesen Zustand mag ich nicht sonderlich und er erinnert mich an meine jugendlichen Eskapaden, wo ich mich echt oft nicht unter Kontrolle hatte. Und damals war das auch gut so, sonst wäre meine Sturm-und-Drang-Zeit nicht dermaßen amüsant gewesen. Aber jetzt, ein paar Monate vor meinem 35. Geburtstag, brauche ich das wirklich nicht mehr. Er genehmigt sich zum Abschluss ein kleines Bier. Bier auf Wein?, denke ich mir. Aber egal. Wenn ihm danach ist? Auch dieses Glas hält er fest wie ein Kind seinen Kuschelbären.

Danach lade ich ihn auf einen Cocktail in eine nahegelegene Bar ein. Ja, das ist mein Ausdruck von Gleichberechtigung. Er hat ganz selbstverständlich die Restaurantrechnung beglichen und ich zahle eben das „flüssige Dessert“. Er nimmt dankend an. Das freut mich natürlich, weil ich mich in seiner Nähe sehr wohl fühle. Wir schlürfen gerade unseren zweiten Cocktail und lachen viel, als sich auch meine Angespanntheit endlich zu legen beginnt. Offensichtlich wirkt der Cocktail auch bei mir, obwohl er alkoholfrei ist. Aber ganz egal, irgendetwas wirkt und das ist gut. Unsere Gespräche driften in eine schmutzig-witzige Richtung ab. Auch damit habe ich kein Problem, wenn der Dialogpartner stimmt. Und das tut er!

Beim dritten Cocktail und dem parallelen Bier, das sich J. bestellt, muss ich dann aber passen. Ein weiteres Getränk hat weder in meinem Kopf noch in meinem Magen Platz. Zu voll alles. Er hat offensichtlich kein Problem damit, diese Mengen in sich reinzugießen. Dieses auf seiner Seite nicht existente Problem erweist sich aber recht schnell als ein Problem für mich, denn ich verstehe absolut kein Wort mehr. Nichts. Er lallt und es fällt ihm sichtlich schwer, einen geraden Satz zu formulieren. Ja, ich kann an seiner Mimik und Gestik immerhin erkennen, dass er zufrieden und fröhlich ist, aber mehr auch nicht. So macht das keinen Sinn für mich. Ich beschließe deshalb für uns beide, diesen eigentlich sehr lustigen Abend an dieser Stelle abrupt zu beenden und ordere anstelle von weiteren Drinks einfach zwei Taxis, die uns nach Hause bringen. Ist vermutlich besser so.

7

Wäre ich nicht so betrunken gewesen, dann hätte ich dich gestern geküsst. Tut mir leid, dass ich etwas zu viel hatte. J.

Diese SMS erreicht mich gleich nach dem Einschalten des Handys am nächsten Morgen. Alles klar, offenbar ist es nicht nur mir aufgefallen, dass der abendliche Alkoholkonsum wohl ein bisschen zu viel des Guten war. Ich bin erleichtert. Das mit dem Küssen hätte mich tatsächlich auch interessiert. Lieber früher als später. Denn da gibt es eine Geschichte aus meiner Jugend, die mich bis heute sehr prägt:
Beim Küssen habe ich ja schon alles durch. Mann küsst mich. Ich küsse Mann. Ich knutsche mit einem Fremden schon nach ein paar Minuten wild herum. Und... ich bin mit einem Mann in einer Beziehung, ohne mit ihm geschmust zu haben. Ja, auch das gibt es! Ich befand mich wirklich schon einmal in einer Beziehung mit einem Kerl, ohne ihn jemals geküsst zu haben! Für diese Geschichte muss ich aber einen kurzen Exkurs in meine frühen 20er machen. Nein, eigentlich war ich noch 19, aber das ist jetzt unwichtig. Damals gab es diesen einen, den ich wahnsinnig gernhatte. Ein knackiger, süßer Bursche – durch und durch. Wir hatten beide ernsthafte Gefühle füreinander und ein wohliges Gefühl im Bauch, wenn wir gemeinsam unterwegs waren. Wir hielten Händchen, verbrachten jede freie Minute miteinander, aber den Moment für den ersten Kuss haben wir einfach verpasst.

In meiner Jugend hieß es ja immer „Wer schmust, is' fix z'samm'" und plötzlich wurde daraus: Verdammt, wir sind jetzt fix zusammen und haben noch nicht einmal geschmust?! Wie geht das? Wie konnte das nur passieren? Es ist ja so, dass es bei jeder neuen Beziehung, die sich anbahnt (und hier spreche ich nicht von schnellen Liebschaften), am Anfang mehrere Gelegenheiten für den ersten Kuss gibt. Wenn man sich etwa tief in die Augen schaut, wenn man gemeinsam einen romantischen Film sieht oder wenn man in der Disco eng aneinander gekuschelt tanzt. Auch zu Beginn meiner Liaison mit dem süßen Burschen gab es natürlich mehrere von diesen Gelegenheiten, aber diese haben wir allesamt verstreichen lassen. Wir waren einfach zu schüchtern, um sie wahrzunehmen. Beide nämlich, und deshalb war das ein wirkliches Problem. Und irgendwann – nach mehreren Wochen Beziehung ohne Knutschen – war uns klar, dass wir es jetzt endlich hinter uns bringen müssen. Ja, wirklich müssen. Der Alltag miteinander war nach wie vor schön, aber die romantischen Momente zwischen uns wurden immer unangenehmer und merkwürdiger. Trotzdem wussten wir beide nicht so recht, wie wir das jetzt nach so langer Zeit doch noch angehen sollten. Wie? Wann? Wo? In anderen Situationen des Lebens würde man ja einfach sagen: „Jetzt ist es auch schon egal, jetzt brauch' ich das auch nicht mehr machen!". Aber hier? Einfach nicht machen, ging schlichtweg nicht. Da kamen wir nicht drumherum.

Und dann war dieser eine Tag gekommen. Jener Nachmittag, an dem wir beide wussten, dass es heute passieren wird. Dass es passieren muss. Bei einem Ausflug zum Grazer Hilmteich würde es soweit sein. Das Wetter spielte hervorragend mit und zeigte sich von seiner besten Seite. Es waren aus irgendeinem Grund kaum Menschen unterwegs und die sonst so begehrten Hängematten somit verwaist. Perfekt für unser Vorhaben! Wir breiteten uns und das mitgebrachte Picknick auf einer kuscheligen Decke aus und hatten eine wirklich gute Zeit. Wir hielten uns gegenseitig fest, umarmten uns, streichelten uns. So wie immer. Unsere Blicke gingen aber immer wieder Richtung Hängematte – wir wussten es beide, dass diese Hängematte genau jener Ort sein soll, wo ES stattfinden wird. Wir schlenderten also nach einiger Zeit wortlos und beinahe in Zeitlupe dorthin, und es fühlte sich ein bisschen wie der Weg zur Schlachtbank an. Ich hatte Angst davor, dass dieser Beginn von etwas Neuem auch gleichzeitig das Ende von etwas Schönem sein könnte. Ich mochte ihn wirklich und wollte nicht, dass das schon alles war. Trotzdem musste es jetzt einfach geschehen. Es musste!

Wir lagen also gemütlich in dieser Hängematte. Beide auf der Seite mit den Gesichtern zueinander. Unsere Herzen pochten bis zum Hals. Ich fühlte diese aufregende Spannung zwischen uns. Und als wir uns tief in die Augen schauten, gefühlt bis in unsere Seelen, wussten wir es beide: Jetzt oder nie! Er seufzte ein schnelles „Komm her!", nahm meinen Kopf in seine Hände und küsste mich. Ja, endlich war er da, der langersehnte, notwendige Kuss! Ich spürte zum ersten Mal seine Lippen auf meinen. Ganz warm und weich. Vorsichtig und zärtlich kitzelte seine Zunge die meine. Es war elektrisierend. Dann wurde er nach und nach mutiger. Er traute sich mehr, war leidenschaftlich. Ich fühlte seine Zunge nun deutlich in meiner Mundhöhle. Sie zuckte schnell und unrhythmisch, wanderte immer weiter in meinen Rachen – begleitet von einem ungeheuren Speichelfluss. Ja, wie soll ich das jetzt sagen? Binnen weniger Sekunden wurde der Zungenkuss dieses eigentlich völlig unwiderstehlichen Kerls zu einem vollkommen widerlichen Erlebnis! Abstoßend! Schlabberzungen-ekelhaft! Noch nie in meinem Leben hatte ich einen so furchtbaren Kuss bekommen. Bis heute. In diesem Moment hörte ich mein Herz zerbrechen. Und mit der letzten Berührung seiner Lippen und mit den letzten Zuckungen seiner Zungenakrobatik schwor ich mir: Nie wieder bin ich mit jemandem fix zusammen, bevor ich mit ihm geschmust habe! Das passiert mir nicht nochmal!

8

„Ich dachte ja als Kind immer, dass dieser Chesney Hawkes schwul sei. Eine blondierte Föhnwelle und Warzen im Gesicht. Genauso stellte ich mir einen schwulen Jüngling vor.“ Ich lache über die absurde Vorstellung meines kindlichen Ichs, als wir noch immer über diese Landstraße brettern. Von einem Outing hätte ich aber nie etwas gehört oder gelesen. Zumindest nicht offiziell. Nicht einmal in der Bravo, die ich damals ja förmlich verschlungen habe und die immer alles wusste. Jeden Freitagmorgen führte mich Mitte der 90er Jahre der Weg in die nahegelegene Trafik, um die druckfrische Ausgabe zu holen. So wichtig war mir dieses Heft. So wichtig war mir das Blättern darin, dass ich nicht einmal auf den Verkehr geachtet habe. Na ja, und seit damals ist dieser Sänger verschwunden. Überhaupt niemand auf dieser Welt weiß etwas über den Verbleib dieser künstlerischen Eintagsfliege. So kommt es mir vor. Ich befürchte, der hatte danach nie wieder einen Hit. Er war höchstwahrscheinlich ein „One and Only“-Hit Wonder. Ich drehe das Radio wieder leiser. Nein, ich mag dieses Lied wirklich nicht. Irgendwie ist das aber wie bei einem Autounfall. Eigentlich will man nicht, aber trotzdem muss man hinschauen beziehungsweise hinhören.

„Wie war das eigentlich mit deinem Outing?“, denke ich mir und spreche die Frage auch zeitgleich aus. Komisch, wir bereden nun schon seit vielen Wochen wirklich alles, aber davon hat er mir noch nie erzählt. Diese Frage – obwohl gerade erst entstanden – brennt nun wie eine Stichflamme unter meinen Nägeln. Ich will die Geschichte hören. Jetzt sofort. Deshalb frage ich gleich noch einmal: „Von deinem Outing weiß ich gar nichts. Wie war denn das damals?“

Er wirft einen kurzen Blick auf seine hölzerne Armbanduhr. „Diese Geschichte verdient unsere ganze Aufmerksamkeit. Das kann ich nicht im Fahren erzählen.“ Alex zögert keine Sekunde, fährt rechts ran und beginnt zu erzählen.

„Das Outing liegt noch gar nicht lange zurück. Ich redete mir ja selbst recht erfolgreich ein, ich sei ‚normal' und wollte das Offensichtliche und Spürbare nicht wahrhaben. Viele Jahre lang. Über drei Ecken habe ich immer wieder gehört, ich sei doch schwul. Aber ich wollte es nicht so hinnehmen. Und als ich dann mit 18 endlich meine erste Freundin hatte, beruhigten sich alle um mich herum. Die Gerüchte und auch meine Mobber verstummten. Mit meiner ersten Freundin hatte ich Ruhe vor meinen Eltern, meiner Familie und meinen Freunden. Und auch vor meinen eigenen Gedanken. Das hielt dann etwa ein Jahr mit ihr. Danach habe ich mein Singledasein jahrelang auf die Karriere geschoben und gesagt, dass meine Prioritäten eben anders gesetzt seien. Die Arbeit war meine Beziehung und meine Kollegen meine Partner. Das reichte den meisten als Argument. Und vorerst auch mir. Das heurige Jahr hat aber alles verändert. Die echte Wendung kam im Frühling. Ich habe meinen neuen Job angefangen und irgendwann war auch dieser so entscheidende Punkt plötzlich gekommen, an dem ich verstand, was Sache ist. Mir gingen die Augen auf und ich erkannte: Ich bin schwul! Und ich möchte mein Leben mit einem Mann teilen. Ich hatte mich also dazu entschlossen, mir selbst treu zu bleiben und das Outing voranzutreiben."

Wir sehen gleichzeitig auf die Uhr des Autoradios. Nur noch 20 Minuten, dann müssen wir bei diesem Drogeriemarkt sein. „Shit, gerade bei diesem so emotionalen Thema sollten wir uns nicht beeilen müssen", sage ich leicht gereizt. „Wollen wir uns diese Woche noch zu einer Outing-Wanderung treffen? Ich hätte da eine Idee."

9

In den vergangenen Tagen hatte ich eigentlich jeden Tag Kontakt mit „dem Augenarzt". Wir haben viel telefoniert und uns Nachrichten geschrieben. Wirklich herzerwärmend, was sich bislang daraus entwickelt hat, auch, wenn der Kuss natürlich noch ausständig ist. Manchmal denkt er sogar nachts an mich, dann trudeln SMS von J. ein, die irgendwie voll süß sind, aber schon auch irgendwie merkwürdig, muss ich zugeben.

Wenn du jetzt bei mir wärst, würde ich dir einen Gurkensalat machen. Mit steirischem Kürbiskernöl. Oder mit Olivenöl. Ganz wie du möchtest! Komm mich bitte bald besuchen!

Du bist der Traum meiner schlaflosen Nächte. Aber wie kann man träumen, wenn man gar nicht schläft? Schläfst du schon? Ich schlafe noch nicht. Gute Nacht, ich gehe jetzt schlafen!

Und unser nächstes Treffen findet auch schon heute statt. Es soll ein kleiner Ausflug werden. Ein Spaziergang im Wienerwald mit anschließender Brettljause, das haben wir schon fix vereinbart. Da bin ich dabei, dazu braucht man mich nicht überreden.

Wir treffen uns also am Sonntag an einer Bushaltestelle. Für das Rausrücken meiner Wohnadresse bin ich noch nicht bereit. Was dieses Thema angeht, bin ich nicht sehr freigiebig, weil ich in der Vergangenheit unliebsame Erfahrungen mit einem psychisch kranken Stalker machen musste. Das wünsche ich wirklich keinem – und auch mir kein zweites Mal!
„Der Augenarzt" begrüßt mich mit einem Strahlen von einem Ohr zum anderen. Das kann ich sogar durch die spiegelnde Autoscheibe erkennen. Da freut sich wohl einer auf den gemeinsamen Tag. Mir geht es ja genauso. Ich steige ein. Bussi links, Bussi rechts. Alles riecht gut. Frisch gewaschen. Das Auto und „der Augenarzt". Wir spazieren bestimmt über zwei Stunden durch Wiesen und Wälder. Vielleicht waren es auch drei Stunden. Ich empfinde keine Notwendigkeit, auf die Uhr zu sehen. Wir lassen uns einfach treiben. Das Wetter passt auch. Nicht zu kalt, kein Schnee, kein Wind, es ist ein angenehmer Wintertag.

Adjustierung: Lieblingssneakers – die mit dem neongelben Stern. Dazu die schwarze Sonnenbrille – Brillen brauche ich ja zu jeder Jahreszeit, ganz egal, ob Sommer oder Winter. Gespräche: von A wie Augenheilkunde und Arschkälte bis Z wie Zahnpasta und Zipfelklatscher. Wir können wirklich über alles reden und fühlen uns sehr wohl dabei. Zwischendurch hake ich meinen Arm in seinen ein und wir bummeln Schulter an Schulter. Auch das fühlt sich gut an. Hungerstatus: nicht überhörbar knurrender Magen. Dieses Geräusch lässt ihn eine Einladung zu einem Heurigen aussprechen. Ein sehr empathisches Kerlchen!

Belegte Brote, Käseplatte, Aufstriche – wir bestellen uns ein bisschen was von allem. Dazu ein Mineralwasser mit Zitronensaft für mich. Das zischt nach so einer kleinen Wanderung. J. meint, er hätte sich jetzt einen Spritzer verdient. Der zischt schließlich auch. Dem stimme ich wohlwollend zu. Anstoßen muss er jedoch mit sich selbst, denn auch auf die von ihm angebotene Flasche Wein steige ich nicht ein. Das kommt bei mir eher selten vor, dass ich nachmittags Lust auf Alkohol habe. Das passiert mir nur dann hin und wieder, wenn ich etwas Besonderes feiere oder wenn ich mit Freundinnen frühstücken gehe. Da wird manchmal aus dem Schwarztee ein Glas Sekt und aus dem Sekt ein Spritzer und aus dem Spritzer schlussendlich eine Flasche Wein. Und wenn aus dem Frühstück ein Brunch und aus dem Brunch ein Nachmittagssnack wird, trinke ich also auch schon mal nachmittags Wein. Sonst nicht. Gut, und auch bei speziellen Anlässen darf es tagsüber ein Gläschen sein.

Er bestellt sich als Ersatz für die abgelehnte Weinflasche einen zweiten Spritzer. Gefolgt von zwei Gläsern Rotwein. Und mehreren Stamperln Schnaps. Unglaublich, wohin trinkt dieser Mann das alles? Und während der eingeflößte Alkohol ihn wieder redseliger und lockerer macht, werde ich dieses Mal immer stiller und angespannter. Meine Antworten sind irgendwann einmal nur mehr reiner Höflichkeitsakt, weil mir mittlerweile tausend Fragen durch den Kopf schwirren und ich mich zugegebenermaßen vor der Fahrt nach Hause mit einem Betrunkenen fürchte. Zu diesem Zeitpunkt habe ich es längst erkannt: Oh no! Da hat wohl jemand ein gröberes Alkoholproblem! Ich überrede ihn zu einem zweiten

Spaziergang, obwohl es draußen schon dämmert und richtig kalt geworden ist. Dieser „hubschrauberfliegende“ Typ muss irgendwie nüchtern werden, bevor ich in sein Auto steige! Nach diesem Spaziergang an der frischen Luft und einer ganzen Flasche Sprudelwasser hat er seine Sinne noch immer nicht ganz unter Kontrolle. Beim Versuch, seine Blase an einem Baum zu entleeren, pinkelt er sogar sein Hosenbein voll. Ich kann es fast nicht glauben, als ich den nassen Fleck erspähe. Nach exakt 1 Stunde und 49 Minuten schnappe ich mir deshalb kurzerhand seinen Autoschlüssel und chauffiere diesen betrunkenen Gesellen in sein Hotel. Dieses Mal habe ich ihm das Ruby Sofie im dritten Bezirk empfohlen. Unter dem irritierten Blick eines Mitarbeiters schleppe ich J. bis vor sein Zimmer, dessen Nummer er sich glücklicherweise nicht weggesoffen hat. So verantwortungsbewusst bin ich, auch wenn ich ziemlich sauer bin. Seine Einladung, ihn in seine temporäre Bleibe zu begleiten, schlage ich natürlich aus, obwohl ich die Dusche in seinem „Loft Room“ wirklich gerne live ausprobiert hätte. Aber dafür habe ich heute keine Nerven mehr und bestelle mir ein Taxi in meine Wohnung.

10

Wie gerne würde ich jetzt meine Sachen packen und zum Schießen gehen. Ein bisschen Ablenkung würde mir wirklich guttun. Aber am Sonntagabend um diese Uhrzeit...?! Keine Chance. Verdammt, ich bin ratlos! Ich lasse mich auf meine Couch fallen und spiele nervös an meinen Fingern herum. In meinem Umfeld gibt es mehrere Suchtkranke und ich weiß aus leidvoller Erfahrung, dass das Leben mit einem Alkoholiker kein Kindergeburtstag ist. Ich versuche, meine Gedanken zu ordnen, meine Atmung zu regulieren. Es gelingt mir nicht.

Ich starre in die Luft. Nach einer gefühlten Ewigkeit, in der ich nun beinahe regungslos auf der Couch saß, nehme ich allen Mut zusammen und rufe J. an. Er hebt sofort ab. Ich suche das offene Gespräch und rede ganz ehrlich mit ihm über meine Eindrücke. Und über meine Gefühlswelt. Ich erkläre ihm, dass mir sein Trinkverhalten Sorgen bereitet. Ich frage ihn, ob es einen Grund gäbe, warum er derzeit so viel Alkohol zu sich nimmt. Er hört anfangs ganz aufmerksam zu. Zwischenzeitlich befürchte ich sogar, dass er eingeschlafen sein könnte, weil er das vermutlich Gehörte nicht kommentiert.
Nach einer hörbaren Atempause, reißt er das Ruder dann aber an sich und bestreitet alles. Er wird wütend und wirft mir vor, ich würde ihn diskriminieren, ohne ihn wirklich zu kennen. Er beginnt, mich zu beschimpfen. Er wirft mir Aussagen an den Kopf, die ich niemals getätigt habe. Scheint wohl nicht seine erste Diskussion über dieses Thema zu sein, denke ich mir. Er schwafelt irgendetwas von einer Asiatin und einem einmaligen Ausrutscher und dass er es ja eigentlich nicht wollte. Ich vermute eine neue Weinflasche an seiner Seite, die ihn so ausfällig werden und seine Vergangenheit wachrütteln lässt. Ich teile ihm noch mit, dass ich den Kontakt hiermit beenden werde und beende zeitgleich auch das Telefonat. Das für mich endgültige, unwiderrufliche Aus mit „dem Augenarzt" folgt dann aber mit dieser SMS, die mich kurz danach erreicht:

Du weißt ja gar nicht, was du verpasst! Ich bin Arzt. Ich habe eine eigene Praxis in der Salzburger Innenstadt, die jetzt schon gut läuft. Bis

Jahresende habe ich meinen Cashflow erreicht! (Anmerkung: Ja, so stand das tatsächlich da! Ich denke, er meinte Break-even-Point, aber da hat ihm wohl der Rotwein einen Strich durch die betriebswirtschaftliche Rechnung gemacht.) *Bitte überlege es dir noch einmal. Ich hätte dich heute schon wieder so gerne geküsst. Ich möchte dich so gerne küssen und wissen, wie es sich anfühlt, wie du schmeckst. Aber egal, eigentlich passt du ja gar nicht zu mir. So eine Frau wie du passt nicht an meine Seite. An die Seite eines Arztes. Weißt du eigentlich, wie heiß meine Ex-Freundin war? Ja, wirklich, an die kommst du sowieso nicht ran. Die passt zu einem Arzt. Das wars mit uns. Alles Gute! J.*
Anhang: Ein Foto seiner Ex-Freundin in nicht jugendfreier Pose

Ich reagiere nicht mehr darauf, auch wenn ich es mir nur schwer verkneifen kann. Am liebsten würde ich ja noch ein „Lass dir die Flasche Wein gut schmecken. Und den Gurkensalat – wahlweise mit oder ohne Kernöl" nachschießen, aber ich tue es selbstverständlich nicht.

Ach, wie gerne wäre ich jetzt am Schießstand! Heute hätte ich bestimmt ins Schwarze getroffen!

Es tut mir sehr leid, Herr Dottore, aber bei uns wird das nichts mit Amore!

11

Es ist Wochenende. Ein Wintersamstag mit viel Sonne soll uns laut Wetterprognose erwarten. Ich hole meinen Rucksack aus der Abstellkammer. Den möchte ich heute so richtig vollpacken. Mit einem feinen Picknick. Noch nie zuvor habe ich eine echte Outing-Geschichte eines echten Schwulen gehört. Und dann noch dazu nicht von „irgendeinem Schwulen“, sondern von meinem Lieblingsschwulen, sofern man so etwas überhaupt sagen darf?! Ich habe keine Ahnung, ob Alex diesen Moment genauso zelebrieren möchte wie ich, aber mir ist einfach danach. Ich packe deshalb fröhlich gelaunt weiter.

Alex holt mich zu Hause ab, danach fahren wir mit den Öffis weiter. Das Panorama am Kahlenberg ist einfach herrlich. Nicht umsonst ist das der bekannteste Aussichtspunkt auf Wien. An klaren Tagen sieht man nicht nur die komplette Stadt, sondern sogar bis zum Schneeberg. Man könnte sich getrost hier überall niederlassen und sein Picknick genießen. Wir starten trotzdem motiviert los. Ich möchte ihm nämlich ein noch viel schöneres Plätzchen zeigen, das kaum jemand kennt. Mit den ersten Schritten schließt er auch gleich an die Geschichte vom letzten Mal im Auto an:

„Na ja, ich legte mir dann einen Plan zurecht und dachte lange darüber nach, wie ich das mit dem Outing am besten angehen sollte. Du musst wissen, ich gebe nicht gern die Kontrolle über mein Leben ab. Deshalb war mir ein genauer Plan so wichtig. Und, wie das Leben eben so spielt, musste ich schon den ersten Teil des Planes wieder komplett ändern. Mein Outing sollte mit einer Reise zu meiner besten Freundin nach Südostasien beginnen. Diese Reise fand aber wegen einer Reisewarnung einfach nicht statt. Also wartete ich geduldig auf ihre Rückkehr in die Heimat. Schon kurze Zeit später stellte sich heraus, dass das noch eine ganze Weile dauern sollte... Aber sie musste auf jeden Fall die Erste sein, die es erfährt. Von mir! Das Outing musste schon so lange warten. Da spielten diese paar Wochen auch keine Rolle mehr. Obwohl es mir schon wie ein Kropf im Hals steckte, wenn ich heute darüber nachdenke. Als der Tag dann endlich kam, plagte mich die Angst vor diesem ersten großen Schritt. Nach ein bisschen Smalltalk und anfänglichem Zögern platzte es dann aber aus mir heraus. ‚Du, ich bin schwul!' Zu allem Erstaunen war ihre Antwort: ‚Na endlich! Ich warte schon so lange, dass du es mir endlich sagst!' Eine richtig große Erleichterung war das für mich. Nach ein paar Tagen folgte das nächste Outing. Eine gute Bekannte war an der Reihe, die ich unbedingt informieren wollte. Wir verabredeten uns zum Abendessen. Auch sie war wenig überrascht. Ihre Umarmung im Anschluss tat richtig gut! Dieser kluge Schachzug, sie schon so früh einzuweihen, sollte sich später noch als sehr hilfreich herausstellen."

Nach einem kurzen, aber steilen Weg kommen wir da an, wo ich eigentlich hinwollte.
„Hey, wieso war ich hier noch nie?", staunt Alex.
Ich breite die mitgebrachte Decke aus und wir machen es uns gemütlich. Ich biete ihm etwas von dem geschnittenen Obst und Gemüse an, das ich zu Hause vorbereitet habe. Er nimmt sich ein Stück Apfel und lässt den Blick in die Ferne schweifen.
„Schön ist es hier." Er atmet ein paar Mal tief durch. Der warme Atem ist gut sichtbar in der kalten Luft.
„Oder bist du schon bereit dafür?", frage ich ihn und ziehe einen Flaschenhals aus meinem Rucksack. Martini Asti. Er lächelt. „Für den Notfall. Oder für andere Eventualitäten. Oder einfach nur, falls uns spontan danach ist", lächle ich zurück. Er bleibt vorerst beim Apfel und erzählt lieber gleich weiter.

„Die engsten Freunde wussten dann nach und nach Bescheid. Die positiven Reaktionen gaben mir das nötige Selbstvertrauen. Jetzt fehlte eben noch meine Familie. Meine Mutter ist ja Wirtin und wir haben ein Gasthaus im Ort, wie du weißt. Bei uns zu Hause ist also mittags immer ganz schön was los. Die halbe Familie und alle Mitarbeiter essen hier. Da ich in der Nähe arbeite, komme auch ich oft zum Mittagessen ins Wirtshaus. An diesem Tag war das aber anders. Nur meine Mama saß da. Sonst niemand. Die perfekte Gelegenheit also. Wir machten unser Essen warm und saßen zusammen beim Tisch in der Wirtshausküche. Nach ein paar Bissen war ich gestärkt und bereit. Und das hörte sich dann so an:

ICH: Mama, ich wünsche mir eine Beziehung. Ich bin auf der Suche. Aber nicht nach einer Freundin.

SIE: Na, was suchst du denn dann?

ICH: Na ja, wenn ich nicht nach einer Freundin suche, dann nach dem Gegenteil. Mama, ich bin schwul!

Bei diesem Satz hätte sie sich fast am Essen verschluckt.

SIE dann ernsthaft: Aha. Und wer hat dir das gesagt? Wer hat dir das gesagt, dass du schwul bist?

Dann habe ICH mich fast verschluckt.

ICH wieder: Was meinst du damit, wer mir das gesagt hat? Mama, das sagt einem niemand, das fühlt man!

SIE: Aha, ist das so?

Und als wir da so saßen und in dieses etwas merkwürdige Gespräch vertieft waren, platzte auch noch mein kleiner Bruder herein und ich sagte zu ihm: ‚Super, ich bin gerade mitten in meinem Outing, du kannst gleich mithören!' Das ging dann also gleich in einem."

Alex macht eine Pause. Wie sich so ein Gespräch wohl anfühlen mag zwischen Mutter und Kind?, fragc ich mich. Wie viele haben Angst, auf Ablehnung zu stoßen? Und wie viele sind sich der Zuneigung ihrer Eltern sicher, wenn sie ihr Innerstes nach außen kehren?

„So, jetzt bin ich bereit für den Asti!", meint Alex schließlich. Auch er trinkt selten Alkohol. Aber offensichtlich passt das heute für uns beide.

Ich lächle. Das Gute daran ist, dass man Getränke bei diesen Temperaturen zumindest nicht extra kühlen muss. Warm wäre dieses Gesöff ja ohnehin nicht genießbar. Ich reiche Alex die Flasche und wickle währenddessen die in ein Geschirrtuch eingerollten Gläser aus. Das Öffnen der Flasche überlasse ich dem Profi. Schließlich ist er es mit der gastronomischen Ausbildung. „Ich hoffe, das war nicht die einzige Reaktion deiner Mutter?" Meine Frage wird von einem gekonnten Plopp begleitet. Ich freue mich auf den ersten Schluck.

„Meine Mutter saß lange völlig perplex neben mir und sagte nichts mehr. Sie konnte die Nachricht nur schwer verdauen.

Dann wollte sie aber wissen, ob ich denn auch schon einen Freund hätte. Meine Antwort: ‚Mama nein, sonst wäre ich ja nicht auf der Suche.' Und nach einer neuerlichen Pause kam dann endlich, endlich der schönste Satz, den ein Kind von seiner Mutter hören kann: ‚Du bist und bleibst immer mein Kind, ganz egal, was passiert.' Tja, und wie ich dann am selben Abend noch erfahren habe, hat sie als erstes ihre Freundin angerufen, um sich auszusprechen. Ein kluger Schachzug von mir, denn ihre Freundin ist genau jene Bekannte, die ich gleich zu Beginn eingeweiht habe. Ach, ich mag Pläne, wenn sie aufgehen."
Alex grinst und wippt mit seinem Glas hin und her. Ich wippe mit den Beinen hin und her. Mir ist kalt. Ich bin eben kein Wintermädchen, das muss ich in diesem Jahr wieder einmal besonders intensiv spüren. Kleidungstechnisch bestens ausgestattet, aber trotzdem chronisch unterkühlt. Deshalb habe ich beim Ausfüllen meines Dating-Profils „lieber Temperatur +21°C" angegeben. Auch meine Profilfotos sind frühlingshaft und sommerlich. Es gibt nur ein einziges Schalfoto. Aber vielleicht hilft ja gleich der Asti von innen?! Ich hoffe es, denn die Situation ist zu gemütlich, um sie so abrupt zu unterbrechen.

„Na ja, und mit dem Rest der Familie war das so eine Sache! Meine Mama ist, nennen wir es so, ein sehr kommunikativer Mensch. Dadurch hat sie mir einiges abgenommen. Ich habe es danach nicht an die große Glocke gehängt oder gar auf ein gezieltes Posting gesetzt. Ich gehe nur offener damit um und wenn mich jemand fragt, dann antworte ich auch ganz ehrlich. Aber im Grunde genommen habe ich bei den meisten ohnehin nur das Offensichtliche bestätigt, als ich es endlich zugelassen habe."
„Das heißt, du wirst nun von allen Seiten akzeptiert und unterstützt. Wie schön", fasse ich zusammen. „Das ist ja nicht immer selbstverständlich. Vor allem am Land, wo die Menschen noch als verklemmter gelten. Hast du eigentlich auch noch andere Homosexuelle in deinem Umfeld oder sogar im Freundeskreis? Zum Austauschen?"
„Im direkten Freundeskreis nicht, aber ich habe seit einiger Zeit eine Art ‚Mentor' an meiner Seite. Etwas älter, ebenfalls homosexuell und in einer langjährigen, glücklichen Beziehung. Er war es auch, der mich quasi väterlich durch das Outing begleitet hat. Ich

habe ihn ganz zufällig auf Instagram kennengelernt. Wir hatten sofort eine gute Basis und ich fand schnell heraus, dass er es gut mit mir meint. Ich kann ihm vieles anvertrauen und mich mit ihm austauschen. Er ist wie ein Onkel für mich, deshalb nenne ich ihn auch liebevoll ‚Onkel Bürgermeister'."

Alex trinkt einen Schluck. Onkel Bürgermeister? Ernsthaft? Ich denke zuerst an einen Scherz. Einen erwachsenen Mann „Onkel" zu nennen, obwohl er nicht der Onkel ist, finde ich persönlich ziemlich befremdlich. Mir fallen ad hoc ganz perverse Typen ein: alte Säcke, die kleine Mädchen mit Süßigkeiten anlocken. Oder dominante Manager mit Sexsklavinnen, die während des Liebesspiels „Onkel" genannt werden wollen. Nein, aus jetzt. Ich verwerfe diese schmierigen Gedanken schnellstmöglich wieder und besinne mich zurück auf das eigentliche Thema: „So eine Bezugsperson ist sehr wertvoll."

12

Im Radio läuft gerade eines meiner absoluten Lieblingslieder: „Colors“ von den Black Pumas. Und dann auch noch in der Live Session Version, yeah! Superfly, ich liebe dich! Ich sitze auf meiner Couch. Ein wirklich hübsches Teil, das ich mir da nach dem Ausmalen des Wohnzimmers neu zugelegt habe. Aus grauem Samt. Sieht edel aus. Aber so schön diese Couch ist, so wahnsinnig unbequem ist sie leider auch. Ich rutsche mit meinem Buch in der Hand hin und her und frage mich, ob ich den Platz wechseln soll. Es ist Samstagabend und ich warte gerade darauf, dass mein „Death by Chocolate“ im Backofen fertig wird. Ein himmlisches Dessert mit flüssigem Schokoladenkern. Darauf freue ich mich schon die ganze Woche. Unter der Woche esse ich nämlich selten Zucker, dafür ist der Genuss am Wochenende dann extragroß. Eigentlich würde mich meine Lektüre richtig fesseln. Eigentlich. Wenn da nicht diese bockige Couch wäre, die mich ständig vom Inhalt ablenkt.

Ich lege den Grazer Heimatkrimi „Herbstmesse“ zur Seite, so macht das keinen Sinn! Ich schnappe mir das Handy, drücke belanglos darauf herum und bin bockig – genauso wie die Couch. Das ist wohl ansteckend. Schließlich öffne ich die Dating-App. Beim Durchscrollen der Partnervorschläge fällt mir ein unbekanntes Gesicht auf. Hey, ein Neuling! Ich lese seine Angaben durch: *B., Key Account Manager, 37 Jahre, humorvoll, wünscht sich eine Familie, ist gerne in der Natur, sportlich.* Ich schreibe ihm gleich.

Hallo!

Als Key Account Manager musst du bestimmt in Hemd und Anzug zur Arbeit. Ich hoffe, da sind keine kurzärmeligen Hemden in deinem Kleiderkasten. Oder vielleicht doch? Dann brauchst du dringend modische (wahrscheinlich vor allem modisch-weibliche) Beratung. Ich stehe dir dafür gerne zur Verfügung. Liebe Grüße, Marina

Ich halte nicht sehr viel von Standard-Geschwafel. Die einen Männer steigen gekonnt auf meinen etwas schrägen Humor ein, die anderen verstehen das Geschriebene überhaupt nicht. Hier trennt sich sozusagen schon zum ersten Mal die Spreu vom Weizen.

Nachricht abgesendet. Ich nehme wieder mein Buch in die Hand und setze mich dieses Mal an den Esstisch. Klingt nicht so, ist aber tatsächlich bequemer als meine fesche Couch. Nach nicht einmal einem Kapitel vibriert das Handy. *Neue Nachricht von B.* Das ging ja schnell!

Hallo Marina! In meinem Kasten befinden sich ein paar Hemden mit kurzen Ärmeln. B.

Eine schnelle Antwort. Aber mehr auch nicht. Ich lese die Nachricht ein zweites Mal durch. Doch leider finde ich nichts, das mich dazu anstiftet, gleich antworten zu wollen. Ich lege das Handy also erstmal zur Seite und lese weiter. Nach drei Seiten antworte ich doch:

Hallo B.! Ob du modischen Beratungsbedarf hast oder nicht, konnte ich leider aus deiner knappen Nachricht nicht herauslesen! Hast du?

Ich hole meinen schokoladigen Tod aus dem Backofen und steche ihn mit der Gabel an. Nur einen kurzen Augenblick später fließt auch schon die dunkle Schokolade aus der Mitte des Küchleins an den Tellerrand. Das sieht einfach göttlich aus. Ich bleibe gleich online und halte das Handy in der Hand, weil ich mit einer weiteren schnellen Antwort rechne. Meine andere Hand ist mit dem Aufspießen des Kuchens beschäftigt.

ER: *Wie würde so eine modische Beratung aussehen?*
ICH: *Na, ich würde dir sagen, dass du bedenkenlos alle kurzärmeligen Hemden wegwerfen kannst.*
ER: *Warum? Und was ziehe ich dann im Sommer an?*
ICH: *Polo-Hemden, T-Shirts. Was auch immer. Nur eben keine kurzärmeligen Hemden. Die sind nämlich furchtbar. Und – ganz wichtig – auch keine Muscle Shirts! Außer du siehst aus wie Arnold Schwarzenegger. Dann sollten wir aus PR-Gründen noch einmal darüber sprechen.*
ER: *Okay, ich überlege es mir.*

Täuscht das oder hat dieser Kerl tatsächlich soviel Humor wie ein Stück Vollkornbrot? Ich würde ja gerne antworten, aber irgendwie fehlt mir auch an dieser Stelle die Muse dazu. Was erwidert man da? Ich klicke noch einmal in sein Profil. Und wirklich! Da steht doch bei den Eigenschaften tatsächlich *humorvoll.* Prima Selbsteinschätzung. Gratuliere. Oder tue ich ihm jetzt Unrecht? Ich versuche es noch ein letztes Mal. Es ist Samstagabend und ich habe ohnehin nichts Besseres vor. Mein Radiowecker wird es mir nicht übelnehmen, wenn ich etwas später ins Bett komme.

ICH: *Bist du schon fertig mit dem Überlegen?*
ER: *Nein.*
ICH: *Falls du in den nächsten 18 Minuten zu einer Entscheidung kommst, lass es mich bitte wissen! Ich habe großes Interesse am Ausmisten männlicher Kleiderschränke.*
ER: *Für ein Treffen in meiner Wohnung ist es noch zu früh. Ich würde gerne vorher telefonieren.*

Ich schreie innerlich um Hilfe, schüttle imaginär den Kopf und beende diesen Dialog gleichzeitig mit dem Essen des letzten Kuchenstückes. Ich ärgere mich darüber, dass diese Konversation mein Wochenend-Schokoladenerlebnis kaputt gemacht hat. *Vollkornbrot, 37 Jahre, ohne Pfeffer im Arsch,* müsste es heißen. Moment, ich erweitere: *Vollkornbrot, 37 Jahre, ohne Pfeffer im Arsch, unappetitlicher Dessertschänder.* DAS sollte er in sein Profil schreiben.

Bye bye, Mr. Key Account, deine Antworten haben mich nicht erstaunt!

13

Ich erzähle Alex von meinem Wochenend-Chat. Wir lachen gemeinsam über die Antworten des Vollkornbrots und ich bin froh, dass er meinen Sinn für Humor teilt. Das ist nicht selbstverständlich. Wie unlustig manche Menschen sind, erschreckt mich immer wieder aufs Neue. Oscar Wilde hat angeblich gesagt, dass Sarkasmus die niedrigste Form des Witzes, aber die höchste Form der Intelligenz sei. Und ja, je mehr Erfahrungen ich mit Menschen sammle, desto mehr komme ich drauf: Verdammt, das ist so wahr! Personen, die kein Gespür für subtile Ironie und spitzen Sarkasmus haben, sind auch von der generellen Intelligenzstruktur ziemlich einfach gestrickt. Das soll jetzt nicht anmaßend klingen und auch nicht wertend sein, das ist eben meine persönliche Erfahrung und Wahrheit.

Alex und ich haben es uns auf einer Bank mehr oder weniger bequem gemacht, die geschützt unter Nadelbäumen steht. Der Wind zieht heute schon wieder ordentlich durch. Wie das eben so oft in Niederösterreich ist. Nicht einmal meine Sonnenbrille fängt die Luftströme ausreichend ab. Meine Augen tränen. Wir hätten bestimmt ein gemütlicheres Plätzchen Indoor gefunden, trotzdem entscheiden wir uns bewusst für die frische Luft. Das ist einfach unser Ding: Reden an der frischen Luft. Dabei spielt das Wetter keine gravierende Rolle.
Heute schweigen wir aber auch miteinander. Auch das können wir, obwohl wir uns noch gar nicht so lange kennen. Ein Zeichen von Vertrautheit, wie ich finde. Wenn man sich vertraut ist, dann hat auch Schweigen nichts Bedrückendes.

„Weißt du, was gestern Abend passiert ist?“, beginnt Alex. Die kurze Pause, die folgt, macht mich richtig neugierig.
„Was denn?“
„Nachdem die Woche so ereignislos war, hat es mich einfach gepackt. ‚Komm, dein Outing ist vollbracht! Es wird Zeit, Typen kennen zu lernen!‘, hat die Stimme in meinem Kopf gesagt. ‚Du solltest jetzt auf die Pirsch gehen!‘ Ich musste die ganze Zeit an all die Geschichten denken, die du mir in den letzten Wochen erzählt hast. Ich habe mein Handy in die Hand genommen und

wollte dich zuerst anrufen, als mir eingefallen ist, dass du ja die ganze Woche bei diesem Strategiemeeting bist. Deshalb habe ich mir einfach kurzerhand selbst eine dieser Dating-Plattformen ausgesucht und stand dann vor der Entscheidung: ‚Soll ich oder soll nicht? Ich machs, sagte ich schließlich zu mir selbst. ‚Die Zeit ist reif.' Und ich lud die besagte App einfach herunter."
„Ja, und dann?"
„Kaum heruntergeladen, war auch schon das Profil erstellt und die passenden Bilder ausgesucht. ‚Schreib etwas in deine Bio!', hieß es da dann. Echt lustig, ich habe zum ersten Mal darüber nachgedacht: Was würden Männer über mich lesen wollen, die meinem Beuteschema entsprechen? Und dann kam die nächste Frage auf: Wie sieht denn mein Beuteschema überhaupt aus? Irgendwie merkwürdig und ungewohnt. Ich setzte mich also hin und verfasste einfach diese Bio aus dem Bauch heraus, ohne genau zu wissen, was ich überhaupt reinschreiben sollte. Natürlich habe ich das auf Englisch formuliert. Klingt doch professioneller, dachte ich mir. Was suche ICH also? Gar nicht so einfach. ‚Looking for someone to share experiences and enjoy precious hours', ist mein erster Satz. Das kann doch nicht so falsch sein, oder?"
„Das passt zu dir. Und das ist es ja, was du willst."
„Und danach schrieb ich noch fünf prägnante Dinge auf, die mich beschreiben."

Alex holt sein Handy aus der Jackentasche und lässt mich eben jene Punkte lesen, die er in sein Profil gepackt hat:

- *Nature, environment and sustainability are important*
- *Dedicated, career oriented and motivated*
- *Born and raised as a country boy*
- *Active member of the Christian Community in my hometown*

Ich gebe ihm das Handy zurück. Danach erzählt er weiter.
„So habe ich mich in kurzen Worten beschrieben und habe beim letzten Punkt auch noch mein Lebensmotto hinzugefügt: ‚If a lot of people in lot of small places do a lot of small things, they can change the face of the world.' Ich war zufrieden. Also sprach für mich nichts dagegen, endlich richtig loszulegen. Gespeichert, fertig. Es war vollbracht!"

„Wow. Total spannend. Gings dann auch gleich los?“
„Ja, plötzlich poppte auch schon das erste Foto auf. Es war ein junger Asiate. Der erste Typ, den ich aber gleich nach links gewischt und somit gelöscht habe. Wahnsinnig oberflächlich. Man beurteilt einen Menschen nur nach der Optik oder anhand von einigen wenigen Details. So ging es mir gleich mit einigen Männern, die mir optisch und/oder in der Kurzbeschreibung nicht zusagten. Wischen nach links und weg. Und dann schien plötzlich ein junger Mann auf. Etwa mein Alter und gut gekleidet. Vom Business Outfit bis zur legeren kurzen Hose war alles dabei. Ich schaute mir seine Beschreibung an. Die war nicht sehr aussagekräftig. Aber er war es trotzdem wert, zum ersten Mal nach rechts zu wischen. Ich wollte einfach schauen, was passiert. Gleich passierte auf jeden Fall nichts. Denn um mit jemandem in Kontakt treten zu können, muss zuerst ein Match stattfinden. Das Gegenüber muss in seiner eigenen Oberflächlichkeit und meine Bio beurteilend auch nach rechts wischen. Dann hast du einen Match! Es war schon ziemlich spät, ich legte das Handy nach einigen Minuten wieder weg und ging schlafen.“

Ich staune. Mit offenem Mund. Das sieht vermutlich ziemlich lächerlich aus, aber es ist authentischer Ausdruck meiner aktuellen Empfindungen. Immer wieder habe ich Alex gefragt, ob er es nicht doch einmal online versuchen möchte. Bislang war er nicht bereit dazu. Das kommt also irgendwie so plötzlich, obwohl es auch irgendwie naheliegend ist. Alex ist jetzt tatsächlich bereit, diese Reise mit mir gemeinsam zu gehen. Mein schwuler Spazierfreund ist ab sofort auch mein Onlinedating-Buddy! Endlich! Irgendwie warte ich ja schon die ganze Zeit darauf. Mein offener Mund formt sich zu einem Lächeln. Ich freue mich, es kommt mir aber in diesem Moment kein einziges Wort über die Lippen und ich bemerke, dass Alex weitererzählen möchte. Ich lausche gespannt weiter.

„Nach einer etwas kurzen Nacht war natürlich heute in der Früh der erste erwartungsvolle Blick aufs Handy. Und siehe da! Am Bildschirm leuchtete eine Nachricht von der Dating-Plattform auf. ‚Du hast einen Match!’ So stand das da. Wow, dachte ich. Es gibt tatsächlich jemanden, der mich auch nach rechts gewischt hat.

Ich stieg sofort in die App ein und schrieb meinem Match."
„Und? Was hast du deinem ersten Match geschrieben?"
„Die Unterhaltung begann mit einem einfachen ‚Hey!'. Unerfahrener Neuling schlicht und einfach. Und dann wieder das lange Warten. Du kennst dieses Gefühl ja sicher zur Genüge!"
„Davon kann ich ein Lied singen..."
„In der Zwischenzeit habe ich mich fertig und auf den Weg ins Büro gemacht. Dort angekommen, begann ich mit der Arbeit. Mein Blick ging dabei immer wieder in Richtung Handy. In freudiger Erwartung einer Antwort. Und nach nicht allzu langer Zeit. Endlich. Das Handy leuchtete wieder auf! ‚Du hast eine Nachricht von N.!' Ich freute mich wie ein kleines Kind und las seine Antwort. ‚Hey, wie gehts?' Nicht sehr spannend, aber irgendwie muss so eine Konversation ja beginnen. Und kurze Zeit später, siehe da, nahm das Gespräch tatsächlich Fahrt auf. Schlag auf Schlag."
„Erzähl, was ist das für ein Typ?"
„Wirklich interessant, er ist in einer Beratungsstelle für Kinder mit Beeinträchtigungen tätig und macht gerade eine Ausbildung zum Psychotherapeuten."
Alex macht eine Pause.
„Du bist jetzt also auf dieser prominenten Wisch-Plattform aus Amerika unterwegs", fasse ich trivial zusammen, obwohl ich die Frage eigentlich auch selbst beantworten könnte. Alex nickt eifrig. Ich freue mich so!

„Eine Dating-Hete und ein Dating-Homo sitzen auf einer Parkbank", kommt es auf einmal aus mir herausgeschossen. Ich grinse spitzbübisch. „Das klingt wie der Anfang eines schlechten Witzes." Wir müssen beide herzhaft lachen. „Alex, ich spüre aber, dass das der Beginn von etwas ganz Großartigem ist!"

14

Es ist Mittwoch. Meine Mutter bringt mir eine Tasse Tee ans Bett. Ich sehe furchtbar aus. Wie die hässliche „Vorher-Version“ bei einer dieser gekonnt inszenierten Umstyling-Shows. „Brauchst du noch etwas?“, fragt sie mich. Ich schüttle den Kopf, während ich am heißen Tee nippe. Meine Mama – eine verlässliche Apothekengängerin in Krisenzeiten, eine verständnisvolle Ablenkerin in Liebeskummerzeiten, eine Briefkastenleererin in Urlaubszeiten. All das und noch viel mehr war sie in meinem früheren Leben in Graz. Aber jetzt wohne ich in Wien und fühle mich manchmal echt alleine hier. Ja, in Situationen wie diesen fühle ich mich sogar ganz schön hilflos. Gut also, dass sie zumindest jetzt zufällig bei mir zu Besuch ist, wo es mir so beschissen geht.
Ich nehme einen richtig großen Schluck dieses Tees, während ich die Türe ins Schloss fallen höre. Meine Mutter geht noch einmal schnell einkaufen, bevor sie wieder zurück nach Graz fährt. Bäh, furchtbar. Was ist das für ein Tee? Und warum habe ich so etwas überhaupt zu Hause? Egal, schlimmer als dieses indische Curry von gestern kann es nicht sein. Meinem Magen geht es gar nicht gut. Bei dem gestern von mir bestellten Gericht hat es wohl eine Unterbrechung der Kühlkette auf der unendlich langen Reise von Indien nach Österreich gegeben. Alleine der Gedanke an das gelbe Gewürz treibt mir die schlimmste Übelkeit in den Magen. Ich hätte mir auch die „Empfehlung des Tages“ bestellen sollen. Genau wie meine Mama. Ihr geht es ausgezeichnet und ich leide.
Verdammt, wo ist er bloß? Der Mann, der jetzt eigentlich neben mir sitzen und mich pflegen sollte? Aufopfernd, umsorgend, kümmernd, liebevoll. Wo bist du, mein Prinz? So sehr ich das Onlinedating mag, so sehr geht es mir nach den vielen, vielen Monaten und in diesem Zustand auch mächtig auf die Nerven. Die immer gleichen Fragen, die man beantworten muss, das Auftakeln für nichts, das Fünkchen Hoffnung mit der dann doch wieder großen Enttäuschung im Schlepptau. So viele Fragezeichen in meinem Kopf und keine Rufzeichen, die sie endlich ablösen. Ich glaube, ich gebe auf. Kein Prinz für Marina...
Ich bin deprimiert und mir ist übel. Ich lege eine DVD in den Recorder. Ja, auch einen DVD-Recorder besitze ich neben meinem Radiowecker noch. Zum Glück spielt dieser aber nicht

Chesney Hawkes, sondern „Muttertag" – meinen seit Jahren unangefochtenen Lieblingsfilm und die genialste österreichische Produktion. Ich tausche die DVD jedoch schon nach wenigen Minuten gegen... Na ja, nennen wir es Bildungsfernsehen! Sex and the City – Season 1 in der nicht synchronisierten Originalversion. Die ist ja so viel besser als das deutsche Pendant. Womöglich kann ich von Carrie und ihren Wegbegleiterinnen doch noch etwas Neues lernen? Gut, es ist ja nicht so, als hätte ich diese Folgen nicht allesamt schon Hunderte Male gesehen und analysiert, aber vielleicht habe ich DIE entscheidende Quintessenz schlichtweg überhört. Ich werde den heutigen Tag also für Recherchezwecke nutzen und nebenbei mein lädiertes Bäuchlein kurieren. So oft ist es in den letzten Monaten schließlich nicht vorgekommen, dass ich einen ganzen Tag lang (mannlos) ans Bett gefesselt war.

Episode 7 flimmert gerade über meinen Bildschirm. Ich liege noch immer im Bett, analysiere und kuriere fleißig.

CHARLOTTE: The truth is, I hate doing it.
SAMANTHA: Honey, you can't be serious!
MIRANDA: Are you telling us you never perform this act?
CARRIE: She'll juggle, she'll spin plates, but she won't give head.
CHARLOTTE: I don't like putting it in my mouth! I have a very sensitive gag reflex and it makes me want to puke!
MIRANDA: That's one way to say no.
CHARLOTTE: It's not like I haven't tried. I practiced on a banana, I pretended it was a popsicle, but... I just don't like it.

Als ich diesen Dialog höre, beiße ich gerade in meine magenschonende Banane, die meine Mutter noch vor ihrer Abreise vorbeigebracht hat. Eine köstliche Unterhaltung. Ich muss lachen. Willkommen zurück im Leben! Das tut richtig gut, nach der morgendlichen Schwäche wieder Elan und Lebensfreude zu spüren.

Kauend frage ich mich, warum gerade der Oralsex für jeden Mann immer so ein riesengroßes Thema ist. Und ich verwende hier bewusst die Worte „jeden" und „immer". Denn ich habe wahrhaftig keinen Mann in meinem Leben kennengelernt, der

das jemals abgelehnt oder schlechtgeredet hätte. Offensichtlich gibt es in diesem Bereich schon Qualitätsunterschiede in der Ausführung, aber dass sich ein Mann davor geekelt oder es sogar kategorisch abgelehnt hätte, wäre mir noch nie zu Ohren gekommen. Da ticken Frauen schon etwas anders. Der Cunnilingus ist ja etwas extrem Intimes. Darauf hat eine Frau erstens nicht immer gleich viel Lust und zweitens darf auch nicht gleich jeder x-Beliebige ran. Zumindest deckt sich da meine persönliche Erfahrung mit den Erzählungen meiner Freundinnen.
Wie ist das eigentlich bei homosexuellen Pärchen? Blasen die dieses abgelutschte Thema auch immer so dramatisch auf? Genauso werde ich meine Frage an Alex richten. Ich werde seine Reaktion ganz genau beobachten, wahrscheinlich ein bisschen schalkhaft grinsen und vielleicht führt er mich dann ein bisschen tiefer in die schwule Fellatio-Welt ein. Mamma Mia, dieses Wortspiel war jetzt sogar mir zu viel.
Ich lege die Bananenschale zur Seite und schreibe meiner Mutter eine Nachricht: *Bananen sind wahre Wunderwuzis! Was die alles können...?! Mir gehts schon wieder besser. Mach dir keine Sorgen! Bussi*

Es ist bereits Abend, als ich beinahe wieder vollständig genesen bin. Bis auf das flaue Gefühl im Magen, aber das ist nicht mehr weiter schlimm. Nach Folge 9 von Sex and the City wechsle ich gelangweilt die Serie und schreibe an Alex:

ICH: Hi! Ich schaue schon die dritte Folge „The Walking Dead". Was machst du gerade?

ALEX: Hi! Ich sitze wieder einmal vor „Bridgerton". Du solltest endlich auch damit anfangen!

ICH: Ich befürchte, das ist nichts für mich. Ich könnte heute wirklich noch einen kleinen Spaziergang und frische Luft vertragen. Lust auf ein Walking Date, Buddy?

ALEX: Wie könnte ich dazu nein sagen??

ICH: Schön, weil ich hätte da eine wirklich dringliche Frage an dich...

15

„Ich wünschte, ich könnte dir etwas Aufregenderes erzählen!“ Oh, das ist tatsächlich die Zusammenfassung von Alex’ erstem Onlinedate? Da hätte ich mir jetzt echt einen etwas spannenderen Einstieg erhofft. Sein erstes Treffen mit einer Online-Bekanntschaft und das ist alles, was er mitzuteilen hat? Ich will die Geschichte natürlich trotzdem hören. Wir spazieren heute einen Waldweg an der Wiener Stadtgrenze entlang, bei dem wir auf unterschiedliche Trainingsstationen stoßen. Trotz Alltagsklamotten probieren wir das eine oder andere Gerät aus. Gerade balancieren wir über einen Holzbalken.

„Ich habe mit diesem Match in den letzten Tagen viel gechattet – mit Flirtereien und liebevollen Gute-Nacht- und Guten-Morgen-Nachrichten. Vor kurzem gab es dann auch ein erstes längeres Telefonat, bei dem ein leichter Tiroler Dialekt zu hören war. Ich hatte ja bis dahin nur wenige Bilder in der App gesehen und ich dachte, es wäre jetzt auch echt Zeit für ein Treffen. N. spielte aber nicht ganz mit beziehungsweise sollte vorerst aus dem Treffen nichts werden. Wir suchten nach einem Termin und fanden irgendwie keinen. Jeder von uns war offensichtlich zu sehr beschäftigt. Oder wollte nicht so recht. Wie auch immer. Doch da hat er nicht mit meiner Spontanität gerechnet. Wir chatteten wieder über Gott und die Welt und ich setzte mich Sonntagmittag gerade zu meinem Schnitzel mit Salat. N. erzählte mir, dass er am Weg zur Donauinsel wäre und sich dort mit einem guten Buch in die Wintersonne legen möchte. Ich begann mit einem kleinen Flirt und drückte herum, dass es eigentlich sehr schön wäre, den Nachmittag gemeinsam zu verbringen. Ich schrieb ihm, dass ich in einer Stunde da sein könnte. Er solle mir nur einen genauen Treffpunkt nennen. Dann war kurz Stille. Keine schnelle Antwort. Aber dann zumindest ein kurzes ‚Ja, ich freue mich sehr!’ Ich fuhr also mit dem Auto an die Wiener Stadtgrenze in voller Vorfreude auf mein erstes, schwules Stelldichein. Ich freute mich auf ein paar Augenblicke am Wasser und ein wenig Entspannung in der Winterluft. Dabei hoffte ich, einen Mann kennenzulernen, den ich an diesem Tag nicht das letzte Mal treffen würde. Er schrieb mir kurz vorher, dass er noch einkaufen gehen werde und ob er auch für mich etwas mitnehmen könnte. Ich orderte trotz Kälte einen Iced Caffé Latte bei ihm. Ich hatte einfach Lust darauf. Wir trafen uns direkt beim U-Bahn-Ausgang ‚Donauinsel'."

„Und wie war dann das erste Aufeinandertreffen?"

„Wir fanden relativ schnell in unser Gespräch. Beim Gehen sahen wir uns immer wieder in die Augen und am Platz angekommen, packte er eine dicke Decke für uns beide aus und wir legten uns hin – mit Blick auf die blaue Donau. Er genoss sein Dosenbier und ich meinen Iced Caffé. Er erzählte auch, dass er über meine Bestellung schmunzeln musste und sich dachte: ‚Ein Iced Caffé im Winter? Der muss ja wirklich schwul sein!' Wir lachten beide und das Gespräch war sehr locker. Er erzählte mir von seiner Tätigkeit in der Beratungsstelle. Es hörte sich so an, als empfand er seine Arbeit als Berufung. Ich erzählte ihm von meinem Vollzeitjob im Klimabereich, bei dem ich trotz meines Alters schon viel Verantwortung übernehme, von meinem Theologiestudium nebenbei und dass ich zusätzlich einem sehr zeitintensiven Ehrenamt in der Kirche nachgehe. Und dann habe ich ihm auch noch gesagt, dass eben im Sommer noch diverse Aushilfsjobs bei einem Heurigen im Nachbarort dazukommen und meine Arbeit als Serviceleiter im Cateringbereich bei Hochzeiten am Wochenende. Na ja, und dann kam er mit guten Ratschlägen daher. Jede Menge davon! ‚Alex, du solltest wirklich weniger arbeiten und deine Prioritäten im Leben anders setzen.' Oder: ‚Mit diesen ganzen Projekten lenkst du dich ja nur vom Wesentlichen ab.' Und: ‚Du schüttest dich künstlich mit Aufgaben zu, um deine innere Sehnsucht nicht zu spüren!' Und irgendwann dämmerte es mir: Hey, der versucht, dich zu therapieren!!!"

„Ernsthaft? Das ist harter Tobak für ein erstes Date." Mir ist das zwar auch schon passiert, dass ich bei einem ersten Kennenlernen in ein tiefgründiges, philosophisches Thema abgedriftet bin, aber eine unbezahlte Therapiestunde gab es für mich noch nie. „Erzähl weiter!"

„Ich ließ mich aber darauf ein. Ich erzählte ihm von meinem Hamsterrad, in dem ich mich befinde. Die letzten Jahre gab es ja so gut wie kein Liebesleben. Ich lebte mein Leben nur für die anderen. Viel für die Kirche und meine Jobs. Danach erzählte er mir, dass es auch in seinem Leben ein paar Baustellen gäbe. Er möchte bald umziehen und sich selbstständig machen. ‚Das wird meine ganze Zeit und Energie beanspruchen! Ich weiß nicht, ob da Platz für eine Beziehung bleibt?!', meinte er. Ja, da wusste ich Bescheid und dann musste ich das Gespräch auch schon wieder beenden, weil ich wie so oft zu meinem nächsten Arbeitseinsatz eilen musste. Ich verabschiedete und bedankte mich für das angenehme Gespräch. Am Weg zur U-Bahn, kaum von ihm entfernt, schickte er mir den Link zum Lied ‚Cold December Night' von Michael Bublé mit der Nachricht: ‚Schön, dass du da warst! Was zum Chillen und den Winter fühlen. Alles Gute für dich!' Danach habe ich nichts mehr von ihm gehört oder gelesen. Und er auch nicht von mir."

„'Das wird meine ganze Zeit und Energie beanspruchen' – auch ein klares Statement! Ich finde, das war trotzdem ein recht passabler Einstieg in die Welt des Onlinedatings. Ein gelungener Nachmittag, der dich für kurze Zeit aus dem Alltag entführt hat. Und eine unentgeltliche Psychotherapie-Einheit obendrauf." Ich zwinkere ihm zu und freue mich ernsthaft über diesen Start. Das ist nicht selbstverständlich.

„Jetzt erzähle ich dir, wie MEIN erstes Onlinedate abgelaufen ist. Pass auf, das dauert eh nicht lange. Das hat nämlich aufgehört, bevor es überhaupt begonnen hat. Der Typ hat mir 15 Minuten davor kommentarlos abgesagt und sich dann nie wieder gemeldet. Ich war bereits in der Stadt, aufgetakelt wie eine Bardame und in der Nähe des Treffpunktes. Heute lache ich ja darüber, damals war das aber eine Riesenenttäuschung, wie du dir denken kannst. Nach mehreren Tagen netter Kommunikation einfach nichts mehr gehört. Nada. Ništa. Und auch nie einen Grund erfahren, warum er doch nicht zu unserem Kennenlernen kommen wollte. Na ja, zumindest hat er abgesagt." Das ist ja auch schon was wert, wie ich aus heutiger Erfahrung weiß. Ich bin auch schon einmal in einem Café gesessen wie bestellt und nicht abgeholt. Ohne schriftliche oder telefonische Absage. So etwas werde ich nie verstehen...
„Zeig mal deine Dating-Plattform! Was tut sich da gerade so?" Unbewusst wechsle ich das Thema. Ich selbst nutze ja seit Anfang an eine ganz andere, weniger schnelllebige Plattform. Deshalb bin ich, wie immer, neugierig. Während Alex sein Handy aus der

Jackentasche holt, schwinge ich mich auf das Reck. Verdammt, das hat bestimmt früher auch mal eleganter ausgesehen! Aber wahrscheinlich liegt es an meinem dicken Mantel, dass ich mich heute so ungeschickt bewege. Ausrede olé. Kurz vor dem Absturz rette ich mich auf den sicheren Boden und schaue ihm über die Schulter.

„Na, gratuliere! Du hast da ja schon ein paar Matches und Chats laufen." Alex muss scrollen, damit ich alle aktiven Bekanntschaften sehen kann.

„Ja, ich baggere mehrgleisig." Das Jugendlich-Unbeschwerte ist einfach so erfrischend. Wie sehr ich das mag! „Das ist zwar ein wenig anstrengend, aber auch so spannend!", führt er weiter aus. Ich will natürlich sofort wissen, ob es unter diesen Chatpartnern auch schon einen neuen Favoriten gibt. Alex drückt am Handy herum und deckt geheimnisvoll das Display ab. Ich versuche, einen Blick auf die Fotos zu erhaschen. Wie immer bin ich ungeduldig.

„Warte doch ein bisschen, ich möchte dir das beste Bild von ihm zeigen! Der erste Eindruck zählt schließlich." Na, endlich, da ist er, der aktuelle Favorit!

16

21:18: Hi! Wie gehts dir?
21:18: Hi! Ganz okay. Und dir?
21:18: Auch ganz okay. Was machst du gerade?
21:18: Ich gehe zum Auto. Bin in Wien, Landstraßer Hauptstraße. Wo bist du?
21:19: Ich bin auch auf dem Nachhauseweg. Was hast du hier gemacht?
21:19: Ich bin davongelaufen...
21:19: Davongelaufen???
21:19: Ja, vor einem One-Night-Stand. Und wo warst du?
21:19: Etwas trinken mit einem Typen. Und jetzt ebenfalls auf der Flucht. Treffpunkt im Café Rochus in 15 Minuten?
21:20: Gerne, bis gleich!

Seit unserem letzten Spaziergang sind einige Tage vergangen. Als Alex mir seinen neuen Favoriten zeigte, war ich hin und weg. Ja, der sah wirklich gut aus! „Freundliches Lächeln, gut gekleidet. Scheint, als würde er gerne wandern gehen. Tolles Bergpanorama“, fasste ich zusammen. Alex scrollte dann doch die gesamte Galerie durch. Er erzählte begleitend ein paar Details, die er schon erfahren hatte: „Er arbeitet als Einkäufer bei einer kleinen Designmöbelkette, die exklusive Möbelstücke verkauft. Ein Geschäft ist sogar im 1. Bezirk.“

Mittlerweile hat auch Alex eine richtige Schwäche für die Wiener Innenstadt entwickelt. Egal, ob ein Glas Champagner im Schwarzen Kameel, ein Kaffee mit Torte bei der Aida oder einfach nur durch die schmalen Gassen flanierend, wir sind uns mittlerweile einig, dass es hier am schönsten ist.

„Und du willst ihn natürlich treffen“, stellte ich fest.
„Ja, nein, also. Na ja, ich denke schon. Wobei... So genau weiß ich das noch nicht. Pass auf, nach der Onlinedating-Plattform haben wir uns dann auch gleich auf Instagram verbunden und im dortigen Chat weitergeschrieben. Ich wechsle gern auf eine andere App, um besser kommunizieren zu können. Dieser Dating-Chat ist nämlich nicht so meines, da fehlen wichtige Funktionen und man kann keine Fotos senden. Ich habe dann gesehen, dass wir

eine gemeinsame Abonnentin haben. Eine ehemalige Kollegin. Die Welt ist eben ein Dorf. Ich konnte es mir nicht verkneifen, ihn zu fragen, woher er sie kennt. Er erklärte mir, dass sie eine Freundin aus Studienzeiten sei. Und er offenbarte mir auch gleich, dass er sich schon bei ihr nach mir erkundigt hatte. Oh, dachte ich mir. Ich war ja damals noch nicht geoutet. Die wird sich bestimmt gewundert haben."

„Oder auch nicht." Ich lächle. „Für die meisten ist dein Outing ja offensichtlich nicht sonderlich überraschend gekommen!"

„Stimmt auch wieder! Wir haben uns bislang wirklich bestens unterhalten. Aber, und jetzt kommt das große Aber, mein ‚Onkel Bürgermeister' hat mich mehr oder weniger vor ihm gewarnt. Er hat ihn sich auch auf Instagram angesehen und sofort gemeint, dass das so ein Typ sei, der nur schnellen Sex sucht. Mehr nicht. Jemand, der sich so darstellt, will keine ernsthafte Beziehung. Und dass ich die Finger von ihm lassen soll – gerade jetzt am Anfang, kurz nach meinem Outing und ohne praktische Erfahrung mit Männern."

„Oha. Nur aufgrund der Bilder? Also, ich hätte das jetzt nicht zwischen den Zeilen rausgelesen. Gut, ich bin aber auch nicht schwul. Da hat der ‚Onkel Bürgermeister' vermutlich mehr Erfahrung als ich. Wenn du meinen Rat hören willst: Triff ihn trotzdem!" Ich erinnere mich noch genau daran, dass ich an dieser Stelle zum ersten Mal selbst die Bezeichnung „Onkel Bürgermeister" verwendet habe, und es fühlte sich gar nicht mehr schäbig an.

„Meinst du? Aber, und jetzt kommt schon wieder ein Aber, gestern Abend postete er aus heiterem Himmel in einer kleinen Homestory, wie er Schritt für Schritt eine Biskuitroulade bäckt. Ganz harmlos."

„Ein Hobbybäcker? Das hätte ich jetzt auch wieder nicht erwartet", platzte es dann aus mir heraus. So kann man sich irren.

„Ja, was glaubst du, wie mich das erstaunt hat. Und den ‚Onkel Bürgermeister' sowieso. Das brachte gleich sein komplettes Bild von ihm durcheinander. Ich meinte nur, dass mich die Person jetzt noch umso mehr interessiert. Also chatteten wir weiter und es wurde auch immer amüsanter. Ja, und ich denke, ich treffe ihn!"

„Die Biskuitroulade, die sein Leben veränderte", sagte ich dann noch hochdramatisch, als würde ich den Titel eines neuen Blockbusters auf einem Kinoplakat ablesen. Gleich darauf musste ich laut lachen.

Und nun sitzen wir im Café Rochus. Beide enttäuscht.

„Die Kellnerin war die ‚Deppate', der Kollege der ‚Gschissene´. Dieser X. schimpfte in einem durch über alles und jeden. Deshalb die schnelle Flucht", leite ich das Gespräch ein. „Am Telefon war er unheimlich sympathisch. Richtig witzig! Aber in natura... In natura leider ein Choleriker mit bedenklich ausfälligen Zügen. Und so etwas nennt sich auch noch Pädagoge. Und jetzt halt dich fest: Kindergartenpädagoge!!!" Ich bin wirklich fassungslos und richtig entsetzt. Alex passt sich noch in der gleichen Sekunde meinem verblüfften Gesichtsausdruck an.
„Wie lang bist du geblieben?", fragt er nach.
„Warte!" Ich rechne schnell im Kopf. „42 Minuten". Wir grinsen. „Sag, was war jetzt eigentlich bei dir los? Vor wem oder was bist du davongelaufen? Vor diesem I., den wir letztens ausspioniert haben? Der mit den schicken Fotos?" Ich schnappe mir die Speisekarte und durchstöbere sie. Bei Speisekarten gehe ich nie systematisch vor. Ich blättere sie nie von vorne bis hinten durch, sondern immer wild durcheinander. Ein Freund von mir meinte mal, das genauso auch mein Gehirn funktioniert. Nicht in geordneten Bahnen, sondern im kreativen Durcheinander. Ich entscheide mich für: „suppe.rote.rübe.pistazie." Ich hoffe, das schmeckt dann auch, denn ich muss mich immer sehr anstrengen, diese Art von Speisekarten vollends zu verstehen. Seit einigen Jahren ist ja das Kleinschreiben der Hauptwörter voll in. Überall. Dazu: „limo. limette.lemongrass.zucker.braun.minzblätter.soda." Alex bestellt: „salat.ziegenkäse.honig.himbeeren.mandeln." Als Getränk: „eistee.limette.minze.frisch."

„Der Abend begann echt schön, aber er fand leider ein schnelles Ende. Wir haben uns für 19:00 hier in der Nähe verabredet. Da ich schon eine Stunde früher da war, wollte ich vor dem Treffen noch einen Spaziergang machen. Es war ja heute ein angenehm warmer Tag. Ich war mit I. in ständigem Kontakt und wir chatteten über unser bevorstehendes Treffen. Er erzählte mir, dass er Pünktlichkeit sehr schätze und versicherte sich, ob ich auch wirklich pünktlich sein werde. Ich machte mich dann zeitgerecht auf den Weg zu ihm. Ich stieg aus der U-Bahn aus und da fiel mir auf, dass wir zwar eine bestimmte Station vereinbart haben, aber nicht den Ausgang. Also, stadteinwärts oder stadtauswärts. Ich schrieb ihm noch einmal und fragte nach. Er antwortet auch ziemlich rasch, allerdings schrieb er mir, dass er sich verspäten werde. Er komme direkt von der Arbeit und mache noch einen Abstecher nach Hause, um zu duschen. Und in diesem Moment fielen mir wieder die Aussagen meines lieben ‚Onkel Bürgermeisters' ein. ‚Das ist so ein Typ, der ist nur auf das Eine aus. Das ist nichts für den Anfang.' Der hüpft bestimmt unter die Dusche, weil er mich rumkriegen will. Und schon war meine Vorfreude etwas getrübt. Was ist, wenn er jetzt wirklich gleich Sex mit mir haben möchte? Ich hatte doch noch nie Sex mit einem Mann. Was ist, wenn es genau darauf hinausläuft??"

„Und dann bist du davongelaufen? Weil du Angst vor dem ersten Sex mit einem Mann hattest?"

„Nein nein. Ich dachte mir dann: Na gut, sei nicht so feig´. Eine Flucht ist ja trotzdem noch jederzeit möglich. Aber dann kam der, der von mir Pünktlichkeit erwartete, gleich einige Zeit zu spät. Wir schlenderten dann trotzdem noch gemütlich durch die Gegend und wir konnten uns dabei super unterhalten. Wir unterhielten uns über unsere Jobs, unsere Ausbildung, unsere Hobbys, unsere Familien und vieles mehr. Ich liebe diese Gespräche, die einfach laufen. Im Hinterkopf aber immer der Gedanke: Wie und wo wird dieser Abend enden? Wir kamen dann zu einem Restaurant, wo wir was trinken wollten. Ich habe ja immer meine Probleme bei der Getränkeauswahl, da ich es mit Bier und Wein nicht so habe, also blieb ich beim Kaffee und er musste sein Feierabendbier eben in Kaffee-Gesellschaft trinken. Das Gespräch ging trotzdem munter weiter. Langsam ging auch die Sonne hinter den Bürogebäuden unter und ich spürte ein kühles Lüftchen. Wir waren beide sehr sommerlich gekleidet und der Kellner ließ uns wissen, dass er abrechnen müsse. Und ich dachte schon wieder: Puh, jetzt wird es ernst, bald kommt wohl die Frage aller Fragen. Oder doch nicht?? Und als könnte er Gedanken lesen, fragte er mich, ob wir nicht noch zu ihm gehen wollen. Da könnten wir uns etwas aufwärmen und den Abend ausklingen lassen. Mit einem Augenzwinkern sagte er mir, dass es auch bei ihm zu Hause guten Kaffee gäbe."

„Zwinker, zwinker, haha!" Ich habe das Bild vor meinem geistigen Auge und muss lachen. „Na ja, aber jetzt im Ernst, da hast du dich wohl die ganze Zeit umsonst gestresst! Bis jetzt klingt das ja alles mehr als vernünftig", werfe ich verwirrt ein.
„Ja, das Zwinkern hat mich völlig aus der Bahn geworfen. Aber wir gingen trotzdem in Richtung seiner Wohnung. Glücklicherweise lag sie am Weg zur U-Bahn. Flucht nach vorne also jederzeit möglich, dachte ich mir wieder. Wir redeten ganz normal weiter und ich wurde immer nervöser und unruhiger. Die Aussagen meines Mentors wirkten da nicht gerade förderlich, denn ich habe ihn einfach in diese Schublade gesteckt, in der er jetzt festsitzt. ‚Das ist ein Gigolo, der ist nichts für den Anfang!', das geisterte mir die ganze Zeit durch den Kopf. ‚So, wir sind da, hier wohne ich', hat er dann irgendwann gesagt. Ich war nur noch am Schwitzen und wusste nicht so recht, was ich jetzt tun sollte. Er bemerkte das wohl und fragte erneut, ob ich noch auf einen Kaffee mitkomme oder ob ich doch schon nach Hause fahren möchte. Höchstwahrscheinlich sah man mir meine Nervosität auch an. Außerdem wusste er ja über meine Unerfahrenheit Bescheid, denn ich habe in unseren Chats immer mit offenen Karten gespielt und ihm von meiner homosexuell jungfräulichen Vergangenheit berichtet. Ich stieg von einem Fuß auf den anderen und stammelte dann, dass ich wohl besser die Heimreise antreten werde. Ja, und danach streckte ich ihm die Hand zur Verabschiedung entgegen. Mein Arm war wirklich bis zum Anschlag durchgestreckt, um ihn so weit wie möglich auf Distanz zu halten. Sehr höflich von mir, aber natürlich auch viel zu förmlich. Ein so schönes Date und ein so merkwürdiges Ende. Die Hand hat er mir dann auch sichtlich enttäuscht geschüttelt und... Und... na ja, weg war ich! Abgezischt!"
„Davongelaufen! Vor einem One-Night-Stand. Vor einem vom ‚Onkel Bürgermeister' prophezeiten One-Night-Stand nämlich." Ich kann mir den Zynismus nicht verkneifen. Alex steigt Gott sei Dank darauf ein und lacht ein wenig. Das entspannt ihn für einen kurzen Augenblick.
„Und erst jetzt, als ich hierher gegangen bin, habe ich noch einmal seine Profilbeschreibung genauer angesehen, ich Idiot! Da steht es schwarz auf weiß: auf der Suche nach LTR – Long Term Relationship. Nicht wie sonst oft üblich ONS – One-Night-Stand.

Er sucht offensichtlich wirklich eine ernsthafte Beziehung. Nichts Schnelles, Einmaliges. Oder ist das einfach auch nur die perfekte Tarnung? Ach, was weiß ich?“

17

Ich. Muss. Mich. Konzentrieren!!! Wie weit daneben kann man eigentlich schießen? Ich atme tief durch, aber ich bin zu aufgeregt. Und abgelenkt. Und auf einer rosaroten Wolke. Ja, es muss an der rosaroten Wolke liegen, auf der ich dahinschwebe. Wegen der treffe ich heute absolut gar nichts. Aber das ist mir sowas von egal. Ich atme ruhig weiter, lasse meine Gedanken schweifen und lächle zufrieden. Meine Haare hängen wild durcheinander in mein Gesicht. Und ich schieße nicht. Dann muss ich mich auch nicht konzentrieren und kann mich voll und ganz diesem schönen Wolken-Gefühl hingeben, das ganz von alleine kommt.

Auf dieser rosaroten und immens großen Wolke schwebe ich neuerdings gemeinsam mit einem ganz besonderen Chatfreund. Mehr noch: Brieffreund. Das Ungemütliche daran: Neben rosarot und immens groß ist diese Wolke leider auch nur virtuell. Das Wundervolle daran: Einzig und allein die Worte meines Brieffreundes haben diese Wolke gebaut. Ich kenne ihn nicht persönlich, ich habe nichts von ihm – nur eben seine übersendeten Worte, die ein kribbelig-hibbeliges, warmes Gefühl in meinem Bauch erzeugen und fantastische Wolken bauen können. Oh ja, da ist etwas zwischen uns. Etwas namenlos Schönes.

Ich packe meine Pistole in den Koffer und lasse es für heute gut sein. Im direkten Duell sind Wölkchen einfach immer stärker als Waffen.

Betreff: Gruß
Liebe Unbekannte! Hier eine Frage, die mich interessiert: Sitzt du gerade vor dem Handy? Und wenn nicht, dann vielleicht vor dem Computer?

Betreff: RE Gruß
Lieber Unbekannter! Vielleicht. Gegenfrage: Meinst du mit „Computer“ den Stand-PC oder auch das Notebook?

Betreff: Surreales
Für deinen speziellen Fall meint „Computer“ auch „Notebook“. Können wir nun aus dem „Vielleicht“ ein „Ja“ machen? Sitzt du also mit dem

Notebook gemütlich auf deiner Couch und surfst ein bisschen durch die Männerwelt (Ferndiagnose)?
Du hast ein erfrischendes Profil. Nicht nur, weil unser Lieblingsbuch Titel und Autor teilt. LG, V.

Betreff: RE: Surreales
Lieber V.! Meine Couch ist beinahe jungfräulich. Sie ist zwar erstens wirklich hübsch, aber zweitens leider auch wirklich unbequem. Deshalb befinde ich mich nicht allzu oft darauf. Ich sitze am Esstisch. Blödsinn, BEIM Esstisch, nicht darauf. Wie sieht es mit deiner Couch aus? Auch hübsch und jungfräulich? LG, M.

Betreff: Eintauchen
Liebe M.,
ich mach' ja ungern Komplimente, wenn sie aufgelegt (und deshalb banal) sind, aber das Blau deiner Augen... Wow. Noch dazu erinnert es mich an Blue Hole. Falls du das nicht kennst, tippe es mal in deinen Computer ein (Computer = Notebook, um Folgefragen zu vermeiden).
AM Esstisch bin ich bislang noch nie gesessen. Wenn, dann tanze ich darauf. Zumindest habe ich das früher manchmal gemacht. Als ich noch wesentlich jünger war. Damals. Vor langer, langer Zeit. Aber das ist eine andere Geschichte...
Was wolltest du wissen? Ach ja, die Couch. Auf meiner Couch haben schon zu oft Gäste übernachtet, als dass ich sie noch als „jungfräulich" über eBay verkaufen könnte. Gut eingesessen ist sie aber nicht. Dazu ist das Fauteuil gleich daneben zu bequem. Darauf sitze ich zum Beispiel, wenn ich mein Lieblingsbuch (ergo auch dein Lieblingsbuch) „Gut gegen Nordwind" lese. Kennst du eigentlich auch „Theo und der Rest der Welt?" – wenn nicht, dann warte mit dem Lesen aber unbedingt darauf, bis ich neben dir sitze. Für diese Worte brauchst du einen Co-Kapitän, der dir ein bisschen den Wind aus den Segeln nimmt. LG, V.

Betreff: RE: Eintauchen
Hallo V.,
natürlich habe ich schöne Augen. Und natürlich habe ich das auch schon oft gehört. Eigentlich springe ich ja nicht auf 08/15-Komplimente an, aber in diesem, deinem speziellen Fall mache ich eine Ausnahme. Du hast ja sonst nicht viele Anhaltspunkte, mit denen du punkten könntest. Also: DANKE!

Ein Esstischtänzer? Die sind wahrlich selten geworden. Ich glaube, die sind sogar vom Aussterben bedroht? Das musste ich traurigerweise neulich in einer Fachzeitschrift für Möbeltänzer lesen.
Ich habe „unser Lieblingsbuch" zum ersten Mal an einem Samstag auf dem Balkon gelesen. In der Sonne. In einem durch. Mit nur einer kurzen Pause, um mich kulinarisch zu stärken. (Na ja, und drei bis sieben Klopausen, weil ich Unmengen an Wasser in mich reingieße, wenn ein Frühling unerwartet heiß ist wie dieser.) Ich liebe eben schöne zu Papier gebrachte Worte. Ich liebe Sprache und was man mit ihr anstellen kann. Sprache bietet unendlich viele Möglichkeiten. Worte können provozieren, Worte können besänftigen, Worte können verletzen, aber auch Balsam für die Seele sein. All das kann Sprache! Ja, und manchmal finde ich wundervoll Geschriebenes sogar sexy.
Aber weißt du, was ich gerade jetzt, in diesem Moment mit Worten anstellen möchte? Einen Beschwerdebrief verfassen. „Theo und der Rest der Welt" ist aktuell nicht verfügbar!!! Wie kann das nur sein? Jetzt, wo ich endlich einen Co-Kapitän hätte, der sich gemeinsam mit mir in die raue See wagt?!

Sehr geehrte Damen und Herren!
Mit großer Sorge habe ich festgestellt, dass Ihnen Theo abhandengekommen ist. Auch der Rest der Welt ist unauffindbar. (Wobei ich mir sicher bin, dass der ohne Theo einfach immens an Bedeutung verliert.)
Wissen Sie etwas über seinen Verbleib, über seinen derzeitigen Aufenthaltsort? Wohin wurde er verbannt und wird er zeitnah zurückkehren?

Ich appelliere an Sie! Suchen Sie ihn und bringen Sie Theo zu seinem sehnsüchtig wartenden Kapitän!

Hochachtungsvoll
M.

Betreff: 08/16
Hi M.,
angesichts deiner eingestandenen Kompliment-Aversion bin ich nun heilfroh, mich so zurückgehalten zu haben. Leicht ist mir das nicht gefallen, weil da hätte es schon noch einiges in deinem Profil gegeben...
Dass du Sprache magst, merkt man gleich. Ich mag es auch, was man mit ihr anstellen kann. Und transportieren. Und auslösen. Wenn man

sie, in diese kleinen schwarzen Zeichen verpackt, losschickt an jemanden, der sonst nichts hat als eben sie. Sie verrät auch unglaublich viel. Über die Mühe, die sich jemand macht. Und die Wertschätzung, die er damit zum Ausdruck bringt. Die Liebe zu Kleinigkeiten. Die Struktur der Gedanken. Die Art des Augenzwinkerns. Und noch viel, viel mehr. Aber sexy – das ist mal ein neuer Gedanke. Aber warum eigentlich nicht?
espritvolle Sprache = smart
smart = sexy

Beruflich kann ich all das nicht ausleben, deshalb schreibe ich gerne privat. Im Moment vor allem dir. Ich schicke dir eine kühle Brise, V.

Betreff: RE 08/16
Danke für die Brise! Die tat gut!
Gleich mal zugegeben, auch deine Worte finde ich smart. Also bist du schon mal sexy (ich werde ein bisschen rot) und neben sexy (ich werde schon wieder rot) bist du wahrscheinlich auch ein ganz Netter, Aufmerksamer, Humorvoller, Höflicher, Gebildeter, Respektvoller,... ODER?? Ich presche jetzt ziemlich vor, ich weiß, aber ich stelle mir dich jetzt ganz einfach so vor und gehe mit diesen Gedanken schlafen. Enttäuschen kannst du mich auch später noch.
Übrigens, bei zwei Dingen werde ich dich nicht enttäuschen: Wusstest du, dass ich alle sieben Spektralfarben mit geschlossenen(!) Augen aufzählen kann? Dass ich nicht „Gesundheit" erwidere, wenn jemand den Namen „Tschaikowsky" ausspricht.
Was machst du eigentlich beruflich? Oder besser: Wer fesselt denn dein Vokabular so sehr, dass sich dein beruflicher Wortschatz versteifen muss? M.

Betreff: Auftauchen
Hey M.,
wow, ich bin beeindruckt! (Übrigens, niemand kann „Tschaikowsky" aussprechen, ohne, dass es nach Niesen klingt. Und überhaupt niemand kann diesen Namen schreiben, ohne dabei selbst niesen zu müssen. Warte, ich brauche kurz ein Taschentuch. So, geht schon wieder!) Das erschreckend perfekte Bild von dir wird langsam überlebensgroß. Ich glaube, es wird höchste Zeit, dass du eine erstklassige Unzulänglichkeit von dir preisgibst. Abgesehen von deiner mittlerweile notorischen Betreff-Faulheit... Mein Plan, mysteriös zu bleiben, ist wohl komplett gescheitert. Ich bin

eben viel zu offenherzig. Und nett, aufmerksam, humorvoll, höflich, gebildet und respektvoll. Du hast ja keine Ahnung, wie viel Lob ich ertragen kann. Vergessen hast du nur eines: unheimlich bescheiden!
Beruflich bin ich gerade an einem neuen Projekt dran. Ich würde es ja „Selbstverwirklichungstrip" nennen, aber das klingt so pejorativ. Ich plane gerne Neues und beeinflusse das, was andere oft als schicksalshaft hinnehmen. Ich habe auch gelernt, dass es Pläne gibt, die nicht aufgehen. Das Schöne daran ist, dass dann ganz neue Möglichkeiten aufgezeigt werden. Ich glaube, es geht darum, offen zu sein für die wunderbaren Gelegenheiten, die uns die Zufälligkeiten des Lebens eröffnen (das Wort „Schicksal" ist ja viel zu überfrachtet). Im Moment freue ich mich etwa über die wunderbare Gelegenheit, dass wir beide uns schreiben und ich warte ungeduldig/gespannt, was daraus werden kann. Okay, genug der kitschtriefenden Verbalromantik! Ich hoffe, du bist noch wach?

Hab einen feinen Abend, mit Frühlingsduft in der Nase. V.

Ich lasse ab sofort nur mehr den Bauch fühlen und nicht den Verstand sprechen – das habe ich mir fest vorgenommen. Ich spüre nämlich zwischendurch immer wieder, dass dieser schamlose Verstand einen Konflikt anzetteln will – eben mit meinem faszinierten Bauch. Und das möchte ich nicht! Ich will es lieber weiter aufbauen und gedeihen lassen, das perfekte Bild dieser Person V. – geformt nur von seinen Zeilen und der Fantasie in meinem Kopf.

Betreff: Kurz eingeschlafen...
...gähn, sorry! Schon wieder wach. Wer soll denn bei dieser kapitelartigen Nachricht seine Augen offenhalten können? Okay, nein, ich lüge. Schamlos. Ich verschlinge jeden Satz von dir. Mit Begeisterung. Deine Schreibweise entzückt mich (und ich wähle bewusst so ein mädchenhaftes Wort; manchmal – wenn auch selten – bin ich einfach gerne nur ein Mädchen, das eben entzückt ist).
Ich soll dir von meinen Unzulänglichkeiten, Ticks und schlechten Eigenschaften erzählen? Jetzt schon? Darf ich mich nicht vielleicht vorher noch ein wenig beliebt machen? Aber schon mal als kleiner, kurioser Vorgeschmack: Ich addiere die Zahlen von Nummerntafeln...
Jetzt darf ich dir noch schnell eine geruhsame Nacht wünschen! Ich muss dringend ins Bett. M.

18

Ich sitze mit einer dampfenden Tasse Schwarztee beim Esstisch und erwecke mein Handy aus dem Dämmerschlaf. Eine Nachricht meiner Freundin erscheint am Display:

Er ist ein Arsch! Eine Auszeit braucht er. Er von mir. ER VON MIR!

Gleich danach poppt eine Nachricht von Alex auf:
Hast du kurz Zeit für einen Spaziergang? Heute? Oder morgen? Oder wenigstens für ein Telefonat? 5 Minuten?

Ich antworte beiden nicht. Mein Daumen tippt lieber gleich auf das Symbol der Dating-App.

Betreff: ...und schon wieder aufgewacht!
Dann darf ich dir gleich noch einen (sehr frühen) guten Morgen wünschen, du Höflichkeitsfloskelmonster!
Das Addieren von Zahlen auf Nummerntafeln ist nicht kurios, sondern höchst praktisch! Das ist ja für Fahndungen aller Art äußerst hilfreich: „Gesucht wird ein roter Mercedes mit der Quersumme 27!“
Und jetzt darf ich dir noch schnell einen schönen Sonntag wünschen, bevor es für mich auf den Berg geht! Über gemütliche Almenwege und Walddurchgänge und schroffe Felsen und Schottersteige wandern. Darauf freue ich mich schon seit Tagen. So wie auf deine Ticks, deine negativen Eigenschaften und eigentlich auf jedes Wort, das du mir schreibst. V.

Betreff: Auf der Alm da gibts ka Sünd’!
Oder doch? Bist du mittlerweile wieder zurück vom Wandern? Mit heilen Knöcheln und vielen sonnigen Muhkuh-Eindrücken?
Ich sitze auf einer Parkbank und höre Musik. Musik ist mein allerliebster Gefühlsverstärker. Geht es dir auch so? Und während ich da so sitze, vor mich hin sinniere und fest an dich denke (Hast du eigentlich Schluckauf?), frage ich mich: Warum bist ausgerechnet du auf einer Onlinedating-Plattform?
Weißt du eigentlich, dass ich mich bereits jetzt schon wieder auf deine nächste Nachricht freue? Noch bevor ich meine eigene abgesendet habe?

Dein Höflichkeitsfloskelmonster

Betreff: Gefühlsverstärker
Mein liebes HFM!
Langsam beginne ich, mir Sorgen zu machen! Dass der Wahnsinnseindruck niemals der Realität standhalten kann. So perfekt kann ein Mensch ja gar nicht sein, wie es deine Zeilen meinen Bauch denken lassen. Wir müssen schleunigst ein paar veritable Erwartungshemmer heraus- (oder zumindest er-)finden, sonst erleiden wir noch das Obama-Schicksal: too good to be true!
Was du sagst, könnte ich geschrieben haben. Musik ist ein Gefühlsverstärker – ich hätte dafür keinen besseren Begriff parat!
...und dann fragst du sowas Plumpes?!?! Das hast du doch schon längst gespürt: Aus demselben Grund wie du. Weil wir das Eine, das Besondere suchen. Das verspielt Ernsthafte, das intelligent Selbstironische, das ambitionierte Gelassene, das feinfühlig Witzige, das Aufmerksame, Einfühlsame, Herzliche, Liebevolle, das trotz allen Tiefgangs Lebensfröhliche.
M., wollen wir uns treffen, bevor wir uns zu sehr in unsere Zeilen verschauen? Hast du Zeit? In Wien, in Graz, in Klagenfurt, irgendwo in der Mitte, auf der Straße, im Wald, in Honolulu?
Ja, ich weiß, dass du dich auf diese Nachricht gefreut hast. So wie du weißt, wieso ich das weiß. V.

19

Und schwups, war dieser Moment auch schon gekommen. Jener Tag, der sich für einen kurzen Augenblick wie das „echte Leben" anfühlt. Und ich mag dieses Gefühl nicht. Es stimmt schon, es ist unausweichlich, dass wir uns treffen werden. Nein, sollten. Nein, dass wir uns unbedingt treffen müssen. Aber noch nicht jetzt. Nein, ich bin noch nicht bereit, unsere flauschige Wolke in diesem Paralleluniversum zu verlassen. In ihrer fantastischen Bauchkribbeligkeit fühlt sich alles so heil, so unantastbar an. Auch die süßen, kleinen Schmetterlinge, die sich da in meinem Bauch entwickeln, will ich nicht anfassen. Zu zart und zu zerbrechlich sind sie. Für die Ewigkeit konservieren sollte ich all diese Gefühle und Tierchen, mehr auch nicht.
Aber dann... „Tu es!", ertönt es in meinem Kopf. Was ist das? „Tu es!". Hier, schon wieder! Unglaublich! Ja, es sind die zarten Schmetterlinge. Sie hauchen diesen Satz immer und immer wieder von meinem Bauch aus direkt in meinen Kopf. Ist das jetzt wirklich wahr oder träume ich? Eigentlich ziemlich cgal. Ach, was solls? Wenn die Schmetterlinge das sagen, dann tu' ich es. Ich frage gar nicht nach, denn ihnen glaube ich ja einfach alles.

Betreff: Gespenster
Servus V.,
ich tue es! Ich treffe dich!
Ich spüre, dass ich mich von deinen bezaubernden Worten verführen lasse, wie ein kleines, unschuldiges Wesen. Ohne böse Vorahnung, ohne böse Perspektive. Dass ich beginne, mich in etwas Ungreifbares hineinzusteigern, das womöglich (oder sogar wahrscheinlich) wie eine Seifenblase zerplatzen wird. Deshalb spreche ich mich für ein Treffen aus, damit du M. mit all ihren Unzulänglichkeiten (M1 bis Mx) kennenlernen kannst, mit all ihren Ecken und Kanten. Ja, ich habe also Zeit! Bitte schreib mir bald wieder! M.

Betreff: Ich suche...
...eine Frau mit Ecken und Kanten. Eine Frau, die nicht nur Schwarz oder Weiß kennt – sondern auch die sieben Spektralfarben dazwischen! Genau das ist das Besondere. Die richtige Farbmischung zu finden. Eine Beziehung ist für mich nichts Leichtfertiges, auf das ich mich einlasse.

Einander näherkommen braucht viel Zeit, es setzt Verstehen, Vertrauen voraus. Und Beziehung braucht vor allem Commitment. Ein schönes Wort. Es gibt im Deutschen kein Äquivalent, das exakt diesen Inhalt hat. Ich mag eben Commitment sehr. Das suche ich. Lass uns deshalb einen famosen M-meets-V-Plan aushecken! V.

Betreff: Schauer und Rücken
Weißt du, dass ich um 22:40 nochmals aus dem Bett bin, um mein Handy zu holen und die Mails zu checken? Mein Handy habe ich aus dem Schlafzimmer verbannt, aber ich hatte das feste Gefühl, dass du mir gerade geschrieben hast. Mails um 22:44 abgerufen. V. hat geschrieben. Um 22:43!!! Mir läuft ein Schauer über den Rücken. Ein gänsehautbringender Schauer. Ich gehe jetzt aber trotzdem zurück ins Bett und erzähle dir gleich davon in einem Traum. Darf ich mich heute ausnahmsweise in deinen Traum schummeln? Ich bringe, versprochen, nur Schönes und diese Geschichte mit. M.

PS: Falls das mit dem Traumschummeln geklappt hat, dann könntest du diese E-Mail morgen gleich als gegenstandslos löschen, weil du die Geschichte ja schon kennst.

Betreff: (K)eine Ahnung
Liebe M.,
hast du denn überhaupt eine Ahnung davon, was deine E-Mails, deine Gefühlsverstärker-Absätze, deine Beschwerdebriefe und deine Traumschummeleien in meinem Bauch anstellen? Nein, du hast vermutlich keine Ahnung. V.

Betreff: Schläfrige Post
Mr. V.,
eigentlich gehöre ich noch ins Bett, weil ich eigentlich noch vor mich hinschlummern sollte, weil ich eigentlich gestern nicht einschlafen konnte. Aber eigentlich gibt es in diesem Moment nichts Wichtigeres für mich, als dir zu schreiben. Weil ich doch Ahnung habe.
Ja, das mit dem Treffen machen wir. Irgendwo zwischen dir und mir. Auf neutralem Boden. Ohne Heimvorteil für den einen oder anderen. Irgendwo, wo die Bahn mich ganz bequem vor dir absetzen wird. Ich möchte nämlich so gerne wissen, ob wir uns auch außerhalb des virtuellen Raumes anlächeln wollen und ob wir uns riechen können! Das möchte ich wissen. M.

Betreff: Plan
Liebe M.,
gut, wir treffen uns! Kommendes Wochenende? Ich schlage vor: Sonntag, am Bahnhof Lunz am See? Um 10:18? Da sagen die Wetterfrösche einen angenehm warmen Tag voraus.
Da du öffentlich anreist, hole ich dich ganz romantisch am Nostalgiebahnhof ab. Solltest du – so vermute ich – nicht kitschigromantisch veranlagt sein (ich bringe das gerade in Zusammenhang mit der 08/15 Komplimente-Aversion), dann hole ich dich trotzdem ab. Ohne Romantik und ohne Nostalgie. Einfach vom Bahnhof. Wir trinken was Kühles, dann essen wir was, wir könnten auch einfach ein bisschen durch die Gegend latschen, am Wasser entlang spazieren, das Panorama genießen. Wir könnten all die Dinge tun, die wir tun wollen – und jene Dinge, auf die wir keine Lust haben, einfach bleiben lassen.

Wie klingt das für dich? V.

Betreff: Lust darauf
Liebster Planer V.,
wie könnte ich zu diesem Plan „nein" sagen. Das fiele mir ja im Traum nicht ein. Und auch nicht im Wachzustand. Deshalb eindeutig: JA!
Ich habe gerade gesehen, dass ich notfalls sogar stündlich mit dem Zug nach Wien zurückfahren könnte. Wenn du mit mir also – wider Erwarten – absolut nichts anfangen kannst, du mich nicht riechen willst, du mein Lächeln nicht magst, ich dir nicht zu Gesicht stehe.
Ich gebe dir auch vorsichtshalber meine Telefonnummer, falls du mich ungeplant spontan versetzen oder umplanen willst/musst: 0598/441 09 82
Vielleicht gibst du vorab schon Bescheid, sodass ich nicht wie bestellt und nicht abgeholt die frische Luft alleine schnuppern muss, nervös herumzapple, mich schäme, unendlich enttäuscht bin und dann eine Stunde lang auf die Rückfahrt warten muss und ich mir anschließend aus dem ranzigen Bahnhofsautomaten einen Riegel rausdrücke und das Gerät schlussendlich kein Wechselgeld hat und ich mich dann auch noch ärgere? Also, bitte versetze mich nicht! Oder gib mir zumindest Bescheid, dass du mich versetzt. Wobei... Dann ist es ja abgesagt und nicht versetzt. Oh, ich verzettle mich schon wieder!
Das Willkommensgeschenk aka Bärchen mit Herz in der Hand kannst du ohne schlechtes Gewissen zu Hause lassen. Auch hier schwimme ich auf der 08/16-Welle, ganz richtig erkannt!

Mein Bauch freut sich soooo auf dich! Aber er macht mir auch ein wenig Angst. Hat dich dein Bauchgefühl schon jemals getäuscht? M.

Betreff: Ohne Bärchen
Ich möchte den Stresslevel nicht unnötig erhöhen, aber die App sagt, dass am Sonntag nur alle zwei Stunden dein Zug Richtung Heimat fährt. Also müsstest du es zumindest 1 Stunde und 58 Minuten mit mir aushalten. Wirst du das schaffen, wenn ich – versprochen – ohne Bärchen auf dich warte? Ein rosa Einhorn ist aber okay, stimmts?

Mein Bauchgefühl hat mich noch nie getäuscht. Hinsichtlich der Dinge, die so ein Bauch eben wissen kann. Natürlich gibt es viele Dinge, die mein Bauch noch nicht weiß: wie deine Augen zwinkern und dein Näschen sich rümpft, wie es sich anfühlt, wenn wir für einen Moment lang ruhig nebeneinander auf einer Bank sitzen. Darüber kann mein Bauch noch nichts sagen. Vielleicht wird es anders sein, als wir es uns insgeheim erhoffen. Aber, was er weiß, das weiß er: dass wir lachen werden, dass wir uns necken werden, dass wir uns unendlich schöne Geschichten erzählen werden, dass sich die Fahrt gelohnt hat. Und das reicht mir.
Übrigens, hier meine Nummer: 0598/376 69 02. Versetzen gibt es nicht! Die Nummer bekommst du ausschließlich, um mich mit raffinierten Nachrichten per Laune zu halten! Den ewig langen Riegel-Absatz hättest du dir also getrost sparen können.

Mein Bauch sagt: Ich kanns kaum erwarten, V.

Betreff: u
Eigentlich wollte ich „Aua“ im Betreff schreiben. Warum das aber keinesfalls geht, erzähle ich dir gleich!
Ach, solche Riegel-Miniaturabsätze schreibe ich doch mit links, wobei mir grundsätzlich alle zehn Finger schon lieber sind. Nur heute nicht, weil ich Schmerzen am Finger habe. Und blaue Knie! Nein, Rot-Blau, sehe ich gerade. Da hab' ich doch liebenswerter Weise meiner Freundin ein Eis gekauft und falle dann beim Verlassen des Geschäfts über ein Kabel. Bitte, welcher erwachsene Mensch fällt denn einfach so hin? Niemand zwischen 15 und 63. Und jetzt tut mir alles weh! Die Knie schmerzen und der kleine Finger links ist schlimmstens verstaucht. Deshalb hoffe

ich, dass ich nicht allzu viele Wörter tippen muss, in denen ein „a, q, y" vorkommt, denn das schmerzt. Vor allem das „a".
Wie tippst eigentlich du? Ich rate: Zweihandvierfingrig?

Es grüßt dich herzlichst, deine Mrin („Marina" ging nicht wegen „a")

20

Wien, Tuchlauben. Ich stehe vor der Auslage des Louis Vuitton Shops und bin hin- und hergerissen. Shoppen oder schießen? In meinem grauen Rucksack ruht die Waffe neben den Patronen. Sie warten auf ihren Einsatz. Doch heute werden sie wohl nicht zum Zug kommen. Dass Wölkchen und Waffen keine Freunde sind, habe ich ja schon festgestellt. Ich bin in Shoppinglaune und betrete den Laden.

Ich bin freudig erregt, als ich von Regal zu Regal bummle. Aber heute ausnahmsweise nicht wegen der Designer-Teile, sondern... Oh, Gott, morgen ist es soweit. Mein besonderer Brieffreund und ich haben uns wirklich dazu entschlossen, Nägel mit Köpfen zu machen. Ohne zu wissen, ob nicht vielleicht die Nägel ohne Köpfe besser dran wären. Aber die erbarmungslose Vernunft schreit. Sie plärrt mittlerweile viel lauter als all die zuckersüßen Gedanken in meinem Kopf und die Schmetterlinge im Bauch. Und, was soll ich sagen, ich fürchte mich regelrecht vor dieser forschen Attacke der Ratio. Nicht nur ein wenig, sondern so richtig. Die beinharte Realität könnte gefährlich wie eine tödliche Waffe meine Wolke angreifen und sie nachhaltig verletzen. Oder sie sogar für immer zerstören. Ob ich das also zulassen soll? Stopp, ich denke anders, ich denke zur Abwechslung mal optimistisch, ich denke dieses Mal besser: Wird womöglich an diesem einen Sonntag die Illusion zur allerschönsten Realität, weil V. eben „der Eine“ für mich ist? Ist er es, auf den ich so viele Jahre lang gewartet habe? Keiner von uns beiden weiß das heute. Aber wir werden es herausfinden. Gemeinsam. Morgen.

Er kommt mit dem Auto, ich nehme wie immer die Bahn. Ich sitze also heute, an diesem richtungsweisenden Sonntag mit Kopfhörern in den Ohren auf einem Doppelsitz im Zug und lausche einem Klavierkonzert von Rachmaninow. Meine Playlist steht auf „Shuffle“ und spielt deshalb ziemlich wild durcheinander. „Rhythm is a Dancer“, gefolgt von einem DJ Ötzi Schlager (Wie kommt der überhaupt auf mein Handy?), danach Rachmaninow. Das ist jetzt sogar meinem chaotischen Gehirn zu chaotisch und ich nehme die Zeitschrift, die ich eingepackt habe, zur Hand.

Nur noch drei Stationen und ich bin ohnehin am Ziel. Während ich meine Zeitschrift wieder in den Rucksack stecke, spüre ich, wie mein Herz zu pochen und mein Bauch zu rumoren beginnt. Bauch, was ist da los mit dir? Ist das Nervosität? Angst? Verliebtheit? Nein, es ist dieses namenlose Gefühl, das sich bislang nicht bei mir vorgestellt hat. Es fühlt sich nach flatternden Schmetterlingen an – erzeugt von fantastischen Worten. Genauso und nicht anders. Ich verwerfe diese kitschigen Gedanken so schnell wie sie gekommen sind. Das Herz rast trotzdem weiter. Der Bauch rumort nun noch stärker.
Ich steige aus. V. wartet am Bahnsteig. Wie vereinbart und ohne Einhorn. Wir begrüßen uns mit einer langen, festen Umarmung und einem herzlichen Lächeln. Aber ohne Worte. So, wie wir uns eben noch gar nicht kennen. Echt und wortlos.

Als ich mein Handy aus dem Rucksack hole, sitze ich wieder im Zug. Es ist 17:13 und ich bin auf dem Weg zurück nach Hause. Ich verlasse mich dieses Mal nicht auf die Shuffle-Funktion, sondern gehe aktiv auf Suche. Ich suche nach dem richtigen Lied. Kategorie: Herzschmerz. Ich möchte jetzt leiden. Gemeinsam mit meinem akustischen Gefühlsverstärker.

Und, nur wenige Augenblicke später, leide ich schon mit „Think Twice" von Celine Dion. Genauso, wie ich es wollte. Ich möchte den Schmerz mit all seinen Facetten spüren. Ich möchte begreifen, dass das, was gerade passiert, auch wirklich wahr ist. Dass es das einfach schon war mit meinem Wolkengefährten V. Die gemeinsame Illusion und unsere gemeinsame Realität haben nichts miteinander zu tun. Die passen nicht zusammen. Die mögen sich, die lachen viel, ja, aber von den Schmetterlingen im „echten Leben" keine Spur. Nicht einmal Puppen sind aufgetaucht. Keine Puppen, keine Raupen. Nichts, aus dem sich ein echter Schmetterling hätte entwickeln können.

Betreff: Schlaf
Liebe M.,
ach, eigentlich sollten wir uns einfach nicht mehr schreiben. Hiermit spreche ich ein Briefschreib- und Chatverbot aus. Für uns beide! Alles andere wäre purer Sadismus.

Danke aber noch einmal für den schönen Tag, der anders gekommen ist als erwartet. Ich kann kaum sagen, was ich fühle. Auch mein Bauch nicht. Es fühlt sich eigenartig an, ist schwer zu beschreiben. Unfair, durcheinander, gekränkt? Es erinnert mich ein bisschen an das Gefühl nach einer Prüfung, wenn die Anspannung abfällt und man einfach nur k.o. ist. So fühle ich mich. Müde. Und ein bisschen schwermütig, obwohl wir soviel gelacht haben.

Verdammt. Ich bin kraftlos. M., hab einen feinen Schlaf! Ich brauche ihn jetzt! V.

Betreff: Re: Schlaf
Hey V.,
Schreibverbot, unfair, durcheinander, gekränkt? Das sind so negative Worte und ich finde, die haben wir nicht verdient. Unsere Gefühle aus der Illusion rüber in die Realität zu retten, wäre wie ein Lottosechser gewesen, seien wir mal ehrlich. Eigentlich hatten wir nichts zu verlieren, sondern nur etwas zu gewinnen. Diesen Versuch war es wert. Nur leider haben wir den Jackpot offensichtlich nicht geknackt. Also, quäle dich nicht, liebster V., und schlafe fein! Ich komm' dich heute ausnahmsweise noch einmal in deinen Träumen besuchen und drücke dich fest, um deine unschönen Gedanken zu vertreiben. M.

Betreff: Re: Schlaf
Ach M., besondere, einzigartige M., was du sagst, macht mich traurig und glücklich zugleich. Ja, komm heute Nacht noch einmal vorbei, dann drücke ich dich zurück. Das wird uns beiden guttun! V.

Seitdem ist Funkstille. Die ersten Tage ohne seine schönen Worte fühlen sich in meinem Herzen wie echter Liebeskummer an. Es fällt mir schwer, zurück in meine „normale Welt", in die Welt ohne ihn zu finden. Auf die anfängliche Resignation folgt Wut. Echte, zermürbende Wut über die nicht mehr vorhandene verdammte Wolke, über die fehlenden beschissenen, echten Schmetterlinge.

Es ist Feiertag und draußen regnet es. Das Wetter passt perfekt zu meiner Stimmung. Heute fühle ich mich einfach nur maßlos melancholisch. Unter Tränen fahre ich meinen Computer hoch und tippe einen letzten Brief an V. im Einklang mit den auf die Fensterbank prasselnden Regentropfen. Nein, ich werde ihn nie abschicken, ich schreibe diese Zeilen lediglich aus Gründen der Psychohygiene.

Betreff: Letztes Kapitel
Und obwohl ich weiß, dass die Vernunft mich daran hindern wird, diese Zeilen abzuschicken und obwohl ich mir nicht sicher bin, was ich eigentlich damit bezwecken möchte und obwohl mein Kopf sich mit der Ratio kurzschließt und „Tu es nicht!" schreit, flüstern die verkümmerten Schmetterlinge in meinem Bauch noch ein letztes Mal: „Tu es doch!" Und wie du siehst, ist aus irgendeinem Grund das Flüstern des Bauches plötzlich wieder lauter als das Schreien des Verstandes. Aber ist das nicht oft so? Du hast dich während unseres Treffens öfters auf Untersuchungen, Tests und Statistiken berufen. Empirisch lässt sich dies hier wohl nicht belegen, aber eine Lebensweisheit sagt, dass man zirka die halbe Zeit der Beziehungsdauer benötigt, um sie gebührend verarbeiten zu können. Nun, unsere zwischenmenschliche E-Mail-Beziehung dauerte gerade mal 18 Tage. Heute ist der 31. Deshalb kann ich zusammenfassend beurteilen: Diese Regel ist für'n Hugo!
Denn 21 Tage „danach" vermisse ich V.+M. immer noch!
Ich sehne mich einfach nach MEINEM persönlichen letzten Kapitel! Und obwohl du es mir verboten hast, dir noch einmal zu schreiben, weil wir beide Angst haben, uns wieder in diese Parallelwelt zu flüchten und obwohl du bei unserem Date meintest, dass das „schamlose Ausnutzen von Achillesfersen gegen die Menschenrechtskonvention verstößt", nehme ich mir die Frechheit heraus und schreibe dieses letzte Kapitel. In diesem Fall nicht für uns, sondern einfach nur für mich. Einfach in einem Monolog, einfach nur in der Ich-Form, einfach für meine persönliche Achillesferse.
Nein, ich bin ganz sicher nicht imstande, dir zu sagen, warum ich eigentlich flenne. Und schon gar nicht weiß ich, warum ich ausgerechnet jetzt (und nicht schon vor 21 Tagen) heule. Aber mein Kopf fragt sich immer und immer wieder: Ist es die Enttäuschung darüber, wie unvollkommen etwas Wertvolles ein Ende gefunden hat? Ist es das Ende an sich, das kein wirkliches Ende ist, weil es nie begonnen hat? Ist es die makellose Fantasie, die mit einem Mal zerstört wurde? Ist es der gekränkte Stolz, füreinander nicht „genug" zu sein? Ist es die – verdammt soll sie sein! – Checkliste, die man am liebsten neu definieren möchte? Ist es eine

Schwäche, schon hier aufzugeben, obwohl es eigentlich eine Stärke ist? Und immer wieder frage ich mich: Wie unterschiedlich können zwei Menschen sein, die doch eigentlich so gleich ticken??
Oft ist es so, dass man Worte bewusst laut aussprechen muss, um sie als wahr auf- und anzunehmen. Die eines Sinnes bedürfen, um schlussendlich begriffen zu werden. Ich muss – wie es scheint – die perfekte Fantasie zu einem schriftlichen, geschlossenen Ende bringen, um zu realisieren, dass die Gegenwart das ist, was existiert und die Fantasie eben nur ein geformtes Konstrukt ist.
Und während ich so tippe, erkenne ich schlussendlich, dass diese Zeilen keine wirkliche Botschaft enthalten, und der Grund, warum ich sie unbedingt schreiben musste, selbst für mich als Verfasserin nicht klar ersichtlich ist. Aber ich weiß, dass ich mich jetzt – ich kann nicht besser oder befreiter sagen – einfach anders fühle, weil ich mir schriftlich eingestanden habe, dass dieses prickelnde, wundervolle, einzigartige, außergewöhnliche, unvergleichliche Gefühl, das „wir" in mir hervorgerufen haben, keine Fortsetzung mehr schreiben wird.
Und deshalb. Einmal, noch ein letztes Mal:

An meine Illusion V.!
Als letzten Satz möchte ich dir noch schreiben: Ich wünschte, wir könnten für immer und ewig auf unserer rosaroten Wolke mit den zarten Schmetterlingen bleiben!

Deine M.

21

ALEX: Marina, ich vermisse deine Nachrichten. Ich sitze seit Tagen hier herum und es kommt nichts von dir. Was ist los? Bitte melde dich! Ich mache mir Sorgen.

ICH: Sorry, oh du mein liebster Dating-Buddy! Ich war gefangen in einer unwirklichen Parallelwelt. Auf einem gefühlt anderen Stern. Aber jetzt bin ich wieder da. In der echten Welt. Bei dir. Wollen wir bitte, bitte spazierengehen?

ALEX: Na, endlich! Bin um 17:30 bei dir.

Auf meiner rosaroten, virtuellen Wolke war nur Platz für M. und V. Da konnte ich Alex unmöglich rauflassen. Ich wollte ihn in diesen Tagen keinesfalls treffen. Wohl aus Angst, er könnte mich mit der Realität aufwecken. Und anstatt ihm das ehrlich zu sagen, habe ich ihn gemieden, nicht auf seine Nachrichten reagiert. Ich war ein absolutes Scheusal und wollte einfach nur so dahinschweben. Alleine. Er verstand wohl gar nichts mehr.

Und nun sitze ich wieder auf meiner unbequemen, realen Couch und höre der Wanduhr beim Ticken zu. Nebenbei drehe ich nervös an meinen neuerdings dunkelbraunen Haaren, die die Frisörin viel zu kurz abgeschnitten hat. Liebeskummerfrisur vermutlich. Unter „20 Zentimeter" verstehe ich 20 mal 1 Zentimeter. Meine Friseurin offensichtlich nicht. Schnipp-schnapp und weg war mein Pferdeschwanz. Na ja, eigentlich ist das ja eher ein Männerleiden, Schwänze und Zentimeter wachsen oder schrumpfen zu lassen. Pfui, aus jetzt. Ich denke ganz bewusst über meine entzückende Frisörin nach, um mich von diesen schlüpfrigen und unpassenden Gedanken abzulenken. Ihr Lächeln ist so erfrischend – ich wünschte, ich könnte jetzt auch so lachen.

Ich lümmle schon in voller Montur hier herum und warte. Schuhe an den Füßen, leichte Jacke auf den Schultern. Wann wandert denn endlich dieser große Zeiger auf die Sechs? Bei diesem besonderen Spaziergang mit Alex werde ich ihm alles, was war und vom meteorologischen Ende dieser faszinierenden Chatbeziehung erzählen. Und von den Schmetterlingen, die dann doch nur in der Fantasie geschlüpft sind. Ich will es laut aussprechen, damit es noch mehr an Greifbarkeit gewinnt. Und dann ist es Alex' Aufgabe, mich zu bemitleiden, mich verbal zu streicheln, mir zu sagen, dass ich leiden darf. Ich brauche dieses Mitgefühl von meinem Onlinedating-Buddy. Ganz dringend.

Es läutet. Er ist zehn Minuten zu früh. Das Läuten fühlt sich wie Erlösung an. Ich schnappe mir eine Packung Taschentücher. Denn die werden auf jeden Fall zum Einsatz kommen.

„Ich bin erleichtert, dass du noch lebst! Und ein bisschen wütend, weil du dich nicht gemeldet hast. Bitte, was war los bei dir?“ Alex ist sauer. Und ich verstehe ihn. Schließlich habe ich ihn tagelang grundlos ignoriert. Kein Treffen, keine Antworten. Und wenn ich doch einmal geantwortet habe, dann ging das selten über ein Ja oder Nein hinaus. Richtig widerlich von mir. Wie gesagt, das lag aber nicht in meiner Macht, sondern an dem Wolkenstaub, an der zuckersüßen Benebelung. Ich erzähle ihm ausführlich davon – ohne Punkt und Komma, sehr ausführlich sogar. Ich kläre ihn darüber auf, was da mit mir passiert ist. Na ja, wenn ich ganz ehrlich bin, habe ich bis dato nicht verstanden, was da eigentlich in mir abging. Aber ich bin tapfer und nenne ihm alle verfügbaren Details. Damit kann er sich dann erstens sein eigenes Bild zusammenbauen und mich dann hoffentlich zweitens auch verständnisvoll trösten.
Anders als erwartet, schluchze und heule ich aber nicht. Ich rede mich ein bisschen in Rage – jedoch schwingt wesentlich mehr Ungewissheit als Kummer mit. So ist zumindest mein Bauchgefühl. Die eingepackten Taschentücher brauche ich selbst dann nicht, als ich ihm meinen niemals abgesendeten „Abschiedsbrief“ im Originalton vorlese.

Als wir uns gerade auf eine Bank im Augarten mit Blick auf einen der sechs Flaktürme setzen, sehe ich, dass Alex mit den Tränen kämpft. Ein warmes Lüftchen weht uns über den Nacken. Es könnte ein so schöner Frühlingstag sein, wenn da nicht unsere verbindende depressive Stimmung wäre. „Hey, mein Lieber! Hat dich meine Geschichte etwa so mitgenommen?“ Ich streichle ihm sanft über den Unterarm, der ruhig auf seinem Oberschenkel liegt. „Waren es die letzten Zeilen an V., die dich so berühren?“

Ich reiche ihm eines meiner prophylaktisch eingepackten Taschentücher. Er nimmt es dankend an. Ich wusste ja, dass ich die Packung brauchen werde. Auch wenn ich nicht damit gerechnet habe, dass die Taschentücher für Alex sein werden.

„Auch mir ist in den letzten Tagen etwas passiert, das mich komplett aus der Bahn geworfen hat", beginnt er zu erzählen. „Ich weiß gar nicht so recht, wo ich anfangen soll. Ich habe mit F. einige Male hin- und hergeschrieben. Wie das online eben immer beginnt, er hat mir Fotos von seinem Alltag geschickt, mich mitleben lassen. So etwas mag ich ja, weil es aussagekräftig ist und etwas vom Leben des anderen zeigt. Wir haben uns relativ bald auf einen Kaffee getroffen. Er wohnt ganz in meiner Nähe, in Wolkersdorf. Und schon damals war für mich klar, dieser Typ hat was. Schon irgendwie das gewisse Etwas. Nach dem Kaffee waren wir spazieren und haben sogar schon Händchen gehalten. Das musst du dir mal vorstellen! Irgendwie hat sich das überhaupt nicht merkwürdig angefühlt bei ihm, sondern völlig normal."

Ich suche in meiner Tasche nach einem Kaugummi. Normalerweise habe ich immer einen dabei. Wenn ich nicht gerade am Schießstand meditieren kann, dann ist der Kaugummi nämlich das für mich, was Methadon für einen Drogensüchtigen ist. Als Kind habe ich in nervösen Momenten an meinen Nägeln gekaut. Das habe ich mir als Jugendliche abgewöhnt, bin dann aber leider langfristig auf das Nagelhautknubbeln umgestiegen. Ja, und irgendwie bin ich dann beim Kaugummikauen gelandet, um meine Nervosität zu kompensieren. Ist mir auf jeden Fall lieber als Variante 1 und 2. Und ausgerechnet heute finde ich nur ein leeres Päckchen in meiner Handtasche. Das gibt es doch nicht! Ich werde also für den Moment rückfällig und zupfe unsicher an meiner Nagelhaut herum, bis ich blute.

„Am nächsten Abend habe ich ihn schon zu mir nach Hause eingeladen. Wir haben es uns richtig gemütlich gemacht. Mit einem guten Film und Knabbereien. Von diesem Film haben wir aber nicht viel mitbekommen, weil wir in eine wilde Knutscherei übergegangen sind. Ich hatte ein irrsinniges Kribbeln im Bauch. Aber dabei ist es dann vorerst geblieben. Wir haben uns schöne

Nachrichten geschickt und viel telefoniert. Ich sag dir, das hat sich wirklich gut angefühlt!“

„Wow, schön!“, schwärme ich.

„Drei Tage später lud er mich dann zu ihm nach Hause ein. Das hat mich umgehauen. Er hat sich sichtlich Mühe gegeben. Und damit wickelt man mich noch schneller um den Finger. In meinem Leben muss ich viel zu oft die Führung übernehmen und genieße es dann umso mehr, mich fallen lassen zu können. Das Essen, der gedeckte Tisch. Ich war wirklich beeindruckt von der Arbeit, die er sich für mich gemacht hat. Und als wir da so zusammensaßen, hat er erzählt: Seine Mutter sei schwer an Krebs erkrankt und es sehe nicht gut aus. Er war richtig schwermütig, als er mir das erzählt hat. Verständlicherweise. Ich habe ihm lange zugehört und versucht, ihn so gut es geht, zu trösten. Nicht auszudenken, was so etwas für meine Familie heißen würde. Ich fühlte mich ihm so nah, so verbunden – das war ein sonderbares aber zeitgleich auch ein ganz besonderes Gefühl.“

Alex greift in seine Jackentasche und zaubert einen Kaugummi heraus. Ich bin erleichtert! Wie gut er mich nach so kurzer Zeit schon kennt. Ich freue mich, dass ich meine armen Finger nicht länger häuten muss, sondern sie wieder in Ruhe einfach nur Finger sein lassen kann. „Ich kenne dieses Gefühl, das sich total unwirklich aber nach ‚den kenne ich schon ewig' anfühlt! So etwas gibt es tatsächlich.“

Alex fährt fort. „Ich kürze es jetzt hier ab. Auf jeden Fall waren die folgenden, gemeinsamen Tage sehr gefühlsintensiv und tiefgründig. Auch körperlich, aber noch viel mehr mental. Er hat viel über seine Mutter erzählt. Ich habe ihm zugehört. Ich wollte für ihn da sein, egal was passieren wird. Und ich dachte, das könnte ernsthaft etwas werden zwischen uns. Aber dann hat er die Bombe platzen lassen! Er hat mich zu einem Gespräch gebeten. Und wenn mich jemand so förmlich zu einem Gespräch bittet, dann wird mir schon einmal ganz flau im Magen. Der Beginn des Gespräches war natürlich dann von einer komischen Stimmung geprägt. Plötzlich sagte er: ‚Du ich muss dir was beichten!'“

„Ui, beichten – das klingt ja nicht beruhigend! Was hatte er dir zu beichten? Dass er in Wahrheit nicht schwul ist? Dass er in einer

Beziehung lebt?“ Ich bin wie immer ungeduldig und versuche, mir die Antwort schon selbst zu geben. Zum Glück kommt Alex immer recht schnell zum Punkt.
„Er schwafelte dann so etwas wie: ‚Du, hör mir zu, aber bitte sei mir nicht böse!' Ich habe ihm versichert, dass er mit mir über alles offen reden könne und wollte, dass er endlich mit der Sprache rausrückt. Und dann seine Beichte: ‚Meine Mutter ist kerngesund!' Ich verstand im ersten Moment gar nichts, war völlig perplex. Das sah er mir wohl an. Er redete gleich weiter und meinte, dass er mich so an sich binden wollte. Er wollte auf diese abartige Art und Weise eine starke, emotionale Bindung zwischen uns aufbauen. Das ist doch purer Wahnsinn, oder? Wer um Himmels Willen erfindet so eine Geschichte und wer glaubt bitte, so etwas käme nie ans Tageslicht? Eine vermeintliche Krankheit der Mutter dazu zu benutzen, um jemanden an sich zu binden. Mir fehlen bis heute die Worte. Ein bedauerliches Wesen. Ach, ich dachte wirklich, ich hätte jemand gefunden mit dem ich... na ja... wieder nichts.“

Alex ist weinerlich, aber er weint nicht. Er wischt sich trotzdem mit meinem Taschentuch die Augen ab. Das, was ich da höre, finde ich richtig abstoßend. „Es tut mir leid, dass ich nicht für dich da war.“ Ja, das tut mir wirklich von Herzen leid, dass ich ihm keine gute Freundin und überhaupt gar nichts in dieser Situation war. „Wann hat dieses abstruse Gespräch eigentlich stattgefunden?“
„Vorgestern“, antwortet er kurz und knapp.
„Darf ich wenigstens jetzt wieder für dich da sein?“, frage ich ihn übertrieben gefühlsbetont.
„Nur, wenn ich auch für dich da sein darf!“
Ja, manchmal erfordern spezielle Situationen im Leben auch speziellen Kitsch. Und dieser fühlt sich dann trotzdem gar nicht kitschig an.

22

Ich ertappe mich dabei, wie ich mich in Gedanken verliere. Das passiert mir ständig, wenn ich etwas anderes tun muss, als ich gerade tun will. Und genau das ist jetzt der Fall. Ich sitze im Büro und starre in die Luft. Ich muss diesen bescheuerten Text fertigkriegen, der muss heute noch raus. Schon seit einer gefühlten Ewigkeit sitze ich davor, und das Einzige, was ich bis jetzt gemacht habe, ist: schreiben, löschen, schreiben, löschen. Im Normalfall würde ich das Tippen ja auf morgen verschieben, aber geht eben nicht. Der Text muss heute noch ins Lektorat, sonst können wir den Drucktermin nicht halten.

Ich greife zu meiner dampfenden Tasse, in der „schwarzes Wasser" schimmert, und erhoffe mir Teein-Motivation. Ich trinke Schwarztee. Am allerliebsten in einem Omahäferl vom Flohmarkt. Und am liebsten Earl Grey von der „Theehandlung Schönbichler" in der Wollzeile. Vielleicht ist es Einbildung, aber kein Tee schmeckt besser, als jener aus dieser alten Teehandlung in Wien. Ach, wie ich diesen Laden liebe. Früher sogar noch mehr als heute. Bis vor ein paar Jahren konnte ich nämlich meine Leidenschaft für Tee sogar vor Ort zelebrieren. Eine steile Treppe am Rande des Geschäftes führte damals zu einer Galerie, die sich direkt über dem Laden befand. Auf dieser Galerie gab es drei oder vier winzige Tische mit Sitzbänken und Pölstern. Unheimlich beengt und deshalb wohl so gemütlich und einzigartig. Man konnte also dem Treiben des Ladens beiwohnen, während man dort entspannt mit einer perfekt zubereiteten Tasse Tee saß und durch die große Glasscheibe auch auf die Straße blicken konnte.

Kaffee trinke ich nur dann, wenn ich ein extrem ausgeprägtes Energietief ausgleichen muss und die Alternativen nicht gewirkt haben. Dann drücke ich mir so ein grausliches Gemisch aus dem Büro-Automaten heraus. Dass der nicht besonders gut schmeckt, ist mir egal. Kaffee konnte ich ja generell noch nie leiden. Davon bekomme ich Sodbrennen. Mein Bruder meint, das liege an mangelnder Kaffeequalität, die ich bislang zu mir genommen hätte. Bei seinen Bohnen sei das schier unmöglich. Ich hingegen meine, es liege daran, dass ich Kaffee abgrundtief hasse. Nicht einmal den

Geruch von frisch gemahlenen Bohnen kann meine Nase ausstehen. Deshalb reagiert mein Körper psychosomatisch mit Sodbrennen. Das ist meine Theorie. Oder, auch möglich, der Kaffee weiß ob meines Hasses für ihn und macht das Sodbrennen dann absichtlich. Als Rache quasi. Fix ist nur, dass wir zwei keine Freunde werden.

Ich zwinge mich zurück zu meinem ungeliebten Text und schreibe einen Halbsatz, als das Vibrieren meines Handys mich wieder aufschauen lässt. Hallo, Ablenkung! Wer will mich?

Morgen habe ich ein Spaziergangs-Date in Wien!

A wie Alex. A wie Ablenkung. Meine willkommene Ablenkung Alex, bitte lenk' mich ab von diesem Scheißtext, ich bitte dich! Ich zögere keine Sekunde und antworte sofort:

ICH: Cool! Ich komme mit! ;-)
ALEX: Haha, genau! G., angehender Arzt, 30 Jahre, macht gerade die Pflichtfamulatur am AKH.
ICH: Hat Potential. Konntest du ihn schon fragen, ob er kurzärmelige Hemden trägt?
ALEX: Ja. Also, ja ich konnte ihn fragen. Und nein, tut er nicht. Langärmelige Hemden oder kurze Polos. Also hat er wirklich Potential, oder?!
ICH: Woher kommt denn der so plötzlich?
ALEX: Das geht schon eine ganze Weile. Er chattet und telefoniert nicht gerne, deshalb hatte ich ihn zwischendurch schon abgeschrieben. Er antwortet oft über mehrere Tage nicht. Und dann doch wieder. Aber gestern Abend haben wir es tatsächlich geschafft. Der erste Videochat. Das Gespräch hat wirklich gut gepasst und er sieht Hammer aus!

Es fällt mir mehr als schwer, diesen Chat und den „willkommenen Alex" gleich wieder zu unterbrechen. Aber meine Vernunft ruft mittlerweile so laut, dass ich mir ein Tinnituspfeifen im Ohr einbilde. Ich muss jetzt wirklich zurück zum Text!

ICH: Da du mir ja morgen fremdgehst beziehungsweise fremdspazieren gehst... Sehen wir uns dann am Montag? Mit allen Details?

ALEX: Ja, so machen wir das.
ICH: Schöne Zeit, genieße sie!

25 Minuten später ist mein Text auf dem Weg zum Lektorat und ich kurz darauf auf dem Weg nach Hause. Gott und Alex sei Dank.

23

Die letzten Tage im Büro und auch das Wochenende waren sehr ruhig. Wenn ich ehrlich bin, dann sogar langweilig. Wohl die Ruhe vor dem Sturm, denn heute ist Montag. Ein ganz herrlicher, turbulenter Montag.
Meinen direkten Vorgesetzten gibt es nicht mehr. Mein Chef ist endlich Geschichte! Fristlos gekündigt vom Personalleiter. Und das ist noch nicht alles. Er wurde sogar von der Polizei abgeführt. Wie in einem schlechten Film. Gut, schon ohne Handschellen und so, aber richtig abgeführt trotzdem. Ich weiß, das klingt jetzt ein bisschen hart, aber es kommt aus den Untiefen meines ehrlichen Herzens, wenn ich sage, dass ich das trotzdem richtig großartig finde.
Er war ein schmieriger Bursche, der mir nicht näher als einen Meter kommen durfte. Ich mochte seinen Charakter und auch seinen Körpergeruch nicht. Bäh, dieser Geruch! Bestimmt nicht eklig für die Allgemeinheit, weil er war schon geduscht und so, aber eben über alle Maßen furchtbar für mich. Wenn er mir etwa beim Verfassen einer Aussendung über die Schulter blickte, überkam mich Gänsehaut. Diese negative Gänsehaut. Nicht die positive. Nein, die mit Fluchtgefühl, das sich aufdrängt.
Mein Vorgesetzter gehörte aber natürlich nicht nur deshalb weg, weil ich eine persönliche Aversion gegen ihn hatte. Er war ein generelles Scheusal! Das muss ich bewusst so formulieren, denn sonst bekommt es nicht die nötige Intensität. Ein unheimlich fauler Kerl, der mich seinen Job machen ließ, aber nebenbei ganz unverschämt die Lorbeeren unter dem Titel „Gemeinschaftsarbeit" einheimste. Einer, der im Hintergrund seine Energie lieber dafür aufwandte, um unsaubere Geschäfte zu machen, sich finanziell zu bereichern, das Unternehmen nachhaltig zu schädigen.

Deshalb bin ich bester Laune, als mich Alex vom Büro abholt. Aus einer Nachricht vom vergangenen Freitag weiß ich bereits, dass das Date mit dem angehenden Arzt dann doch nicht stattgefunden hat. Er hat kurzfristig abgesagt und ihn vertröstet. Es kommt mir schon irgendwie komisch vor, dass er immer wieder den Kontakt sucht, aber dann nichts Verbindliches wie etwa ein einfaches Kennenlernen eingehen möchte. Womöglich ist er liiert, hält Alex nur warm, will ein pflichtfreies Abenteuer nebenbei, wenn es sich zwischendurch mal anbietet? Ja, wenn man das immer gleich von Anfang an wüsste. Mit der Zeit entwickelt man als Vieldater zwar ein ziemlich gutes Bauchgefühl dafür, wie einer in natura sein könnte und was er sucht, aber manchmal bleibt auch unheimlich viel Interpretationsspielraum beim Onlinedating, das muss ich schon zugeben.

„Wie gehst du eigentlich beim ‚Wischen' vor?", möchte ich von Alex wissen. „Hast du dir da eine gewisse Strategie zurechtgelegt oder entscheidest du immer spontan aus dem Bauch heraus?"
„Ja, eine gewisse Routine entwickelt sich schon mit der Zeit. Aber allgemein ist es eher ein Bauchgefühl. Diese Form der Auswahl ist ja eigentlich sehr oberflächlich und es entscheiden einfach die ersten Sekunden. Oft sagt die Fotoauswahl schon einiges über den Menschen aus, die schau' ich mir schon gerne an. Ich bin auch ein bisschen enttäuscht, wenn es nur ein Bild gibt. Besonders freue ich mich, wenn das Instagram-Profil verlinkt ist und ich noch mehr sehen kann. Eine kurze Profilbeschreibung find' ich außerdem gut, allerdings haben die nur sehr wenige. Na ja, und dann bewerte ich das Gesamtpaket und wische nach rechts oder links. Das ist meine ‚Technik', wenn man es so nennen will. Und, wie heißt es so schön? Alles Sache der Technik – auch in diesem Fall." Alex zwinkert mir zu. „Wie ist das bei dir? Wie entscheidest du?"
„Mich muss immer irgendein Detail ansprechen. Irgendetwas. Ein Fünkchen Humor, eine auffallende Gemeinsamkeit, eine außergewöhnliche Leidenschaft, besonders aussagekräftige Fotos. Und, was ich so gar nicht ausstehen kann, sind geizige Typen. Also Männer, die zu geizig sind, um auf die Premiumversion zu wechseln. Die dann trotz eingeschränkter und kostenloser Standardversion versuchen, ihre Nummer oder Mail-Adresse irgendwie kryptisch verpackt in eine Nachricht zu schummeln. Das ist sowas von unsexy!"

Ich öffne das Dating-Portal in der Handy-App. Ich kann es auch jetzt noch immer nicht fassen, dass das eine Nachricht von einem erwachsenen Mann sein soll, die ich gestern bekommen habe. Irgendwie erinnert mich diese Benachrichtigung an die Comiczeitschrift „Yps“ aus meiner Kindheit, in der wir einmal eine verschlüsselte Geheimschrift à la Scotland Yard erlernen durften. In diesen Yps-Heftchen gab es immer unheimlich tolle Geschenke: Urzeitkrebse, klebrige Klatschhände, Fake-Wasserhähne, um die Eltern reinzulegen. Oder eben das mit dieser Geheimschrift. Das fand ich mit acht Jahren natürlich unheimlich cool, aber mit Mitte 30 hat das Ganze doch etwas weniger Reiz für mich. „Sicher nicht! Jemand, der nicht einmal ein paar Euro pro Monat investieren kann, um ordentliches Onlinedating zu betreiben, ist bei mir sowieso an der falschen Adresse“, kommentiere ich diese chiffrierte Botschaft.

Ich reiche das Handy an Alex weiter und lese von der Seite noch einmal mit:

Liebe Marina! Du hast ein schönes Profil. Freue mich auf deine Antwort unter folgender Mail-Adresse: Mozarts Geburtsstadt Punkt 7899123 ET gpost Punkt c-o-m

24

Dieser Juni war bislang irgendwie merkwürdig. So viel los und dann doch wieder nichts. Außerdem fühlte er sich gar nicht nach Frühling oder gar Frühsommer an. Kaum Sonne, viel zu kalt. Alex brauchte dringend einen Tapetenwechsel und ich konnte ihn mehr als gut verstehen. Und so entschied er sich kurzerhand, zu verreisen. Zusammen mit einer guten Freundin war er für ein paar Tage am italienischen Hausmeisterstrand. So wird Bibione auch heute noch gerne genannt, weil dort früher die Hausmeister aus Wien urlaubten. Die Obere Adria ist ja mittlerweile so gar nicht mehr meines. Als junges Mädel einmal, ja! Aber jetzt, als erwachsene Frau kann ich dieser Form von Urlaub gar nichts mehr abgewinnen. Was macht man dort den ganzen Tag? Am Strand braten und danach irgendeine 08/15-Pizza essen? Ich fragte mich also wirklich, warum Alex ausgerechnet dorthin wollte, um sich zu entspannen... Aber na ja, Geschmäcker sind bekanntlich verschieden und die Hausmeister würden ja ohnehin erst im Hochsommer kommen, sollten sie das nach wie vor tun.

Aber ausgerechnet in Bibione sollte es passieren. Ausgerechnet in Bibione verliebte sich Alex. Natürlich nicht wirklich in Bibione, sondern virtuell per Dating-Plattform, aber er lernte seinen H. eben genau in diesem Urlaub kennen. Darüber hat er mich bislang nur via Handy am Laufenden gehalten. Gesehen haben wir uns nämlich in den letzten Tagen nicht. Denn auch ich war verreist, nach Barcelona – neben Wien meine absolute Lieblingsstadt in Europa. Das coole Flair und die positive Energie, die ich dort immer wieder aufsaugen kann, habe auch ich nach den Erlebnissen der letzten Zeit gebraucht. Deshalb gönnte ich mir dieses Mal gleich vierzehn Tage. In einer Suite des Arts Barcelona Hotels direkt am Strand. Ich weiß, das klingt jetzt ziemlich abgehoben, aber mein Urlaubsmotto lautet: Im Urlaub will ich es zumindest so schön haben wie zu Hause. Und sollte das nicht gehen, dann noch schöner! Darunter kommt bei mir selten was in Frage. Das müsste dann schon ein ganz spezielles Juwel mit besonderem Charakter sein. Ich bin eben keine Rucksacktouristin und auch keine Camperin, da bin ich ganz ehrlich.

Auch ich war nicht ganz allein verreist. Eine meiner Freundinnen konnte sich fünf Tage freinehmen, um mich zu begleiten. Die mit dem inoffiziellen Freund, weil der ja eigentlich verheiratet ist. Schon seit Wochen ist das ein ständiges Auf und Ab mit diesem Typen. Am einen Tag will er sich von seiner Frau trennen, sagt er, am nächsten Tag sieht das schon wieder ganz anders aus. Warum sie immer noch mit ihm zusammen ist, ist mir ein absolutes Rätsel. Wahrscheinlich hat Amor falsch gezielt. Oder der Sex ist nicht von dieser Welt. Könnte beides sein.

Die gemeinsamen Tage vergingen wie im Flug. Wir besuchten die neuesten Clubs, gönnten uns Shoppingtouren und ließen uns mit Beauty Treatments im Hotel verwöhnen. Ohne Kummer, ohne Sorgen, ohne schlechtes Gewissen. Wir hatten eine richtig lustige Zeit zusammen.

Nachdem meine Freundin abgereist war, kam ich dann aber endlich zur Ruhe. In die Clubs ging ich ja alleine nicht. Das ist nichts für mich. Stattdessen bummelte ich einfach so durch die engen Gassen dieser faszinierenden Stadt. Ohne großartiges Ziel. Erst alleine konnte ich ihr bezauberndes Flair in vollen Zügen genießen. Wenn mir die Gassen dann doch zu eng wurden, spazierte ich am Boulevard Passeig de Gràcia entlang, trank gemütlich einen Cocktail in hippen Lokalen und aß zwischendurch immer wieder einmal Pan con Tomate, das leckere Tomatenbrötchen, das eigentlich nur die Katalanen richtig zubereiten. Ja, ich hatte zum ersten Mal seit langem die Möglichkeit, in den Tag hineinzuleben und meine Gedanken einfach nur schweifen zu lassen. Ohne Job im Kopf, ohne Termine im Nacken und ohne Dating-Portal am Handy, denn auch das habe ich in den Kurzurlaub geschickt.

Wir schlendern durch die weitläufigen Pappelalleen, die in Strahlenformation zu jenem Schloss führen, das einst Kaiserin Elisabeth von Österreich bewohnte. Unser heutiger Spaziergang findet im Schönbrunner Schlosspark statt. Alex und ich haben uns wirklich lange nicht gesehen. Gefühlt eine Ewigkeit. Deshalb war die Wiedersehensfreude groß. Und ich muss ehrlich sagen: So schön es in Barcelona war, die Spaziergänge mit Alex in Wien kann nichts ersetzen. Außerdem bin ich neugierig, was es mit den

Nachrichten tatsächlich auf sich hat. Ist er jetzt ernsthaft in einer Beziehung oder ist das nur so ein „Gspusi"?

Er beginnt auch sofort, mir alle Einzelheiten des Urlaubes zu erzählen. Von Sightseeing in Venedig über Nichtstun am Strand war alles dabei. Außerdem hat er sich – anders als ich in Barcelona – intensiv mit seinem Handy beschäftigt. Also, genauer mit Instagram. Alex wollte so viele Urlaubsmomente wie nur möglich teilen. Mit mir und der ganzen Social-Media-Welt.

„Dann habe ich bemerkt, dass ein neuer Abonnent immer öfter meine Fotos und Storys likt. Anfangs habe ich das nicht so beachtet, aber irgendwann war es so auffällig, dass ich ihn angeschrieben und einen Chat mit ihm begonnen habe."
„Und das war vermutlich dein H.?" Ganz klar eigentlich, dass er das sein muss.
„Genau. Dieser Abonnent war H., 28 Jahre, Student der Anglistik und nebenbei im Callcenter einer Versicherung beschäftigt. Per Chat lernten wir uns allmählich immer mehr kennen. Ein paar Nachrichten abends beim Cocktailtrinken oder beim in der Sonne Braten am Strand. Oder – und jetzt lach bitte nicht – als ich bei diesen Greifautomaten in der Spielhalle ein Stofftier nach dem anderen rausgezogen habe."

„Echt?" Nein, lachen muss ich nicht, aber ich bin irritiert. „Das machst du noch? Ich dachte ja immer, das sei nur für Kinder und bloß Abzocke, weil da eh niemand etwas herausbekommt." Ich erinnere mich dabei an meinen ersten Freund. Ich war 16 und er 18. Einmal hat er mich im Porsche seines Vaters von der Schule in Graz abgeholt und ist mit mir übers Wochenende nach Lignano gefahren. Neben Cocktailbars haben auch diese Spielhallen einen gewissen Reiz auf uns ausgeübt. Damals, mit 16 und 18. Danach hatte ich aber nie wieder Berührungspunkte mit diesen Automaten, muss ich ehrlich sagen.

Mist, ich schweife gedanklich ab. Was hat Alex gesagt? Ich habe ihm nicht zugehört. Was ist bloß los mit mir? „Entschuldige, ich habe dich nicht verstanden. Was hast du gerade gesagt?", flunkere ich.

„So ist das nicht. Mit der richtigen Taktik geht da echt viel", wiederholt Alex das vermutlich schon einmal Gesagte.
„Glaube ich nicht. Das ist doch durch und durch eine linke Partie! Geldmacherei." Alex hakt gleich wieder ein. „Doch, doch! Mit einer gewissen Taktik kann man sehr gut für wenig Geld die Viecher abstauben. Eines nach dem anderen. Mein Kasten war am Ende des Urlaubs voll mit Bär, Hund, Pumba, Stitch und Ohnezahn."

Ohne was? Jetzt bin ich noch mehr verwirrt. Diese Viecher haben auch noch Namen? „Hast du ihnen diese Namen gegeben?" Eine Mischung aus Verwirrtheit, Unverständnis und Hunderten von Fragezeichen formen meinen vermutlich ziemlich hollywoodreifen Blick. „Nein, das sind größtenteils Figuren aus Filmen von Disney, Pixar und so", klärt mich Alex auf. Okay, Figuren aus Zeichentrickfilmen. Kein Wunder, das mir das alles nichts sagt. Mamma Mia, sprechen wir jetzt echt seit Minuten über Stofftiere, obwohl ich eigentlich alles über seine neue Bekanntschaft wissen wollte? Diskutieren wir nun ernsthaft darüber, dass man einen Automaten übers Ohr hauen kann und wie genau das geht? Und darüber, wie diese Kuscheltiere heißen? Offensichtlich. Kaum zu glauben.
„H. hat mir gleich erzählt, dass er sich einen Scooby Doo wünscht."
Ich lächle etwas unsicher. Noch gelingt es mir nicht, dieses Stofftierautomaten-Thema für mich einzuordnen. Aber ein Scooby Doo aus dem Automaten als erster Liebesbeweis – jetzt geht das Gesprächsthema zumindest schon mal in die richtige Richtung!
„Leider habe ich keinen gefunden, den ich für ihn rausangeln hätte können. Aber, wie du merkst, waren wir wirklich die ganze Zeit in Kontakt. Egal, wo ich gerade war."
„Hast du auch was von ihm gesehen? Er hat ja offensichtlich schon ziemlich intensiv bei dir auf Instagram in dein Leben geblickt", möchte ich als Nächstes wissen.
„Ja klar. Auch das eine oder andere Foto von seiner Wohnung war schon dabei. Eine kleine Wohnung in Graz, nahe einer Kirche und sehr stilvoll eingerichtet. Da hat sich auf jeden Fall schon was aufgebaut zwischen uns."
„Ein Grazer?" Da muss ich sofort einhaken. „Dein erster Freund kommt aus meiner Heimatstadt?" Ich selbst sage ja äußerst selten

über mich, dass ich Steirerin bin. Ich fühle mich als Grazerin. Das verstehen die meisten Menschen nicht, aber für mich macht das einen riesengroßen Unterschied, ob man Steirer oder Grazer ist. Grazer ticken irgendwie anders als Steirer. Nicht wertend, das ist einfach so. Allerdings, wie ich gerade merke, kann ich es nicht einmal ordentlich erklären, warum ich das eigentlich so empfinde. Ist wohl einfach so ein Gefühlsding, mehr nicht.

„Ja, ein Grazer, aber seine Großeltern waren Spanier." Sonst geht Alex nicht weiter darauf ein. Vielleicht weiß er aber auch noch nicht mehr über seine Familienverhältnisse. Wäre auch möglich.
„Ich konnte es gar nicht erwarten, endlich wieder nach Hause zu kommen, um mit ihm zu skypen. Ich war auf seine Artikulation, seine Mimik und Gestik, auf seine Stimme neugierig."
„Und? Wie hat sich das angefühlt?"
„Wow, dachte ich mir. Es passte alles. Und schon beim ersten Gespräch redeten wir die halbe Nacht. Ich lag im Bett, das Notebook neben mir mit dem offenen Chat. Das ging dann jeden Tag und jede Nacht so. Wir schrieben uns mehr und immer intensiver. Eigentlich fast ununterbrochen. Na ja, und irgendwann fragte er mich nach meiner Adresse."
„Und, was hast du gemacht?"
„Ich gab sie ihm natürlich."
Ich bin irritiert, was die schnelle Herausgabe seiner Daten angeht. Doch Alex beantwortet meine Frage noch, bevor ich sie überhaupt stellen kann: „Du weißt ja, das mit der Adresse ist bei mir nicht so schwierig, er hätte ja sonst nur das Gasthaus meiner Eltern googeln müssen. Zwar fragte ich mich schon, warum er meine Adresse brauchte, aber das beschäftigte mich nicht weiter. Ein paar Tage drauf wusste ich es. Da bekam ich nämlich einen Brief. Meinen ersten handgeschriebenen Liebesbrief von H."
„Ein Liebesbrief? Mit der Hand geschrieben?" Ich bin aus dem Häuschen. Postkarten, Briefe, Billets – Handgeschriebenes erweicht mein Herz, dafür kann ich mich richtig begeistern. Eine Romantikerin im eigentlichen Sinn bin ich aber noch nie gewesen. Ich mag etwa keine Schnittblumen, wie Rosensträuße. Nein, so etwas gefällt mir einfach nicht. Viel zu schade ums Geld. Und dann stechen diese Dinger meistens auch noch und das Wasser ist ständig zu wechseln, damit es nicht in der ganzen Wohnung nach

Jauchengrube stinkt. Ich kann auch keine Blütenblätter am Bett leiden. Wenn man nicht unbedingt darauf schlafen möchte, muss irgendjemand diese ganzen Blätter wieder aufsammeln. Vermutlich die Frau. Danke, darauf kann ich getrost verzichten.
Ja, ich gebe es gerne zu, ich stehe einfach nicht auf diese aufgelegte Romantik, die Männer aus Filmen kennen. Tut mir leid! Ich mag individuelle Situationsromantik. So nenne ich das. Männer, die aufmerksam sind und mich mit Dingen überraschen, weil sie mir gut zugehört haben. Mir hat einmal ein Bekannter „Wiener Gebäck" mitgebracht. Diese kleinen Semmeln, Kipferln und Striezeln aus purem Zucker. Total ungesundes Zeug, aber verführerisch gut. Ich habe wohl bei einem Telefonat davon geschwärmt, dass mir meine Mutter die Süßigkeit als Kind oft in meinen Adventkalender getan hat. Das fand ich zum Beispiel sehr romantisch. Verdammt, ich schweife schon wieder ab... Zurück zu Alex.
„Ja, klassisch mit der Hand geschrieben. Ich weiß, wie sehr du Briefe magst, deshalb habe ich ihn auch mitgebracht." Er holt ein Kuvert aus seinem Rucksack und gibt es mir.
Mittlerweile sind wir schon ein ganzes Stück gegangen und suchen uns eine Parkbank, auf der wir uns niederlassen.
Ich sehe mir den Briefumschlag von allen Seiten genau an und bewundere die schöne Handschrift. Ja, ich schnuppere sogar am Kuvert. Ich rieche aber nichts, nur Papier. Dann hole ich den Brief heraus und lese:

Graz, den 13. – Alexander, mi amor,

endlich darf die neue Füllfeder das tun, was sie vermutlich tun möchte: Sie darf schreiben. Nämlich Dir. Und sie darf mein stetig wachsendes und aufgrund meiner freudigen Aufregung so unbeholfen in Worte gefasstes Gefühl für dich zu Papier bringen. Mögen diesen Worten noch unendlich viele mehr folgen. Oder besser noch: Taten, Situationen und Augenblicke, welche schriftliche Zuneigungsbekundungen überflüssig machen, da sie selbst Bände sprechen.
Im Moment gibt es aber nur diese kleine Botschaft, die auf einige wenige Worte beschränkt ist, und deshalb möchte ich an Mascha Kaleko verweisen, bei deren Gedicht ich an dich denken muss und deren Worte einfach alles sagen. Ich lasse ihre Zeilen gerne hier für dich:

Wirst du irgendwann irgendwie mein „Irgendwer" sein?
Einer ist da, der mich denkt.
Der mich atmet, der mich lenkt.
Der mich schafft und meine Welt.
Der mich trägt und der mich hält.
Wer ist dieser Irgendwer?
Ist er ich? Und bin ich er?

En profundo afecto, H.

„Wow, das ist ja ein literarischer Hochgenuss! Wunderschöne Worte nur für dich. Und seine Schrift..." Ich bin wahrhaftig begeistert und stecke den Brief vorsichtig ins Kuvert zurück. Als hätte ich die Verantwortung für eine alt-ägyptische Briefrolle übernommen und müsste sicherstellen, diese wieder schadlos zu verstauen.

„Pass auf", erzählt Alex weiter. „An diesem Tag, als ich den Brief erhalten habe, hatten wir dann aber auch schon unseren ersten Disput am Telefon. Ich hatte ihm ja ganz ehrlich von meinem Liebesleben erzählt. Na ja, da gab es bis dato noch nicht viel zu erzählen, wie du weißt. Mein Outing ist ja noch nicht sehr lange her und mein erstes Mal mit einem Mann hatte ich noch nicht. Für mich ziemlich beschämend. Es war mir sehr unangenehm, darüber zu sprechen. Ich wollte aber von Anfang an ehrlich sein. Und, stell dir vor, er glaubte es mir nicht."
„Wie meinst du das? Was glaubte er dir nicht?"
„Er glaubte mir einfach nicht, dass ich keine Erfahrungen mit Männern hatte. Immer wieder hinterfragte er es. Er meinte, ein Mann in meinem Alter könne doch nicht so eine prüde Vorgeschichte haben, ich hätte doch bestimmt schon zig Männer gehabt und mich ausgelebt. Ich erklärte ihm mehrmals, dass ich noch nicht lange geoutet bin, dass ich in den letzten Jahren stark auf Arbeit getrimmt war und es faktisch kein Liebesleben gab. Er hingegen hätte es bunt getrieben. Fast täglich jemanden gedatet und auch fast täglich Gäste gehabt. Für mich ist sowas unvorstellbar, aber ich habe es akzeptiert und das habe ich mir auch von ihm erhofft. Dass es nicht so war, hat mich sehr verletzt."

„Das glaube ich dir aufs Wort. Und wie ist es weitergegangen?"
„Jetzt halt dich fest. Gleich am nächsten Tag kam ein Paket. Darin waren ein Brief und eine Reisefüllfeder. Er hätte es von einem ganz besonderen Schreibwarengeschäft in Graz, hat er geschrieben. Von dort hätte er auch seine Stifte und Füllfedern, denn auf gutes Schreibwerkzeug lege er viel Wert. Mit dieser Füllfeder sollte ich seine Briefe beantworten. Soll ich dir den Brief, den er beigelegt hat, auch vorlesen?"
Die Frage war wohl rein rhetorisch. Ohne meine Antwort abzuwarten, kramt er wieder in seinem Rucksack.

Graz, den 21. – Lieber Alexander,

es ist nunmehr 18:51 an diesem turbulenten, wahnsinnigen Dienstag. Vor exakt 57 Minuten hast du mir gesagt, du wolltest mich am liebsten dorthin schicken, wo der Pfeffer wächst, und dass du dich erstmal nicht mehr melden wirst. Dass du durchschnaufen musst. Dass du Luft zum Atmen brauchst. Und du machst das tatsächlich auch. Ich weiß, ich habs verdient, dass du mich zappeln lässt – aber es ist hart, dich nicht anzurufen, dir keine Nachrichten zu schreiben und dir keine Fotos zu schicken. Deshalb schreibe ich diese Zeilen. Ich möchte dir gerne sagen, dass es mir leidtut, dich gestresst, dich mit meinem Emotionsausbruch womöglich verletzt und dich mit meiner Neugierde beschämt zu haben. Die Füllfeder, die diesem Paket beiliegt, habe ich heute in Graz gekauft. Ich habe die gleiche und mag sie sehr. Ich hoffe, so geht es auch dir.
Nun kannst du mir damit schriftlich deine Liebe gestehen – oder mir wahlweise mitteilen, wie bescheuert du mich findest. Geht vermutlich beides (aber ich habe es nicht selbst ausprobiert). H.

„Wie hast du dann darauf reagiert?", möchte ich weiter wissen. Dass er reagiert hat, steht für mich außer Frage. Schließlich ist Alex auch heute noch verliebt in seinen H. Das weiß ich ja aus verlässlicher Quelle.
„Ich machte mich gleich am nächsten Tag auf, um ein schönes Briefpapier mit den dazu passenden Umschlägen zu besorgen. Am Abend setzte ich mich hin und antwortete ihm mit der geschenkten Füllfeder. Ich erklärte ihm nun auch noch einmal schriftlich, dass ich ihm die Wahrheit sage und es für mich sowieso schon unangenehm genug sei, darüber so offen zu sprechen. Er versprach

mir dann, mir drei Jahre lang jeden Tag einen Liebesbrief zu schreiben. Bislang tut er das tatsächlich. Insgesamt habe ich schon dreizehn Briefe und zwei Karten erhalten."
„Der legt sich aber ins Zeug."
„Ja, schon. Es ist auch ein ehrlich schönes Gefühl, so umschwärmt zu werden."
Da könnte man tatsächlich fast neidisch werden. Aber Neid ist ein Gefühl, das mich bei Alex nicht überkommt. Ich gönne ihm wirklich alles, was schön ist. Wenn es um ihn geht, bin ich sowieso ein viel positiverer Mensch. Wie faszinierend!
„Unser Kontakt wurde seitdem auch virtuell von Tag zu Tag immer intensiver und wir haben schon nach kurzer Zeit vieles – sowohl körperlich als auch mental Intimes – miteinander geteilt. Da fällt mir gerade etwas ein, weil ich gerade ‚körperlich intim' gesagt habe: Du erinnerst dich an die Geschichte von gerade eben mit dem Greifautomaten und dem Scooby Doo?"
„Klar." Nein, nicht schon wieder dieses Thema.
„Weil ich ja in Italien keinen rausfischen konnte, habe ich H. einfach einen gekauft und ihm geschickt."
„Und? Wie hat er reagiert?"
Alex´ Mund verzieht sich zu einem breiten Grinsen. Ich bin gespannt, was jetzt wohl kommen mag. Vielleicht sind Stofftiere doch interessant, wenn er so herzhaft grinst?
„Ich habe ein sehr erotisches Foto zurückbekommen. Dieser Mann im Adamskostüm – bedeckt nur mit besagtem Scooby Doo. Er war auf diesem Bild wirklich völlig nackt und er hielt sich sein bestes Stück nur mit diesem Kuscheltier zu. Ich saß gerade im Büro und war in meine Arbeit vertieft, als ich diese Nachricht öffnete. Puh, da wurde es plötzlich ganz schön eng in der Hose, wenn du weißt, was ich meine."
Natürlich weiß ich, was er meint. „Da bekommt die Bezeichnung ‚Kuscheltier' gleich noch einmal eine ganz neue Bedeutung..." Ich schwanke zwischen Grinsen und unangenehmem Berührtsein. Aber das Grinsen überwiegt. Woher kommt das? Ich bin ja sonst nicht so prüde.
„Wie auch immer, es wird von Tag zu Tag mehr und dank Skype können wir uns auch jeden Tag sehen. Sogar gemeinsames Einschlafen ist möglich. Laptop auf den Nachttisch, an den Strom anschließen und schon können wir zusammen einschlafen und

aufwachen. Alles fühlt sich so richtig an und echt schön. Jedem Anfang wohnt ein Zauber inne."
Ja, das fasst es wirklich gut zusammen. Ich sage es aber nicht laut und lasse Alex gleich weitererzählen.
„Das alles zum ersten Mal mit einem Mann zu erleben, ist traumhaft schön, sag´ ich dir. Endlich einen Menschen zu haben, der dich fragt, wie es dir geht und der auch die Antwort abwartet."
„Stimmt. Die Zeit nimmt sich sonst kaum jemand", sage ich. Irgendwie zweifle ich ja noch immer daran, dass dieser Tag X kommen wird. Der Tag, an dem ich jenen Mann kennenlernen werde, der ernsthaftes Interesse daran hat, wie es mir geht und auch ehrlich die Antwort wissen möchte. Ich bin mir wirklich nicht sicher, ob es diesen einen Menschen für mich überhaupt gibt auf dieser Welt... Es ist doch immer so: Wenn man auf etwas wartet, kommt nichts, und wenn man nicht damit rechnet, kommt gleich alles auf einmal. Vielleicht sollte ich einfach einmal damit aufhören, etwas zu erwarten. Auf jeden Fall sollte ich jetzt auf der Stelle damit aufhören, über mich nachzudenken. Das ist schließlich Alex' Auftritt, nicht meiner. Er ist natürlich noch nicht fertig mit seiner Erzählung und plaudert auch gleich freudig weiter:
„Wir haben auch schon einige gemeinsamen Dinge, wie eine Playlist, einen synchronisierten Pärchenkalender und einen eigenen Hashtag. Ich weiß, das geht alles ziemlich schnell, aber es fühlt sich wunderbar an." Damit hat sich meine Frage erübrigt.
„Du hast ja auch lang genug darauf gewartet. Wie ist es weitergegangen?"
„Natürlich war die Entfernung immer wieder ein großes Thema und wir haben deshalb unser erstes Treffen für das lange Wochenende über Fronleichnam geplant. Bis dahin wären es nur mehr ein paar Tage gewesen, aber irgendwie hielt ich es nicht mehr aus. Seine Adresse wusste ich ja vom Absender auf den Briefen. Ich plante also einen spontanen Überraschungsbesuch in Graz."
„Nein! Echt jetzt?" Oh, mein Ton ist nicht sehr höflich, aber das ist mir wirklich zu spontan.
„Ich machte meinen Kirchendienst am Sonntagvormittag, half meiner Mutter noch im Wirtshaus, packte zwei Schnitzel ein, nahm meinen Koffer und marschierte damit durch die Wirtshaustür. Meiner Familie erzählte ich erstmal nichts davon und machte mich einfach auf den Weg nach Graz."

„Na, bravo! Ich bewundere dich! Ich hätte keine Nerven dafür. Und? Hat er sich dann überhaupt gefreut oder war er komplett schockiert, als du so unerwartet vor seiner Tür gestanden bist?“
„Na ja, ehrlich gesagt, hat er etwas gebraucht, bis er es verdaut hatte. Am Tag davor hatte ich ihm ja erzählt, dass ich sehr müde sein werde von der anstrengenden Woche und am Nachmittag sicherlich ein Schläfchen machen werde. Seine Anrufe und Nachrichten ignorierte ich. Auch, wenn das ziemlich hart für mich war. Aber ich wollte ihn unbedingt überraschen. Als ich mich schließlich vor seinem Haus einparkte, war ich total aufgeregt! Ich rief ihn sofort an. Das Erste, was von ihm kam, war natürlich eine Rüge, warum ich mich nicht gemeldet hätte.“
„Und dann gleich raus mit der Überraschung?“
„Ja, ich habe gesagt: ‚Komm mal zum Fenster und schau auf die Straße runter.‘ Das machte er auch und war vollkommen perplex, als er mich unten stehen sah. Ich erwischte ihn wohl beim Putzen, deshalb sagte er harsch: ‚Ich hasse Überraschungen. Wer unangekündigt kommt, kann auch 10 Minuten warten!’ Also stand ich da und wartete.“
„So hätte ich wohl auch reagiert, wenn ich ehrlich bin. Ich mag keine unangekündigten Besucher. Das kann ja nichts Gutes sein – typisch Pessimist. Wobei sich solch ungeliebte Überraschungen im Nachhinein oft als wunderschön herausstellen, muss ich schon zugeben. Also zumindest, wenn sich der erste Schock dann mal gelegt hat.“ Ich zwinkere Alex zu.
„Das waren nicht gerade die schönsten zehn Minuten meines Lebens, wie du dir vorstellen kannst. Wenn man jemanden mit großer Freude überraschen möchte und dann nicht weiß, ob die Situation womöglich so angespannt bleibt oder ob vielleicht doch ein anderer Typ in seiner Wohnung ist. Gut, okay, er kam dann herunter und war total nervös. Das konnte ich sehen. Aber als er vor mir stand, konnte er sich sein Grinsen nicht verkneifen.“
„Gott sei Dank.“ Innerlich habe ich jetzt mit Alex mitgefiebert, obwohl ich natürlich weiß, dass H. ihn nicht weggeschickt hat. Schließlich kenne ich da ein paar Fotos von einem verliebten Pärchen in Graz. „Was ist dann passiert?“
„Wir gingen zuerst in ein Kaffeehaus ums Eck. Neutraler Boden war für den Anfang gut. Beim Verlassen des Lokals fragte er mich gleich, was wir denn danach machen wollen, wo ich doch noch

eine lange Heimreise vor mir hätte. Ich meinte dann: ‚Ich kann bis Dienstagabend bleiben.'"

„Alex, du bist verrückt!" Ich muss grinsen. „Der arme Kerl! Der war bestimmt überfordert?!" Ein klein wenig verspüre ich Mitgefühl für den Burschen. Aber andererseits finde ich natürlich auch Alex' Verwegenheit ganz großartig. Das könnte ich ja nie.

„Etwas. Ganz wusste er nicht, was er davon halten sollte. Ich aber auch nicht, wenn ich ehrlich bin. Bin das wirklich ich? Ziehe ich das jetzt echt durch? Ich Hosenscheißer? Angst vor der Liebe, Angst vor dem Glück und jetzt bei einem Wildfremden in einer unbekannten Stadt ein ordentliches Stück vom eigenen Zuhause entfernt? Offensichtlich ja. Da stand ich, bereit mich einzulassen auf alles, was passieren wird."

„Respekt! Da bin ich einmal ein paar Tage nicht im Lande und du wirst erwachsen!" Jetzt grinse ich noch mehr.

„Er hatte mir in unseren Gesprächen immer zugeredet, ich soll mir Zeit lassen, einen Schritt nach dem anderen gehen. Er wusste ja von meiner Unerfahrenheit mit Männern. Aber ich wollte nicht mehr warten! Es fühlte sich richtig an."

„Wie ist es weitergegangen?", will ich schon wieder wissen. Geduld ist ja nicht gerade meine Stärke.

„Ich holte meine Sachen aus dem Auto, und als wir in seine Wohnung kamen, meinte er etwas überzogen: ‚Willkommen in deinem vielleicht zukünftigen Zuhause!' Er passte sich recht schnell an meine Geschwindigkeit an. Ich muss sagen, ich fühlte mich auch gleich wohl. Die Wohnung war zwar kühl eingerichtet, alte Möbel, altes Radio, viele Bücher in Regalen, kein Fernseher, keine Vorhänge. Aber trotzdem eine Kombi sehr zum Wohlfühlen."

„Du warst also wirklich gleich in seiner Wohnung..."

„Ich konnte es selbst kaum glauben. Und kurz darauf war ich auch schon neben ihm auf der Couch. Er sah mich ständig nur an und lächelte. Das war süß, aber es war mir auch ein bisschen unangenehm."

„Warum?"

„Ich war so unsicher und nervös. Er bereitete uns mit seiner Bialetti einen Espresso, der mich noch zittriger machte, als ich es ohnehin schon war." Alex erkennt wohl meinen Laienblick. Bialetti, was ist denn das jetzt? Er antwortet gleich, ohne eine Frage gestellt zu bekommen.

„Du weißt schon, diese starken Kaffees aus der italienischen Kanne, die man am Herd aufbrüht."
„Ja, die kenne ich." Ich trinke ja keinen Kaffee. Aber das kommentiere ich jetzt nicht mehr. Ich möchte lieber hören, wie es weitergegangen ist.
„Und als wir da so saßen, nebeneinander, kamen wir uns immer näher. Es war ein schönes Gefühl, ihn endlich live zu sehen, ihn zu berühren. Wir begannen, uns zu streicheln. Zuerst am Knie, danach etwas höher am Oberschenkel. Er fragte mich zwischendurch immer wieder, ob es mir gut ginge und ob alles passe. Und ja, es passte alles. Mehr als das. Wir sahen uns tief in die Augen. Mein Kopf fühlte sich wie benebelt an. In meinem Bauch spürte ich ein flaues Gefühl. So wie... wie..."
„Oh, die Schmetterlinge!"
„Ja, die Schmetterlinge. Endlich hatte ich wieder einmal Schmetterlinge im Bauch. Und in meiner Hose... Na ja, keine Schmetterlinge, aber da regte sich natürlich auch etwas. Es war mir unangenehm. Ich wollte gar nicht, dass er es bemerkte. Peinlich."
„Warum nicht? Das gehört doch dazu."
„Natürlich hast du recht, aber er hatte ja doch mehr Erfahrung als ich und es war mir eben unangenehm, dass mich das bloße Streicheln schon erregte. Aber, ich bemerkte, dass es auch ihn erregte und das entspannte mich dann wieder. Ich schaltete mein Hirn aus und genoss einfach. Und irgendwann, als wir da so lagen und uns in die Augen schauten, küsste ich ihn. Er war total überrascht, das merkte ich ihm an. Er hatte einfach nicht damit gerechnet, dass ich den nächsten Schritt mache. Ich war ebenfalls überrascht – nämlich von meiner eigenen Spontanität. Aus dem einfachen Kuss wurde ein langer, zärtlicher, ausführlicher Kuss. Wir berührten uns wieder und ich spürte seine Hände zärtlich über meinen Rücken gleiten. Als wir von der Couch ins Schlafzimmer wechselten, hatten wir schon nichts mehr am Leib. Für einen Moment hielten wir inne, um uns zu betrachten. Mir gefiel, was ich sah. Ihm offensichtlich auch. Dann schmissen wir uns zusammen in sein Bett. Und... Den Rest kannst du dir denken."
„Wow." Mehr bekomme ich nicht heraus. Alex erzählt sehr bildlich, als würde er mit mir gemeinsam alles in Gedanken noch einmal durchleben. Dabei schwingt auch die Nervosität mit, die er vorhin erwähnt hat.

Auch ich bin aufgeregt wie ein kleines Kind, das vor einem Süßigkeitenladen steht und mit einem 100-Euro-Schein einkaufen darf. Deshalb frage ich ohne großartig darüber nachzudenken: „Und, wie war es?“ Ein bisschen forsch, ich weiß, aber ich möchte jetzt einfach nur wissen, wie es war. Nicht mehr und nicht weniger.
„Es war wunderschön“, sagt er nur, und ich kann die rosarote Wolke förmlich sehen, auf der er immer noch schwebt. Ja, und dann gibt es noch diese eine Sache, die mich brennend interessiert und die ich auch an dieser Stelle beantwortet haben möchte: „Jetzt hattest du also schon mal Sex mit Frauen und Sex mit einem Mann. Hat sich das genauso angefühlt wie du dir das erhofft hast? Also, das mit einem Mann? Emotional war das ja schon klar, dass du schwul bist, aber fühlt es sich nun auch sexuell richtig an?“
Mit lesbischer Liebe hab’ ich persönlich ja absolut keine Erfahrung. Also, es ist schon so, dass ich auf Partys immer wieder einmal mit meinen Freundinnen rumgeknutscht habe, weil kein adäquater Mann greifbar war, aber zum Fummeln oder Sex kam es dabei nie. Hat mich aber auch ehrlich gesagt bislang nie sonderlich gereizt.
Alex überlegt eine Weile. Ich bin mir nicht sicher, ob ich eine Antwort bekomme. Vielleicht ist das auch einfach zu intim. Dann antwortet er doch: „Das lässt sich schwer in Worte fassen. Es hat auch damals mit meiner Freundin gepasst. Eben für diesen Abschnitt meines Lebens. Aber das, was ich jetzt empfinde, ist intensiver, fühlt sich befreiter an und mehr nach dem, was ich dabei fühlen möchte.“
Er macht eine kurze Pause. Und das war es auch vorerst zu diesem Thema.

„Am Abend wärmten wir uns die Schnitzel auf, die ich mitgebracht hatte, und hatten ein Dinner zu zweit. Es war richtig romantisch. Davon habe ich lange geträumt, einen Abend mit meinem Partner zu verbringen. Nach dem Abendessen gingen wir noch einmal raus. H. wollte mir die Innenstadt von Graz zeigen. Schon am Weg dorthin hielten wir Händchen, und mir war vollkommen egal, was die anderen denken. Es war alles so selbstverständlich. In dem Moment war ich glücklich wie noch nie. Wir fuhren dann mit dem Lift auf den Schlossberg. Ich war noch nie da oben und wollte unbedingt einmal den Grazer Uhrturm von der Nähe sehen. Oben machten wir dann unsere ersten Fotos zu zweit.

Eines davon habe ich dir ja auch direkt geschickt, weißt du noch?"
„Stimmt, ich habe es mir sehr genau angesehen. Ich habe deinen H. sogar rangezoomt, um mehr von ihm erkennen zu können. Ich erinnere mich auch noch daran, dass du zufällig das gleiche Shirt anhattest wie heute." Ich deute auf sein grünes Poloshirt. Alex wirkt beschämt. „Du, solange es kein kurzärmeliges Hemd ist, ist alles gut!", versuche ich die Situation zu retten. Offenbar hat es funktioniert. Er erzählt sofort weiter:
„Die Aussicht von da oben ist traumhaft. Man kann über die ganze Stadt sehen. Und bei Nacht hatte es einen ganz besonderen Zauber. Die Lichter, die da funkeln und sich im Wasser der Mur spiegeln."
„Ja, unser Schlossberg bei Nacht hat schon was Besonderes. Ein Dating-Hotspot ist das quasi. Ich hatte auch schon das eine oder andere Rendezvous dort oben. Einmal sogar mit einem Radio-Moderator von Ö3. Ich habe ihn bei einer Firmenveranstaltung kennengelernt und danach wollte er ein bisschen Sightseeing betreiben. Ich habe mich freiwillig angeboten, dem Wiener die schönsten Grazer Plätze zu zeigen und wir sind ewig lang durch die Stadt gelatscht. Danach wollte er eben auch noch auf den nächtlichen Schlossberg. Zu Fuß, weil Bahn und Lift schon geschlossen waren. Na ja, und offensichtlich hat ihn wohl der Zauber dieser Aussichtsplattform so gefesselt, dass er mich gefragt hat: ‚Ist es okay, wenn ich dich jetzt küsse?' Er war ja so gar nicht mein Typ. Deshalb hab' ich einfach Nein gesagt!" Ich muss wirklich schmunzeln, als ich davon erzähle. An diese Geschichte habe ich schon lange nicht mehr gedacht.
„Ups, der hat dann wahrscheinlich ziemlich blöd dreingeschaut", ist sich Alex sicher.
„Keine Ahnung, ich habe nichts gesehen, es war da oben ja so dunkel wie in einem Bärenpopsch." Und schon wieder muss ich über mich selbst lachen. „Bis jetzt klingt deine Geschichte mehr als perfekt", gehe ich nun doch wieder auf Alex' Erzählung ein, denn darum geht es ja schließlich! Nicht um tierisch-behaarte Hinterteile.
„Ja, aber ein bisschen Drama gab es dann auch noch. Ich kannte das leider bereits von einigen Telefonaten. Wir sahen uns irgendwann die gerade gemachten Fotos an, blätterten das Handy so durch, als mir plötzlich ein Bekannter auf WhatsApp schrieb.

Diese Nachricht ist am Handy aufgepoppt, du kennst das ja. Und da musste ich zum ersten Mal eine Eifersuchtsattacke von H. hautnah miterleben, puh! Ich wusste schon aus den Vorgesprächen, dass er sehr darauf bedacht war, dass wir uns aufeinander konzentrieren. Er verlangte ja auch nach einer Woche intensiven Chattens schon, dass ich die Dating-App lösche. Ich hatte sie nur stilllegen wollen, aber das war ihm zu wenig. Er drehte plötzlich völlig durch und wollte ganz genau wissen, wer das war und ob der Typ, der mir schrieb, etwa ‚schwindelige Gedanken' hätte."
„Was um alles in der Welt sind ‚schwindelige Gedanken'?"
„Du weißt schon, mit irgendwelchen sexuellen Absichten."
„Aha. Wie kommt er darauf? Stand sowas in der Nachricht?"
„Also, ich konnte keine ‚schwindeligen Gedanken' in der Nachricht erkennen. Wir haben sie sogar gemeinsam gelesen."
„Von wem war die Nachricht überhaupt?"
„Von einem Kollegen, den ich bei einem gemeinsamen Kurs kennengelernt hatte. Ja, er ist schwul, aber nicht mehr als ein normaler Bekannter. Es kam also am Schlossberg zu unserer ersten heftigen Diskussion. Bis dahin dachte ich mir ja immer, dass Eifersucht etwas Schönes sein kann, aber diese Form der Eifersucht war mir neu und alles andere als schön."
„Echt so heftig?" Das hört sich ja gar nicht gut an. Was ist da los mit diesem H.? „Denkst du, er ist krankhaft eifersüchtig?"
„Das kann ich nicht sagen. Auf jeden Fall ist es in den letzten Tagen immer wieder zu solchen Auseinandersetzungen gekommen. Aber Schluss jetzt, das Schöne überwiegt trotzdem. Auch an diesem Abend in Graz. Der Ärger war aber schnell wieder verflogen, wir machten uns auf den Heimweg und konnten dabei unsere Finger nicht voneinander lassen. Und wie die erste gemeinsame Nacht dann ablief, kannst du dir sicher vorstellen, oder?!"
Oh ja, das kann ich. Ich nicke schelmisch.
„H. zündete überall Kerzen an. Das Licht war der Hammer. Wirklich romantisch. Dieses Mal war ich gar nicht mehr so nervös und konnte alles nun noch mehr genießen. Wir ließen die halbe Nacht nicht voneinander ab und schliefen am nächsten Tag bis zu Mittag. Das habe ich noch nie getan! Ich war auf Wolke 7."
Alex senkt seinen Blick und beobachtet seine Schuhspitzen dabei, wie sie mit den Kieselsteinen spielen und kleine Bilder in den darunterliegenden Sand zeichnen. Ich beobachte es ebenfalls und

lasse ihn den Moment noch einmal voll und vor allem kommentarlos auskosten.

Alex hat es geschafft. Ich schwebe ein bisschen mit ihm auf dieser Wolke. Ich danke ihm dafür! Das fühlt sich grandios an.
„Meiner Mutter habe ich erst am Montag geschrieben, wo ich eigentlich bin. Irgendwann machte sie sich ja doch Sorgen. Bis wir am nächsten Morgen in die Gänge kamen, dauerte es eine Weile, denn wir setzten nach dem Aufwachen dort fort, wo wir in der Nacht aufgehört hatten. Am frühen Nachmittag wollte mir H. dann doch auch noch etwas mehr von Graz zeigen, und so spazierten wir wieder los."
„Mein putziges Graz!", rufe ich aus. Ich habe viele Jahre nach dem richtigen Wort gesucht, um meine Heimatstadt zu beschreiben. All die Jahre, die ich hier gelebt habe, ist mir kein Wort richtig vorgekommen. Und dann, ganz kurz, nachdem ich damals ins Ausland gezogen bin, war es da. Eben jenes Wort, das diese Stadt, meine Heimatstadt, am besten beschreibt. Putzig. Ja, Graz ist putzig. Die überschaubare Größe, das mediterrane Flair, die gemütlichen Lokale, die größtenteils entspannten Menschen. Graz ist einfach putzig!
„Von der Herz Jesu Kirche über den Markt am Kaiser-Josef-Platz bis zum Rathaus. H. zeigte mir alle seine Lieblingsplätze, sogar die Universität und die darumliegenden Kaffeehäuser. Es war ein wunderschöner Nachmittag. Ich genoss es, hier und da was mitzunehmen und für das gemeinsame Zuhause einzukaufen. Alles Dinge, die ich so nicht kannte. Für mich fühlte es sich wie Urlaub an. Es war zu schön, um es glauben zu können."
Ich kann die rosarote Brille, die Alex aufhat, sehen. Sehr deutlich sogar.
„Ich hatte mir Montag und Dienstag frei genommen. Wir hatten also genug Zeit für gemeinsame Unternehmungen. H. nutzte es etwa gleich aus, dass er durch mich ein Auto zur Verfügung hatte, und wir fuhren mit einigem Zeug auf den Sturzplatz – so heißt der Müllplatz in Graz, zu dem man seinen Sperrmüll bringen kann."
„Ja, ich weiß." Ich zwinkere ihm zu.
„Klar. Das weißt du. Wir brachten auch alte Sachen zum Carla Laden der Caritas. Am Mittwoch musste ich mich dann natürlich schon früh auf den Weg ins Büro machen. Sehr, sehr ungern."

„Tschüss, putziges Graz! Du bist also gleich von seiner Wohnung direkt ins Büro gedüst?“

„Zweieinhalb Stunden Fahrzeit und ein bisschen später ins Büro. Ich motivierte mich mit der Vorfreude auf den nächsten Besuch. Der sollte ja ganz bald stattfinden. In der Zwischenzeit überbrückten wir die Sehnsucht nacheinander eben wieder mit langen Telefonaten, Hunderten Nachrichten und Sprachnachrichten pro Tag und gemeinsamem Einschlafen und Aufwachen via Skype. Liebesbriefe kamen natürlich auch noch regelmäßig.“

25

Durch das lange Sitzen auf dieser Bank ist mir das linke Bein eingeschlafen und ich schlage deshalb vor, wieder ein Stück zu gehen. Wir steuern auf den kleinen Waldabschnitt zu, der hoch zur Gloriette führt. „Und wie ist es mit den Eifersuchtsattacken weitergegangen? Hat H. sich mittlerweile etwas beruhigt, weil er weiß, dass er dir vertrauen kann?" Ich hoffe es wirklich für Alex. „Eigentlich nicht. Neben all den Dingen fürs Herz gibt es bis heute immer wieder einmal eine Eifersuchtsattacke dazwischen. Manchmal fragt er mich Löcher in den Bauch. Und oft fühle ich mich total in die Ecke gedrängt und weiß nicht, was ich noch antworten soll, um ihn zu besänftigen. Ich gehe dann meistens in Abwehrhaltung und versuche, ihn eine Weile zu ignorieren, damit er sich beruhigen kann."

Mein Bein wacht langsam wieder auf. Das kribbelt unangenehm und ich humple ein wenig wie ein lädierter Hund. Alex macht eine Pause, bevor er weiterspricht. „Aber das Positive überwiegt..."

Ich weiß nicht, was ich darauf antworten soll. Deshalb lächle ich einfach nur. Nicht ganz aufrichtig, muss ich zugeben. Einerseits freue ich mich unheimlich für ihn, aber andererseits muss ich auch einfach meine Unsicherheit überspielen. Ja, ich sorge mich ein wenig um Alex! Das klingt für mich nämlich wirklich nach krankhafter Eifersucht. Meine Antennen sind ausgefahren und orten Stress. Ja, womöglich habe ich einfach zu viele Geschichten gehört in meinem Leben. Oder vielleicht liegt es schlichtweg an unserem Altersunterschied, dass ich so sensibel reagiere. Ich will halt einfach nicht, dass Alex verletzt wird. Ich entscheide mich aber fürs Schweigen und verliere darüber kein Wort.

„Das nächste Treffen rückte näher. Ich sollte wieder nach Graz fahren und von Freitag bis Mittwochfrüh bleiben. So viele Tage gemeinsam. Ob das gut geht?, fragte ich mich. Aber ich ignorierte meine Zweifel. In diesen Tagen erlebten wir einiges und das ‚Beziehungsleben' war von Anfang an mit Hochs und Tiefs versehen, als würden wir uns schon lange kennen. Wir gingen Hand in Hand durch die Stadt und genossen das Pärchensein. Das war sehr schön. Aber er versuchte immer wieder, mit seinen zahlreichen Liebschaften, die er vor mir hatte, zu brillieren und erzählte

mir, dass er hier mit einem Typen war und dort auch. Er musste es ordentlich wild getrieben haben. Aber ich sagte immer zu mir: ‚Das macht mir nichts aus, denn jeder hat seine Vergangenheit.' Ich mache ja auch nie ein Thema daraus. Im Gegensatz dazu ist H. auf ziemlich alles in meinem Leben eifersüchtig. Sobald ich zum Beispiel mein Handy auch nur anblicke, fragt er, ob mir jemand schreibt und von wem die Nachricht sei. Er geht einfach immer davon aus, dass alle Männer, die mir schreiben, ‚schwindelige Gedanken' haben. Na ja, vielleicht ist das bei einigen auch so, aber für mehr gehören doch immer zwei dazu. Und, er ist sogar auf die Mutter meiner ersten Freundin eifersüchtig..."
„Das musst du mir jetzt erklären."
„Wir sind heute noch sehr gut befreundet und ich nenne sie seit Jahren ‚Schwiegermutter'. Daraus hat sich ein ordentlicher Konflikt zwischen H. und mir entwickelt. Mit diesem Wort kann er gar nicht umgehen und es verletzte ihn sehr. Warum das so war, musste ich aber erst herausfinden."
„Jetzt bin ich aber gespannt."
„Offensichtlich liegt es daran, dass sein Partner nie eine Schwiegermutter haben würde. Seine Mutter ist nämlich schon vor längerer Zeit verstorben und er hat nur noch seinen Vater. Ich dachte mir gleich, vielleicht kommen daher diese Verlustängste und Eifersuchtsattacken? Damit gebe ich mich nun fürs Erste zufrieden, weil ich wirklich versuche, ihn und seine Eifersuchtsattacken irgendwie zu verstehen. Ich merke gerade, wenn ich das jetzt alles so geballt erzähle, dass das schon eine heftige Sache ist..."
„Ja, Eifersucht ist ein Liebesbeweis. Und Eifersucht kann auch eine unglaublich schlimme Sache sein. Es heißt wohl nicht umsonst ‚Sucht'. Und jede extreme Form von Sucht kann im schlimmsten Fall Beziehungen zerstören. Oder sogar noch mehr." Jetzt habe ich es doch tatsächlich laut ausgesprochen. War eigentlich nicht mein Plan, aber die Geschichten, die ich nun über H. gehört habe, haben meine anfängliche Euphorie deutlich abschwächen und die Sorge wachsen lassen. Oh Gott, der verliebte Alex wird sich an ihm die Finger verbrennen.

„Aber eigentlich möchte ich dir ja lieber von der schönen Zeit erzählen", meint er gleich weiter und unterbricht damit meine gedanklichen Befürchtungen. „Wir genossen die Zeit in Graz

wirklich. Die Zweisamkeit und alles, was damit zusammenhängt. Du verstehst, was ich meine..."
Ich verstehe sehr gut, was Alex meint. Meine Gedanken wandern trotzdem sofort wieder zu den Sorgen zurück. Nein, all das, was jetzt noch so an Geschichten kommen wird, kann ich nicht mehr wertfrei genießen.
„Wir waren auch abseits des Bettes wirklich aktiv und unternahmen viele schöne Dinge. Zum Beispiel waren wir im Museum."
„Wo seid ihr denn da gewesen?"
„Im Freilichtmuseum Stübing waren wir. Da kann man ja quasi zu Fuß durch die Heimatgeschichte spazieren. Wir gingen durch alte Scheunen, sahen uns den Weg vom Korn zum Brot an und historische Wägen, saßen auf klapprigen Schulbänken und in alten ‚Rauchkuchln'. An mehreren Ständen stellten Handwerker ihre Meisterstücke aus. Und an einem dieser Stände konnten wir unmöglich vorbeigehen. Jetzt rate, was es dort gab..."
„Keine Ahnung... ein Stand, an dem sie Espressotassen verkauften – vielleicht?"
„Falsch." Alex lächelt. „Ein Handwerker verkaufte handgemachte Füllfedern aus heimischem Holz. Ich wollte H. eine solche Füllfeder schenken. In seiner Schreibtischlade habe ich eine richtige Sammlung gesehen und ich wollte eine Füllfeder mit einer besonderen Erinnerung hinzufügen."
„Eine wirklich schöne Idee. Was hat H. dazu gesagt?"
„Er freute sich sehr. ‚Den nächsten Brief schreib' ich dir mit dieser', hat er mir versichert."
Wirklich schön. Und wieder würde ich Alex an dieser Stelle beneiden, wenn ich denn Neid empfinden würde, wenn es um Alex geht.
„Am Montagnachmittag ging es dann auf den Schöckl."
„Der Grazer Hausberg. Da war ich als Kind oft oben."
„Grazer Hausberg. So hat ihn H. auch genannt."
„Seid ihr hinaufgewandert oder mit der Gondel gefahren?"
„Ich gebe zu, dass wir mit der Gondel hinaufgefahren sind. Für eine solche Tour hatte ich nicht die passende Ausrüstung dabei. Aber oben machten wir einen ausgiebigen Spaziergang und genossen die Aussicht in alle Himmelsrichtungen. Schön war es da."
„Ja, die Aussicht kann was. Habt ihr dort auch Fotos gemacht?", will ich weiter wissen. Von Schöckl habe ich nämlich nichts von ihm bekommen.

„Natürlich." Alex holt sein Handy heraus, drückt ein paarmal herum und dreht dann das Display in meine Richtung. Die Sonne fällt so ungünstig durch die Baumkrone, dass ich nur die Spiegelung der Blätter erspähen kann. „Ich kann nichts erkennen", sage ich und schiebe Alex sanft ein Stückchen weiter, bis wir ganz im Schatten einer großen Linde stehen. Jetzt kann ich in Ruhe blättern und die Fotos begutachten. „Ihr seht so glücklich aus", entkommt es mir, als ich zu einem Selfie komme, auf dem sich die beiden gerade küssen. Ich gebe Alex das Handy zurück und er fährt fort.
„Am Abend holten wir dann unser erstes Date nach. Ein romantisches Abendessen bei einem Italiener. Ich glaube, das Lokal hieß ‚Osteria dei Sensi' oder so, war etwas außerhalb des Zentrums. Es war genauso, wie ich mir mein erstes Date mit einem Mann vorgestellt hatte. Romantische, kuschelige Stimmung, ausgezeichnetes Essen und eine perfekt stimmige Atmosphäre. Der Abend endete dann natürlich im Bett, das brauch' ich dir aber vermutlich eh nicht mehr erzählen."
„Ja, das brauchst du nicht mehr extra erwähnen!" Ich zwinkere.
„Alles klar."
Wir müssen beide lachen.
„Danach haben wir im Bett auch die Pralinen gegessen, die wir uns am Weg gekauft haben... Tja, und am Dienstag ging es dann wieder zurück nach Hause. Aber wir haben uns schon etwas Neues ausgemacht. Dieses Wochenende kommt er zum ersten Mal zu mir nach Niederösterreich. Er hat sich schon das Zugticket gekauft. Freitagabend bis Montagfrüh."
„Wow, ihr bleibt eurem rasanten Tempo treu. Wirst du ihn dann gleich auch deiner Familie vorstellen? Geht ja fast nicht anders, oder?!" Ich besinne mich wieder bewusst auf die optimistische Schiene. Das klingt alles so schön. Wenn da nicht dieser negative Beigeschmack der Eifersucht wäre...
„Ja, da komme ich nicht drumherum." Alex lacht. „Ich musste zuhause sowieso schon erklären, wo ich immer hinfahre und was ich mache. Und ich habe meiner Familie natürlich auch schon gesagt, dass mein Freund am Wochenende kommen wird. Es gab nicht viel Gegenwind und ich bin echt schon gespannt, wie das sein wird. Zum ersten Mal werde ich meiner Familie meinen Partner vorstellen."

Mittlerweile sind wir bei der Gloriette angekommen. Wir suchen uns dort im Café einen Tisch im Freien, von wo aus man den herrlichen Blick über die gesamte Anlage bis zum Schloss hinunter hat und dann noch weiter über Wien sehen kann. Jetzt brauche ich erst einmal einen Kuchen. Nein, eine richtig deftige Torte mit einem zarten English Breakfast würde mir da spontan vorschweben. Das historische Ambiente gepaart mit Alex´ Liebesgeschichte versetzen mein Herz in Wallungen.

„Du bist jetzt zwar offiziell nicht mehr mein Dating-Buddy, aber darf ich dich trotzdem weiterhin so nennen?“, frage ich glücklich und ein wenig wehmütig zugleich.

„Na sicher. Mein Buddy bleibst du doch immer!“

26

Ein. Aus. Ein. Aus. Ich atme und fixiere die Zielscheibe. Während der Tiefenatmung denke ich an Alex, der gerade Besuch von seinem H. hat. Wie es ihnen wohl gerade geht? Er hat mir gestern noch eine ausführliche Sprachnachricht geschickt, als H. gerade in der Dusche war. Gegen 21:00 hat er ihn vom Bahnhof abgeholt. Unglaublich, wie aufgeregt er war, seinem Freund endlich die Heimat, seinen Alltag, ja, sein Leben zu zeigen. Das hörte ich selbst in der Nacherzählung noch raus.

Gleich, nachdem er H. abgeholt hatte, fuhren sie bei Alex´ ehemaliger Arbeit und bei seinem aktuellen Büro vorbei. Er wollte wirklich nichts auslassen. Und besonders wichtig war ihm jener Ort, zu dem sie gleich anschließend fuhren. Ihr Weg führte sie zu „Alex' Kirche". Diese Kirche seiner Heimatgemeinde und der Glaube an sich bedeuten ihm ja extrem viel. Daher war er mehr als nervös, wie H. sich verhalten würde, wenn er nun zum ersten Mal direkt damit konfrontiert wird. Es ist ja kein Geheimnis, dass vor allem queere Menschen sehr sensibel auf die Institution Kirche reagieren.

Alex erzählte mir in seiner Sprachnachricht, dass die Reaktion von H. sehr positiv war. Er zeigte ihm jeden Raum und jeden Winkel „seiner Kirche", erklärte ihm alles. H. war ernsthaft interessiert und er respektiere seine Haltung und Ansichten. Ja, mehr noch. Er fragte sogar aktiv nach und wollte unbedingt mehr von Alex' ehrenamtlicher Tätigkeit wissen. Offensichtlich war ihm dieses Thema kein Dorn im Auge. Offensichtlich war das etwas, worauf er ausnahmsweise nicht eifersüchtig war, obwohl es schon eine sehr zeitintensive Leidenschaft ist, die Alex da hegt und pflegt.

Danach ging es nach Hause in Alex' Wohnung. Dorthin hatte er ja bislang noch nie einen Mann mitgenommen, hat er nochmals betont. Und dass auch bisher nur er selbst in seinem Bett gelegen hat – sonst niemand. Zum ersten Mal wird er also Sex in seinem eigenen Bett haben, obwohl es schon mehrere Jahre in seiner Wohnung steht. Total aufregend, das Ganze! Seitdem habe ich kein neuerliches Update von Alex erhalten. Ein wirklich gutes Zeichen, wie ich finde!

Ich konzentriere mich wieder auf meine Waffe. Ich ziele erneut. Ich halte die Luft an. Ich drücke durch. Ich treffe. Genau ins Schwarze. Wow, mein erster Treffer ins Schwarze. Ich atme ruhig weiter und bin vollkommen entspannt.

27

„Es war eine heiße Nacht. Die erste Nacht mit meinem Freund in meinem eigenen Bett. Wir schliefen heute extra lang. Dann trieb mich der Hunger aus dem Bett und ich zog mich langsam an, um nach unten ins Wirtshaus frühstücken zu gehen. H. trödelte sehr herum. Zuerst verstand ich nicht, warum und ließ ihn. Doch dann habe ich bemerkt, dass Nervosität der Grund war. Er hatte Angst vor dem Aufeinandertreffen mit meinen Eltern. Als es schon 11:00 war, wurde ich langsam aber doch ein wenig ‚hungergrantig', wie man bei uns sagt. Meine Laune wurde mieser und ich verlor die Geduld. ‚Na, was ist jetzt? Traust du dich nicht? Ich gehe jetzt, kommst du mit? Sonst musst du halt oben bleiben!', habe ich ihn angeschnauzt. Seine Antwort war ein gerauntes ‚Na gut! Gehen wir!' Unten in der Wirtshausküche saßen meine Mama und meine Oma. Meine Mama war gerade vom Einkaufen zurückgekommen und die Lebensmittel standen herum. Ich stellte H. vor und machte mich daran, die Einkäufe wegzuräumen. Damit gab ich ihnen Zeit, sich zu unterhalten."

Wir sitzen in Alex' Auto und fahren zum Wirtshaus seiner Mutter. Ja, damit habe ich nicht gerechnet, dass ich noch an diesem Wochenende seinen H. kennenlernen werde. Als ich gestern am Weg vom Schießtraining nach Hause war, hat mein Telefon geklingelt. Alex war dran mit einer Bitte – mit der Bitte, morgen Abend „Babysitter" für seinen H. zu spielen. Das kam ziemlich unerwartet, war aber sehr willkommen, weil ich ja von Haus aus neugierig bin und ich mich außerdem ehrlich freue, ihn auch mal live sehen zu dürfen. Alex ist das Frühjahr und den Sommer über als Serviceleiter eines Cateringbetriebs im Einsatz. So wie auch heute bei einer Familienfeier. Ich fungiere somit als Platzhalter und Unterhaltungsprogramm, bis Alex nach Ende seines Dienstes gegen 22:00 wieder zu Hause eintreffen wird.

„Wie hat deine Familie reagiert?", will ich natürlich wissen.
„Sie nahm ihn herzlich auf. Wir tranken dann gleich alle zusammen Kaffee und aßen unser Frühstück beziehungsweise war es ja schon mehr ein Mittagessen. Danach waren wir ganz gemütlich

eine größere Runde spazieren und wieder in der Kirche. Ganz entspannt alles. Meine Oma war sowieso die Coolste! Als ein Gast gefragt hat, wer der junge Mann neben mir sei, hat sie wie selbstverständlich geantwortet: ‚Na, der Freund vom Alex!' Und das mit 82 Jahren!"

„Ja? Sie ist einfach die Allercoolste!" Ich lächle und denke an meine eigene Oma, die auch erst mit steigendem Alter toleranter und gelassener wurde.

„Sonntag ist bei mir immer ein intensiver Tag, wie du weißt. Da geht es früh los. Heute war ich auch schon um 07:30 unterwegs in die Kirche. Ich habe wirklich ein schlechtes Gewissen, weil ich nicht das ganze Wochenende für ihn da bin. Aber ich möchte ihm mein wahres Leben, meinen Alltag zeigen. H. blieb einfach länger liegen. Als ich aus der Kirche zurückkam, war er schon in der Küche bei meiner Oma. Und nicht nur einfach so bei ihr, sondern mittendrin in der Arbeit. Beim Erdäpfelschälen und Abwaschen – sie hat ihn sich gleich zur Brust genommen und miteingebunden, das war für beide absolut kein Problem."

„Na, schau! Das ist ja schön, wenn das gleich so selbstverständlich läuft", sage ich fröhlich. Das wünscht sich wohl jeder, dass neue Partner so aufgenommen werden, als hätten sie schon immer dazugehört.

„Ich machte ihm und mir einen Espresso und dann ging es auch schon ans Essenausliefern. Wir kochen für ‚Essen auf Rädern' und am Sonntag bekommen auch einige, wenige Personen Verpflegung von uns. Da fahre dann ich und nicht meine Mutter. Wir machten uns also gemeinsam auf den Weg und dabei konnte ich ihm auch gleich mehr von der Gegend zeigen. Mittags gab es dann für uns alle traditionellerweise Schnitzel. Und jetzt habt ihr zwei einmal die Gelegenheit, euch gegenseitig zu beschnuppern und in natura kennenzulernen. Freust du dich schon?"

Wir sind in Alex' Heimatort eingefahren. Kurz darauf parkt er auch schon das Auto ein.

„Und wie! Ich bin aber auch ein bisschen aufgeregt." Ich lächle unsicher. Das fühlt sich für mich irgendwie komisch an. Ich kann es gar nicht genau beschreiben. Es ist fast so, als würde ich gleich die Eltern meines neuen Freundes kennenlernen. Aber es sind ja nicht einmal Eltern und schon gar nicht die Eltern meiner neuen Liebe, sondern es ist lediglich der feste Freund meines schwulen

Freundes. Ach, das ist kompliziert, aber genauso fühlt sich das eben gerade in mir an. Kompliziert. Und aufgeregt.
„Vielleicht kannst du seine Eifersucht ein wenig dämpfen?“ Wir sitzen im geparkten Auto. Alex schaut mich bittend an. „Kannst du ihm sagen, dass ich ehrlich und aufrichtig bin? Vielleicht hört er auf dich?“ Puh, offensichtlich hat es auch in letzter Zeit keine Eifersuchtspause gegeben. Schade eigentlich. Ich bin ja ohnehin durch die Erzählungen schon etwas voreingenommen und skeptisch.
„Na, klar! Das schaffe ich schon“, schwäche ich die Situation bewusst ab und hoffe es selbst, obwohl ich insgeheim nicht daran glaube. Ich möchte Alex ruhigen Gewissens in die Arbeit gehen lassen und eigentlich auch kein Richter für seinen H. sein.

Als ich um 22:43 wieder im Zug nach Wien-Floridsdorf sitze, erreicht mich eine Nachricht von Alex:

Ich fand ihn gerade auf der Couch schlafend vor dem Fernseher. Ach, wie schön das ist! Das habe ich mir immer gewünscht. Ich werde jetzt duschen und mich dann zu ihm kuscheln. Gute Nacht! Und danke noch einmal für alles!

Seine Zeilen machen mich glücklich. Ich gönne ihm dieses Glück von Herzen, weil ich heute auch ganz genau gespürt habe, dass H. aufrichtig in Alex verliebt ist. H. ist ein herzlicher Kerl, lustig, fesch und intelligent. Das würde also bestens passen, leider aber wurde heute auch mein ungemütliches Gefühl bestätigt. H. ist krankhaft eifersüchtig! Auf alles und jeden. Ja, sogar auf mich. Und das ist ja wirklich absurd! Immer wieder wollte er wissen, wo und mit wem Alex sich herumtreibt und hat hinterfragt, mit wem er schon alles im Bett war. Völlig realitätsfern und teilweise wirklich paranoid. Verdammt. Werden die zwei das noch irgendwie hinkriegen?!

28

Frischverliebte gehen mir auf die Nerven. Freundinnen haben dann plötzlich überhaupt keine Zeit mehr. Und wenn sie doch einmal Zeit haben, dann schwärmen sie bis ins kleinste Detail und schmalztriefend von ihrer großen Liebe. Oder sie bombardieren mich mit Herzschmerz. Ist beides unerträglich, finde ich. Ich kann es nicht mehr hören. Als ob die Welt drum herum plötzlich still stünde und es nichts mehr anderes als diese, ihre Liebe gäbe. Wer weiß, vielleicht spricht hier auch einfach nur ein bisschen die Eifersucht aus mir, weil ich schon so lange nicht mehr selbst verliebt war und den Glauben an die Liebe ein wenig verloren habe, aber ich fühle mich eben in der Gegenwart Frischverliebter oft sehr unwohl. Bei Alex war das von Anfang an anders. Bei ihm fand ich alles nur zuckersüß, ich mochte auch seine Geschichten. Keine Ahnung, warum das bei ihm so war. Meine potentielle Eifersucht hätte ich ihm sowieso nicht auch noch zumuten können. Davon hatte er ja in der Beziehung mit H. mehr als genug. Ja genau, hatte. So traurig das jetzt alles klingt, aber H. ist schon wieder Geschichte. Alex' erste schwule Liebe ist zerbrochen, aus und vorbei.

Dieses Aus kam ganz plötzlich und dann doch wieder nicht so überraschend. Nur ein paar Tage, nachdem ich H. in Alex' Wohnung „gesittet" habe, war das Ende gekommen. Es gab da diesen einen Moment, der ihm die rosaroten Scheuklappen genommen und wieder klaren Blick auf die Welt geschenkt hat. Ein paar Tage nach dem Unterhaltungsprogramm für H. habe ich eine relativ lange Sprachnachricht erhalten, in der er die letzten Tage Revue passieren ließ. Das mit den Sprachnachrichten klappt bei uns immer besser als das Telefonieren. Ist aber auch kein Wunder, wenn ich an die vielen verschiedenen Tätigkeiten in unseren Leben denke. Das ist wie bei den Königskindern – wir erreichen uns einfach nie! Er ruft mich an, ich hebe nicht ab. Ich rufe zurück, er hebt nicht ab. Bei den Sprachnachrichten sind wir beim Abhören und Draufsprechen flexibel und trotzdem jederzeit am neuesten Stand.

„Der späte Sonntagabend war dann noch relativ entspannt und wir haben die letzten Stunden miteinander genossen. Aber der nächste Morgen und somit der Abschied kamen immer näher. H. musste ja wieder zurück nach Graz und das machte mich schon traurig. Nach unserer ausführlichen Verabschiedung – du weißt schon, was ich meine –, brachte ich ihn zum Bahnhof. Weil wir etwas zu früh dran waren, machten wir noch einen Abstecher zur Bäckerei Geier. Zwei schnelle Espressi und zwei Linzerkipferl. Ich liebe ja Linzerkipferl. Er nahm sich auch eines für die Heimreise mit. Am Bahnhof küssten wir uns noch innig und danach gingen die Zugtüren zu. Ich machte mich wieder auf den Weg nach Hause. Fünf Minuten später schrieben wir uns aber schon wieder. Und so ging es weiter. Wir sind nur am Telefonieren oder Schreiben. In den letzten Tagen kam ich wirklich zu gar nichts. Irgendwie fehlt mir neben der Arbeit für die anderen Dinge die Zeit. Alles andere muss sich hintenanstellen."

Ha, also ist das auch bei ihm so, dachte ich mir. Kaum ist eine neue Liebe da, wird alles andere zweitrangig. Wahrscheinlich ist das aber auch völlig normal. Ich erinnerte mich auch noch kurz an diese verworrene Situation auf der rosaroten Wolke zurück. Ich war tagelang vertieft in V.s Botschaften, wie in Trance, und für alles andere nicht empfänglich. Ich sollte das also generell wirklich nicht so eng sehen, ich weiß ja schließlich auch, wie schnell man gefangen ist in so einem Luftschloss. Eigentlich sollte ich mich einfach nur für alle Verliebten freuen, ich Ekel! Aber, ich darf an dieser Stelle stolz verkünden, ich arbeite bereits an mir! Und ich habe mich mittlerweile auch schon ein kleines bisschen gebessert. Die Geschichten von Verliebten finde ich nämlich mittlerweile nicht mehr unerträglich. Ich finde sie nur mehr uninteressant. Das ist meiner Meinung nach ein Schritt in die richtige Richtung!

So, zurück zum Liebesende von Alex und H. Alex erzählte mir auch, dass sich die kleinen Eifersüchteleien vom Anfang mittlerweile zu richtigen Ungeheuern ausgewachsen hatten. Zwischendurch kam es immer wieder vor, dass es abends richtigen Telefon- und Nachrichtenterror gab, weil er ihn kontrollierte und ihm einfach nichts glaubte. Gar nichts. Er musste manchmal sogar das Gespräch beenden, weil H. sich in Rage geredet und Alex es nicht mehr ausgehalten hatte. Nichtsdestotrotz war Alex noch immer verliebt und somit mehr als robust. Es ist wirklich erstaunlich, was Liebe alles kann. Sie ist ein wahres Wunder der Natur! Liebe kann etwa dinoartige Panzer aufbauen, Superheldenkräfte entwickeln und das ganze Gehirn pink vernebeln – komplett faszinierend! Und manchmal einfach auch nur scheußlich...

Wieder ein paar Tage später hat sich Alex mit einer Überraschung bei mir gemeldet. Als „Entschädigung", dass er sich derzeit nicht so ausführlich um seine Freunde kümmert, hat er mir angeboten, das nächste Mal gemeinsam mit mir nach Graz zu fahren. Und nicht nur das, er hat H. und mich auch zur „Nacht der Musicals" in die Grazer Oper eingeladen. Das Programm war also ausgesucht, die Karten bereits gekauft und somit habe ich natürlich liebend gerne zugesagt. Meine Mama und mein Stiefvater haben ja immer ein Bett für mich frei und so konnte ich das auch gleich hervorragend mit einem längst ausständigen Besuch bei Oma und Tante verbinden – das sollte ich ohnehin öfters tun.

Selbst an diesem eigentlich sehr schönen Samstagabend in Graz hat es schon wieder ordentlich gerauscht im Karton. Es spielten sich zwar keine wilden Szenen ab, aber es war einfach mehr als deutlich, dass das Ganze zwischen den beiden keine Zukunft haben kann. H.s Eifersucht war nicht von dieser Welt – nicht einmal in meiner Gegenwart hat er sich bemüht, davon abzulassen. Auf jede simple Geschichte, die von Alex kam, folgte die obligatorische Frage, ob denn dieser oder jener Mann „schwindelige Gedanken" hätte. Ganz egal, ob der Lehrling an der Wursttheke oder ein hochbetagter Stammgast im Wirtshaus. Für ihn hatte wohl jeder „schwindelige Gedanken"... Was um Himmels Willen meinte dieser Typ eigentlich die ganze Zeit damit?
Ich saß also in der Grazer Oper, lauschte den bekannten Liedern von „Tanz der Vampire", „Cats" und Co. und wollte eigentlich nur den Abend genießen, doch meine Gedanken drehten sich lediglich um H. und seine Aussetzer. Bitte, es hat doch nicht automatisch jeder Mann sexuelle, schmutzige Gedanken, wenn er auf Alex trifft. Ja, Alex ist schon ein fescher Kerl, aber die Gedankengänge von H. waren völlig aus der Luft gegriffen und fern jeder Realität. Eben krankhaft.

Und dann sang Elisabeth ihr berühmtes „Ich gehör' nur mir!" Ihr ganzes Leben wurde sie begleitet. Nämlich vom Tod, der verhindern wollte, dass sie mit ihrem Mann zusammen war. Er begleitete Elisabeth schließlich so lange, bis er sicher sein konnte, dass sie tatsächlich nur ihm gehörte. Und das war erst dann der Fall, als sie selbst eben tot war. Ermordet von einem Mann, der vom Tod höchstpersönlich dazu angestiftet wurde. Aus Liebe. Verwirrend und doch so nah an der Wirklichkeit. Eine überzeichnete Darstellung von Macht, Liebe, Verzweiflung und Eifersucht. Die Theaterwelt ist voll von solchen Geschichten, denn auch sie ist eben nur ein Spiegelbild der Gesellschaft.

Im Anschluss an die Vorstellung waren wir drei dann noch auf einen Umtrunk im schicken Grazer Opern Café. Das Gesamtkonzept ist wirklich stimmig und harmonisch dort, deshalb gehe ich ganz gerne hin, wenn ich mal in Graz bin. Dieses Kaffeehaus war ja schon immer ein Hotspot der Grazer Gastroszene. Manchmal, wenn ich ganz lustig bin, sage ich auch „Columbia" dazu. So hat es nämlich früher mal geheißen, das weiß ich von meiner Tante. Die war auch schon als junge, vergnügungssüchtige Erwachsene dort. Den meisten Grazern ist dieser Name aber kein Begriff mehr, deshalb amüsiert es mich immer wieder, mich „in der Columbia" zu verabreden und in fragende Gesichter zu blicken. Manchmal bin ich echt merkwürdig, ich weiß.

Alex bestellte sich dort beim Kellner einen etwas ungewöhnlichen Cocktail mit Kiwieis. Da mussten wir alle ein wenig schmunzeln. Nur H. nicht. „Gefällt er dir, weil du ihn so anlächelst?", kam gleich danach von ihm. Ähm, wie bitte?, dachte ich mir und schaute verdutzt zu Alex rüber. Er schaute mich nicht zurück an, sondern versuchte, H. mit seinem unschuldigen und ratlosen Blick zu besänftigen. Hey, Alex hat tatsächlich nichts gemacht. Er hat lediglich eine Bestellung aufgegeben. Wie alle von uns. Sonst nichts. Und ich kann bestätigen, dass er völlig normal – ohne sexuelle Avancen – mit diesem Mitarbeiter gesprochen hat. Plötzlich war ich mittendrin in so einer abartigen Situation, wie ich sie schon oft geschildert bekommen habe. Es gab kein Gespräch abseits dieser normalen Restaurantkonversation, keinen Flirt. Nur eine simple, unverdorbene Bestellung eines beschissenen

Virgin Cocktails mit Kiwieis. Ein ungemütliches Getränk mit einem Gupf Eifersucht obendrauf...

Als ich dann am Montag spätabends vom Büro nach Hause fuhr – da nütze ich dann meistens die öffentlichen Verkehrsmittel und gehe nicht zu Fuß –, leuchtete eine Nachricht von Alex auf:

So wie es begonnen hat, so soll es auch enden.

Was meinte er damit, fragte ich mich in der gleichen Sekunde. Ich stand vor einem Rätsel und wollte gerade nachfragen, als im Anschluss der zweite Teil der Nachricht eintrudelte:

Ich habe gerade mit H. über Instagram Schluss gemacht. Seine Eifersucht und Verlustangst engen mich extrem ein, deshalb habe ich die Notbremse gezogen. Ich habe so lange gebraucht, um ich selbst sein zu können. Ich kann und will mich nicht schon wieder verstellen und einschränken lassen.

Oh, dann war mir alles klar und ich verstand ihn mehr als gut! Ich schrieb ihm:

Du machst das Richtige! Diese Art der Beziehung ist einfach nur toxisch.

Einige Sekunden später wählte ich aber schon seine Nummer. Er erzählte mir, dass er gerade von einer Firmenveranstaltung nach Hause fuhr und auf dem Nachhauseweg mit H. telefoniert hatte. Dieser wusste aber nichts anderes, als ihn ständig zu fragen, ob sein ebenfalls schwuler Kollege „schwindelige Gedanken" hätte, worüber sie die ganze Zeit gesprochen hätten, wann sie sich wiedersehen usw. Nichts anderes interessierte ihn. Kein „War es ein schöner Abend?" oder „Wie viele Leute waren da?" Nein. Da platzte Alex der Kragen, er konnte schlichtweg nicht mehr. Diese ganze Eifersucht, auch noch nach mehreren Wochen Beziehung, nahm ihm die Luft zum Atmen. Das spürte sogar ich am eigenen Leib.

Zu Beginn habe ich mich uneingeschränkt für Alex gefreut. Dann war ich ziemlich besorgt. Jetzt ist die Sorge weg und ich bin etwas

traurig. Irgendwie komisch. Obwohl Alex mir versichert hat, dass ihm gleich nach Beenden der Beziehung ein richtiger Fels vom Herzen gefallen ist.
Wenn man gerade etwas erlebt, das nicht angenehm ist, fragt man sich häufig, warum das jetzt genau so und nicht anders sein kann. Aber ganz oft gibt es dann diesen einen Moment in der nahen oder fernen Zukunft, an dem man feststellt: Ah, deshalb musste das damals so kommen! Ich meine, ich bin weit weg von esoterisch, aber das erlebe ich immer wieder. Daher bin ich mir auch ganz sicher, dass es einen gravierenden Grund gibt, warum Alex gleich in seiner ersten schwulen Beziehung eine solche Erfahrung sammeln musste. Heute werden wir es wahrscheinlich nicht erfahren, vermutlich auch morgen noch nicht. Aber irgendwann einmal kommt dieses Aha-Erlebnis und dann wird uns alles klar sein. Da bin ich mir ganz sicher.

29

Mein Handy vibriert in der Jackentasche, als ich gerade meine Lieblingsstrecke laufe. Wobei sich die Bezeichnung „Lieblingsstrecke“ lediglich auf den Ort bezieht. Ich mag das Laufen nicht besonders und stampfe auch nach vielen Monaten des Trainings immer noch wie ein altes Brauereiross. Eigentlich macht mir das Walken ja mehr Spaß, aber es ist halt nicht so cool. Außerdem habe ich nach dem Laufen immer ein besseres Gefühl. Das beruhigende Gefühl, ein bisschen mehr getan zu haben, wenn ich mich schon zum Sporteln durchringen muss.

Ich ziehe mein Handy ein Stückchen aus der Jackentasche hervor. *Aus diesem G. werde ich nicht schlau,* lese ich. Eine Nachricht von Alex, der nach einer kurzen Verschnaufpause wieder beim Onlinedating aktiv ist. Wer war noch einmal schnell dieser G.? Ich komme ein wenig aus dem Laufrhythmus, als ich mich so intensiv auf das Denken konzentriere, und bleibe stehen. War das dieser beinahe Arzt? Der sich alle heiligen Zeiten einmal ganz unverbindlich meldet, auf dessen Antworten man ewig warten muss, der sich nie treffen will? Ja, ich denke, das ist er.
Die kurze Pause kommt mir ganz gelegen. Ein paar Minuten, um meiner Atmung Zeit zum Regulieren zu geben. Heute habe ich es wohl übertrieben mit dem Tempo. Mein Hals ist trocken und schmerzt ein wenig von der Anstrengung. Ich tue so, als würde ich meine Beine dehnen. Das machen ja alle so, wenn sie beim Laufen stehenbleiben. Ich habe keine Ahnung, was ich da eigentlich mache. Egal, ich wippe hin und her und es sieht bestimmt hochprofessionell aus. Ich zücke wieder mein Handy, das gerade „Open Your Eyes“ von Guano Apes spielt. Stimmt, mein Musikgeschmack ist ziemlich schizophren, aber es gibt eine Handvoll Lieder, die mich ordentlich motivieren beim Sport, und dieses gehört eindeutig dazu.

Meine Nachricht war vom Mittwoch letzter Woche – und jetzt die Antwort. Neun Tage später. Verstehst du das?, kommt noch von Alex in einer zweiten Nachricht. Nein, diesen Mann verstehe ich nicht. Gut, das ist ja nichts Ungewöhnliches, dass ich Männer nicht verstehe. Offensichtlich verstehen aber nicht einmal Männer andere

Männer. Wie soll ich das dann jemals als Frau können?! Warum meldet man sich über einen Zeitraum von mehreren Wochen immer wieder einmal, wenn man aber offensichtlich kein ernsthaftes Interesse hat? Fragen über Fragen.

Was jetzt? Ja, nein, vielleicht, hat Angst?, schreibe ich zurück. *Immer, wenn ich glaube, dass es das war, taucht der wieder auf. Der ist wie ein Maulwurf. Unter der Erde verschwunden und dann kommt er doch wieder an die Erdoberfläche gekrochen. Irgendwann...,* antwortet er gleich darauf. *Ich habe ihm geschrieben, dass ich ihn schon abgeschrieben hatte und mich nicht auskenne. Er meinte, er wisse selbst nicht, wohin das führt. Schrieb etwas von Beziehungen, die sich entwickeln müssen und die Wurzeln brauchen, um zu wachsen. Dass das eben eine gewisse Zeit in Anspruch nimmt. Oder so etwas in diese Richtung.*

Na ja, da hat der Gute nicht unrecht. Wenn man eine zwischenmenschliche Beziehung aufbauen will, dann bedeutet das Engagement und Arbeit. Aber durch eine Chatkonversation, die alle paar Wochen mal irgendwie so nebenbei passiert, bilden sich keine Wurzeln. Durch Telefonate alle heiligen Zeiten ebenso wenig. Noch weniger durch Dates, die abgesagt aber nie nachgeholt werden.

Ich möchte meine Dehnposition ändern und einen Ausfallschritt machen. Das sehe ich auch immer wieder, wenn sportliche Menschen im Stehen sportlich sein wollen. Wie gesagt, ich hab' überhaupt keinen Dunst, wozu das gut sein soll, und warum ich das überhaupt mache, aber egal. Ich werde es machen! Cool schauts sicher aus! Und genau in diesem Moment, als ich nach vorne steige, trete ich mit voller Kraft in einen Hundehaufen. Shit, wie ist denn das jetzt passiert? Rundherum nur Wiese und genau da, wo ich hinsteige, liegt ein einsamer Kackhaufen, der meinen Laufschuh offensichtlich wie magnetisch angezogen hat? Ernsthaft?

Das ekelt mich jetzt so richtig an! Ich streife die schmutzige Sohle in der Wiese ab und versuche, sie vom Dreck zu befreien. Wie das stinkt! Bäh! Dabei denke ich an ein echt kurioses Date vor einiger Zeit. Einerseits war sowohl der Ort kurios, andererseits aber auch das, was dort passierte. Von vorne bis hinten ein komplett skurriles

Erlebnis. Wir trafen uns nämlich zum ersten Date bei Ikea. Er wollte einige Dinge für seine neue Wohnung besorgen, und da sollte ich ihn begleiten. Das fand ich zwar etwas merkwürdig, aber gut, ich bin ja für vieles zu haben. Das Rendezvous fand außerdem zu dritt statt, weil auch sein Hund mit dabei war. Ein eigentlich süßer Jack Russell Terrier, der aber leider ständig an der Leine zog. Und sobald man ihn auch nur irgendwie schief aus dem Augenwinkel ansah, flippte er komplett aus. Er versuchte, an jedem menschlichen Wesen hochzuhüpfen. Ein flüchtiger Blick reichte und ab ging die Post. Ich habe ja das Gefühl, dass die meisten Hunde immer bereit für eine Party sind. Bei manchen ist es ja so, dass ein kurzer Augenkontakt reicht und schon tanzen sie schwanzwedelnd, als wären sie beim Karneval in Rio. Wenn man sogar ein paar Worte an sie richtet, dann ist es gleich ganz aus mit ihnen und sie zucken aus. Dabei ist der Inhalt des Gesagten völlig egal.

So hetzten wir drei also im Laufschritt durch das Möbelhaus und waren gestresst. Der Hund rannte, hüpfte, wedelte und mein Date schmiss währenddessen alles Mögliche in seinen Einkaufswagen. Teppich, Handtücher, Bilderrahmen. Alles, was er halt nebenbei so erwischte. Der Hund machte keine Pause und jagte uns von Abteilung zu Abteilung. Und dazwischen tanzte er immer wieder Samba. Plötzlich verringerte das Kerlchen aber sein Tempo. Ich atmete erleichtert auf und durch. Aber nur solange, bis ich im nächsten Moment schon das Malheur sah: Oh, nein, der Hund scheißt tatsächlich in den Ikea! Dieser Jack Russell blieb nämlich nicht etwa stehen, um an einem Fleck seine Notdurft zu verrichten, sondern erledigte das im Gehen zwischen Betten und Sofas. Er zog eine meterlange Spur aus Durchfall hinter sich her. Ekelhaft! Und peinlich gleichermaßen. Für uns alle. Ich wusste gar nicht so recht, wie ich mich verhalten soll. Aufwischen? No way! Weitergehen und so tun, als würde ich nicht dazugehören? Wahrscheinlicher! Fakt ist, dass ich aber einfach ein paar Meter abseits auf einer Couch wartete, bis das Herrl die Situation bereinigt hatte. Fremdschämen hoch drei. Da kriegt diese Redewendung gleich eine viel authentischere Bedeutung.
Na ja, und zum Abschluss fragte mich das Date tatsächlich auch noch, ob die beiden mich mit dem Auto nach Hause bringen

dürften. Da das Vehikel aber voll mit Wohnungsutensilien war und ich somit den darmkranken Hund auf den Schoß nehmen hätte müssen, lehnte ich dankend ab.

Scheiße!, schreibe ich an Alex, nachdem ich die letzten Reste des Hundedrecks mit einem Stöckchen aus meinem Laufschuh gekratzt habe. Im wahrsten Sinne des Wortes natürlich, aber davon hat er ja keine Ahnung.
Wenn du wirklich interessiert daran bist, wer dahintersteckt, dann frag ihn doch noch einmal nach einem Date. Sonst wird das nichts. Sonst seid ihr auch in einem Jahr noch an der exakt gleichen Stelle, ohne schlauer zu sein, schlage ich vor. Ich warte noch Alex' Antwort ab, dann laufe ich weiter. Genug gereinigt und pseudogedehnt.
Das habe ich schon. Bin gespannt, wann er sich jetzt wieder meldet. Wahrscheinlich im Advent, um mir fröhliche Weihnachten zu wünschen...

30

Ach, wie sehr habe ich mich nach diesem Moment gesehnt?! Was gibt es Schöneres, als sich ins weiche Bett fallen zu lassen. Nach dem Sport, nach der erfrischenden Dusche und mit einem Teller Salat auf dem Schoß? Viele sagen ja, dass ich den besten Salat der Welt mache. Das finde ich übrigens auch. Neben diversem Grünzeug, Paprika, Tomaten, Avocado, Pinienkernen und so weiter ist es wohl die Mischung aus viel zu viel Kernöl, Estragonsenf und Schafkäse, die meinen Salat so einzigartig machen. Einige meiner Freunde „bestellen" diesen Salat regelrecht bei mir, wenn sie mich besuchen kommen.

Ich glaube, ich bestelle mir heute auch was. Nämlich einen ordentlichen Film on Demand. Wahnsinn, kommt es nur mir so vor oder wird das Hauptabendprogramm immer mieser? Früher – als ich noch jung war – hatte man nur wenige Sender, es war aber immer etwas Passendes dabei. Heute ist es so, dass man eine Riesenauswahl an Sendern hat und es passt trotzdem einfach nichts. Woran liegt das? Ich sehe den Wald vor lauter Bäumen nicht? Oder steigen meine Ansprüche mit dem schwindelerregenden Alter? Ein ungelöstes Rätsel.
Ich habe es mir neben meinem Radiowecker im Bett bequem gemacht, mampfe den Salat und zappe vorerst noch zwischen den Programmen hin und her. Eine Chance gebe ich dem normalen Fernsehen noch. Die Füße liegen auf der gefalteten Decke. Meine alte Narbe am Zeh schmerzt. Ich spüre sie heute mehr als sonst. Eine Verletzung aus Kindertagen, die mich wohl ein Leben lang begleiten wird. Bei Wetterumschwüngen pocht die Narbe auch fast 25 Jahre später noch. Mein kleiner Zeh ist sowas wie meine persönliche Wetterstation. Ich weiß immer schon einen Tag vorher, dass sich das Wetter ändern wird. Ich schüttle meine Wetterstation aus und frage mich, ob es ab morgen tatsächlich Abkühlung gibt. Mein Zeh prophezeit: Es kommt Regen! Ich freue mich darauf.

Bei einer uralten Folge von „Tatort" bleibe ich stehen und lege die Fernbedienung dicht neben den Radiowecker. „Keine Streitereien in meinem Bett, ich hab' euch beide lieb", entkommt es mir und ich finde das Gesagte schon in jenem Moment bescheuert, als ich es mich aussprechen höre. Was man nicht alles von sich gibt, wenn man schon gefühlt ewig Single ist. Diese Folge ist bestimmt aus den 70ern. Die Frisuren, die Mode. Ein Augenschmaus. Ich bleibe aber nicht lange bei der Handlung, denn ein eben gehörter Satz erinnert mit unweigerlich an einen One-Night-Stand. Genauer, an den einzigen One-Night-Stand meines Lebens.

„Mein Name tut nichts zur Sache."

Den einzigen One-Night-Stand meines Lebens hatte ich nämlich mit einem Geheimagenten. Oder Spion. Oder Ordensbruder. Oder Schwerverbrecher. Ich weiß es bis heute nicht, wer er eigentlich war. In seinem Profil stand das so:

NAME: K.
BERUF: es ist kompliziert
ALTER: 51 Jahre

Ich hätte ihn wohl nie aktiv angeschrieben. *Es ist kompliziert* erschien mir eindeutig zu kompliziert. Aber ja, es hatte dann doch einen gewissen Reiz, seine Geheimnisse zu lüften, muss ich zugeben. Er schrieb mich ganz formell an. Ich konterte hochprofessionell. Das hatte anfangs was von einer Geschäftskorrespondenz zwischen Hofräten, die über die Vorzimmerdamen läuft. Das hielt mich aber nicht von einem gemeinsamen Abendessen zwei Tage später ab. Alternativdates zu diesem Zeitpunkt nämlich: 0

Auch das Abendessen fühlte sich mehr wie das verpflichtende Weihnachtsdinner mit dem Aufsichtsratsrat an als nach einem Rendezvous. Wir führten gepflegte Gespräche, keine Frage, aber ohne jegliche Emotionen, ohne persönliche Details, ohne Humor. Da wich er von Anfang bis Ende gekonnt aus. Ich passte mich ihm an. Beim Verabschieden dann das obligatorische „Danke für den Abend", Händeschütteln, tschüss! Er roch wirklich herrlich, als ich ihm dann doch ein klein wenig näherkam. Aber so sicher wie ich keine Ahnung von seinem Namen oder Beruf hatte, so sicher war es für uns beide wohl auch, dass daraus nie eine Liebesbeziehung werden würde.

Und dann die Überraschung! Zu Hause angekommen erreichte mich eine Nachricht über das Dating-Portal. Unsere Handynummern hatten wir nicht ausgetauscht. Staatsgeheimnis selbstverständlich.

Ich finde dich intellektuell und körperlich sehr anziehend! Kompliment, das nenne ich ein wohlgeformtes Dekolleté. Und deine Schuhwahl – sehr geil! K.

Mein erster Blick fiel auf meine Bluse, daran erinnere ich mich noch genau. Die hellblaue mit dem Stehkragen. Stimmt, in diesem Teil sehen meine Brüste wirklich fantastisch aus! Dazu die enge Jeans und die dunkelblauen Lack-High-Heels mit den 12-Zentimenter-Absätzen. Das ergab eine aufreizende aber dennoch klassisch-sexy Silhouette, da konnte ich ihn also voll und ganz verstehen. Vielmehr fragte ich mich deshalb: Wollte der Geheimagent da wirklich einen Sextalk mit mir anfangen? Ernsthaft? Ich tastete mich mal vorsichtig heran.

ICH:	*Danke für das Kompliment! Es ist mir offensichtlich bestens gelungen, meine Zuckerseite zur Schau zu stellen. Und auch ich bin von meiner Schuhwahl mehr als überzeugt.*
GEHEIMAGENT:	*Wie sieht deine Zuckerseite ohne hellblauen Stoff aus?*

Sextalk. Eindeutig. Ich überlegte kurz, ob ich Bock darauf hätte. Mein nächster Blick fiel auf den Radiowecker. Er sah etwas traurig aus. So allein im großen Bett mit den vielen Nullen auf der Anzeige. Aber mein Mitleid hielt sich in Grenzen. Ich hatte Lust auf eine kleine, schmutzige Konversation.

ICH:	*Wenn dir die verpackte Version schon so gefallen hat, dann würde dir die unverpackte den Schweiß auf die Stirn treiben!*
GEHEIMAGENT:	*Mir fallen eine Menge Dinge ein, die dir den Schweiß auf die Stirn treiben würden! Lassen wir es darauf ankommen?*

Ich habe mich der engen Kleidung entledigt, die sexy Schuhe ordentlich im Regal verstaut und mir ein heißes Bad eingelassen. Und als ich da so im Wasser lag, habe ich gegrübelt und mir gedacht, dass ich aus Männern nicht schlau werde. Wie so oft. Zuerst diese kühle Distanz und dann diese Art der heißen Wendung. Wie kommt das?

GEHEIMAGENT: *Speechless?*
ICH: *Badewanne*
GEHEIMAGENT: *Nackt in der Wanne. Nur mit Schaum und Peeptoes? Das hat was, da würde ich gerne (mit deinem) Mäuschen spielen.*

Er würde gerne Mäuschen spielen? Er würde gerne mit meinem Mäuschen spielen? Mäuschen? Mit meinem Mäuschen? Ich habe die Nachricht bestimmt fünfmal gelesen, um sie in vollem Umfang zu verstehen. Und als dieser Punkt dann gekommen war, war ich peinlich berührt. Auch heute noch, wenn ich mich daran zurückerinnere. Mit dem eigenen Freund schmutzige Nachrichten hin- und hersenden, von mir aus, das ist ja nichts Ungewöhnliches. Aber mit einem distanzierten Wildfremden?! Ich beschloss, einfach nicht mehr zu reagieren und hoffte, dass da keine weiteren verruchten Botschaften folgen würden. Und so war es auch. Zumindest fürs Erste.

Ich drehe mit der Fernbedienung den Fernseher etwas leiser, um meine Gedanken besser „hören" zu können. Weil es ging ja dann noch weiter mit dieser Bekanntschaft. Ein paar Tage später saß ich mit einem Arbeitskollegen im Gastgarten eines Wiener Traditionslokals. Wir plauderten über die letzten Tage voller Arbeit und genossen währenddessen den erstklassigen Tafelspitz mit Rösterdäpfeln, als das Handy in meiner Tasche vibrierte. Eine Nachricht von K. trudelte über das Dating-Portal ein. Den genauen Wortlaut weiß ich natürlich nicht mehr, aber das ging in etwa so weiter:

GEHEIMAGENT: *Ich kann einfach nicht aufhören, an deine Brüste und Schuhe zu denken! Allein der Gedanke daran, sie zu berühren, erregt mich. K.*
ICH: *Dann greif doch zu!*
GEHEIMAGENT: *Ja, das würde mir mehr als gefallen!*
ICH: *Wann und wo?*

Wie konnte ich nur? Woher kam dieser plötzliche Sinneswandel? Wahrscheinlich war es das wundervolle Ambiente des Gartens, das mir ein Gefühl von Beschwingtheit und Leichtigkeit vermittelte. Oder der lukullische Genuss des Essens auf meinem Gaumen, der einem kulinarischen Orgasmus ähnelte! Ich frage mich noch heute, was mich damals überkam. Vermutlich hat mich einfach die Summe der Sinneseindrücke übermannt. Ganz plötzlich. Ich habe das einfach gemacht. Aus dem Nichts heraus, ohne Vorwarnung, ohne ernsthaft darüber nachzudenken.

Hotel Gelber Schwan. Heute um 20:00. Die Zimmernummer teile ich dir noch mit. K.

Gut, ich weiß jetzt nicht mehr, ob dieses Hotel da im Burgenland tatsächlich „Gelber Schwan" hieß, auf jeden Fall etwas mit einem Tier und einer Farbe. Könnte also auch „Hellgrüner Elefant" oder „Pinker Hund" gewesen sein. Aber das ist jetzt auch völlig nebensächlich.

Es war kurz nach drei. Ich holte aus meiner Geldtasche einen 50-Euro-Schein, knallte ihn auf den Tisch, verabschiedete mich ziemlich überfallsartig von meinem Kollegen (der verständlicherweise schaute wie ein Autobus) und raste per Taxi nach Hause. Tasche packen, Ganzkörperrasur, Zugticket checken. Und so fuhr ich dann nur kurze Zeit später wieder mit dem Taxi zum Bahnhof.

Der graue Sitz im Zug fühlte sich an diesem Abend ähnlich an wie meine Couch. Unbequem. Lag aber vermutlich nicht am Sitz selbst, sondern an meinem viel zu engen Rock und an dem grausam ungemütlichen Oberteil. Und an den Peeptoes. Die Kombi hatte ich natürlich extra für meinen Geheimagenten ausgesucht. Ich zückte mein Handy und tippte.

Hallo Alex! Ich bin auf dem Weg ins Burgenland. In Kürze werde ich dort nämlich den ersten One-Night-Stand meines Lebens haben. Mit dem Geheimagenten. Frag nicht, ich erzähle es dir morgen. Falls du morgen nichts von mir hörst, dann habe ich mich eventuell doch unerwarteterweise in den Geheimagenten verliebt, wir liegen noch Arm in Arm im Bett und schauen einen kitschigen Schmusefilm. Oder ich bin alleine im Bett. Und tot, weil er doch ein Serienmörder war. Im Falle von „tot“ bitte diese Daten an die Polizei weiterleiten, das könnte helfen: Hotel Gelber Schwan, Gelber Schwan Weg 8. Bis (hoffentlich) morgen, Marina

An niemanden sonst konnte ich diese WhatsApp senden. Nur mein Onlinedating-Buddy hatte die Nerven für solche Abenteuer. Es war mir klar, ich handelte naiv, ich handelte unvorsichtig. Aber der Ruf des Abenteuers war einfach lauter! Das war die erste ernsthafte Chance, einen One-Night-Stand ohne potentielle Gefühle und Verpflichtungen zu erleben. Einmal wollte ich so etwas nämlich ausprobieren. Wissen, wie sich das Unkalkulierbare anfühlt. Und bei einem Mann, der nichts von sich preisgeben und im Gegenzug auch nichts von mir wissen wollte, war die Gefahr geringer, dass es danach zu einer unangenehmen Stalkerei kommen könnte. So meine versuchte Rechtfertigung aus heutiger Sicht.

Ich war pünktlich am vereinbarten Ort und stand vor Zimmernummer 18. Ja, ich glaube, es war die 18. Oder doch 27? Oder 36? Auf jeden Fall Quersumme 9, daran erinnere ich mich auf jeden Fall. Ich klopfte und K. öffnete in grauer Anzughose und mit halboffenem Hemd die Tür. Er sah irgendwie heiß aus. Fast wie George Clooney. In der Hand ein Glas alkoholisches Sprudelwasser. Eventuell Champagner, vielleicht auch nur Prosecco. Da fehlt mir bis heute die Expertise.
Ich nahm das Glas, schmunzelte unsicher, unsere Augen trafen sich nur für einen kurzen Augenblick. Wir grüßten einander nicht. Ob das so üblich ist bei One-Night-Stands, fragte ich mich. Danach trat ich bewusst sexy ein. Mein Herz raste. Wie verrückt. Dieses pochende, aufgeregte Gefühl in meiner Brust blockierte meinen Atem. Das fühle ich noch heute. Ich stellte meine Tasche ab und schaute mich ein bisschen um. Wow, eine wunderschöne Suite war das, kein ranziges Etablissement. Es hatte nichts Anrüchiges, weit weg von Stundenhotel. Also vermutlich Champagner und kein Prosecco. Die braune Vintage-Ledercouch fiel mir sofort ins Auge. Ein attraktives Teil und wahrscheinlich wesentlich bequemer als meine graue zu Hause. Ich nippte am Glas und versuchte, einen schnellen Blick nach draußen zu werfen. Die weißen Vorhänge versperrten aber die Sicht durch die große Terrassentüre.

K. näherte sich mir langsam und half mir aus der kurzen Lederjacke. Die passte hervorragend zur Couch, dachte ich mir noch. Ich spürte seinen Atem in meinem Nacken und ich konnte ihn riechen. Gänsehaut. Wieder passierte alles wortlos. Mein Herz beruhigte sich nicht. Hilfe! Wie beginnt man so einen One-Night-Stand? Ich dachte an einen lockeren Smalltalk und stotterte dabei ein wenig.

ICH: „Ha-attest du einen anstrengenden Tag heute i-in der Arbeit?"
GEHEIMAGENT: „Mein Beruf tut nichts zur Sache. Zu deinem und zu meinem Schutz."

Oha, meine bereits im Kopf formulierte zweite Frage nach dem Namen erübrigte sich also noch in der gleichen Sekunde. Ich nahm diese kryptischen Informationen zur Kenntnis, bewunderte ihn sogar ein bisschen für diese unantastbare Haltung. Ja, es turnte mich auch ein ganz klein wenig an, muss ich zugeben. Dann eben noch belanglosere Konversation? Die wird doch wohl erlaubt sein!

ICH: „Welches Parfum trägst du?"
GEHEIMAGENT: „A&F"
Mein erster Gedanke: „Arsch & Friedrich?" Der zweite: „Okay, eher nicht." Der dritte: „Ah, Abercrombie & Fitch."
ICH: „Riecht gut!"

Er wandte sich von meinem Rücken ab und begann, meine Bluse zu öffnen. Langsam und genüsslich. Ich stand einfach nur so da – unsicher und etwas wackelig in meinen Peeptoes – und ließ es geschehen. Ich fühlte mich wie ein Teenager, mehr noch, wie eine Jungfrau. Würde ich jetzt tatsächlich gleich Sex mit einem Mann haben, den ich überhaupt nicht kenne? Dessen Namen ich nicht einmal weiß? Vermutlich ja. Vollkommen irre. Aber ich wollte es ja so.

Und so kam es dann auch. Es und er. Wir landeten ziemlich schnell auf dem riesengroßen Bett dieser Suite. Mein Busen faszinierte ihn nach wie vor – wobei... Na ja, meine Herren, bitte, das ist eine Brust und ihr seid nicht alle DJs – ihr müsst hier nicht wie wild die Schallplatten spinnen. Aber gut, mein Geheimagent hatte zum Glück sowieso keine liebestechnische Ausdauer, denn das war es dann auch schon mit dem Vorspiel – verdammt wenig für meinen Geschmack, aber in Bezug auf die Qualität völlig ausreichend. Gefolgt von unverdorbenem Blümchen-Safer-Sex. Genauso unaufregend wie alles andere, das auf diesem Bett passierte. Aber vielleicht macht man das so bei einem One-Night-Stand, dachte ich mir schon wieder. Die Schuhe musste ich natürlich die ganze Zeit über anlassen. Das heißt, die ganzen gefühlt achteinhalb Minuten. Davon ging ich ja aus.

Summa summarum war das ganze Szenario irgendwie enttäuschend. Begonnen hatte alles so prickelnd wie Jahrgangs-Champagner und geendet wie ein abgestandener No-Name-Prosecco. Er bedankte sich mit einem Kuss auf die Stirn für den Akt und schlief sofort ein. Nur eine Sekunde später war er schon im Land der Träume. Das wars. Womöglich lag es am Alter meines Spielkameraden. Oder am Prosecco. Ja, es war vermutlich doch Prosecco, weil retrospektiv betrachtet wäre für dieses kurze Liebesspiel eine Flasche teurer Champagner mehr als übertrieben gewesen. Ich hab' sie also doch, die Expertise. Die Lebens-Expertise.

Ja, genauso ist er abgelaufen, mein erster One-Night-Stand. Und mein definitiv letzter. Den Reiz des schnellen Sex' konnte ich überhaupt nicht nachvollziehen. Ich lag noch ein bisschen da. Verdutzt und unbefriedigt. Ein paar Minuten später verschwand der erholte Geheimagent in der Dusche und kurz darauf auch durch die Hotelzimmertüre. Mit einem neuerlichen Kuss auf die Stirn und einem Schmunzeln. Wieder wortlos. Ob man das bei einem One-Night-Stand so macht, fragte ich mich noch ein letztes Mal. Danach las ich nie wieder etwas von K. Zum Glück auch nicht in der Presse oder auf Fahndungsfotos.

Danach schrieb ich wieder an Alex:
Ein mysteriöser Geheimagent, ein unbrauchbarer One-Night-Stand, meinen Höhepunkt hat er leider verpennt!

31

Kurz nach Mitternacht. Mein Handy vibriert. Es ist Alex. Ich hebe nicht ab. Ungewöhnlich, normalerweise herrscht bei uns nach 23:00 immer Funkstille. Ich schreibe stattdessen eine kurze WhatsApp an ihn:

Hi, mein Lieber! Ich bin bei einer Freundin. Fernsehabend mit Chips. Ich melde mich morgen bei dir. Schlaf schön!

Beim Absenden denke ich daran, dass er ja den heutigen Abend mit seiner neuen, alten Bekanntschaft verbringen wollte. Wie die letzten Abende auch. Er kannte D. eigentlich schon länger über eine gemeinsame Freundin, aber von seiner Homosexualität erfuhr er erst durch einen Zufall auf Facebook. Alex hat – mehr oder weniger – unabsichtlich und in einer virtuellen Unaufmerksamkeit auf das Dankeschön seiner Geburtstagsglückwünsche mit einem Herzerl-Emoji reagiert. Na ja, und dieser hat sich dann augenzwinkernd und per persönlicher Nachricht für die unerwartet liebevolle Reaktion bedankt. Der Rest ist Chat-Geschichte.

Augenscheinlich kam es nicht zum geplanten Abend der beiden. Oder doch? Er sollte ja eigentlich gerade ganz selig in den Armen dieses Typen liegen, verdammt! Es wird ihm wohl hoffentlich nichts passiert sein? Diese ungemütliche Frage geistert gerade in meinem Kopf herum, als Alex im gleichen Augenblick noch einmal anruft. Dieses Mal hebe ich schon beim ersten Vibrieren ab. Ich entschuldige mich bei meiner Freundin, die – wie ich gerade sehe – ohnehin schon pennt und verschwinde im Badezimmer.

„Du weißt gar nicht, was mir grad passiert ist!" Alex grüßt nicht einmal und schnauft rastlos beim Sprechen. Offensichtlich ist er zu Fuß unterwegs. In einem ordentlich schnellen Tempo. „Hey, was ist denn los?" Jetzt bin ich wirklich beunruhigt.
„Ich habe mich so auf diesen Abend gefreut. Du denkst dir jetzt bestimmt wieder: Der junge Bursche und seine naiven Dating-Geschichten. Was der immer alles von seinen Schmusereien zu erzählen hat. Und das um diese Uhrzeit. Aber ich brauche dich jetzt, bitte hör mir nur kurz zu, nur du verstehst mich!"

„Alex, ganz ruhig! Ich bin ja dran! Schnauf mal durch und erzähl mir bitte, was passiert ist. Und zuerst sag mir bitte: Gehts dir gut?“ Ich sorge mich ernsthaft. Er ist unheimlich aufgebracht. Es klingt so, als wäre er auf der Flucht.
„Ja, es geht mir gut. Also, nein, eigentlich gehts mir gar nicht gut. Wir haben uns ja an jedem der letzten Abende getroffen, haben es uns richtig schön gemacht. Tee getrunken und die Zweisamkeit genossen, kuschelnd Filme geschaut. So wie ich es dir erzählt habe. Wir überlegten sogar, welche Filme wir in Zukunft noch gemeinsam anschauen wollen. Schmiedeten Pläne. Hey, ich war Feuer und Flamme. Jemand der mich in den Arm nimmt, jemand der mir zuhört, jemand, der ähnliche Interessen hat wie ich. Es begann alles so gut. Und dann der heutige Abend. Ich freute mich wieder darauf. Mein Terminplan für den Tag war voll, ich war auch noch beim Zahnarzt und die Behandlung sollte über eine Stunde gehen. Er machte sich sogar da Sorgen um mich und hat sich nach meinem Befinden erkundigt. Nach dem langen Tag war ich also heilfroh, aus dem Alltagsgewand rauszukommen, duschte mich, schmiss mich in eine chillige Hose, zog einen Hoodie über und dann machte ich mich endlich auf den Weg zu ihm nach Wien.“
Alex ist kaum zu bremsen. „Bitte, atme mal tief durch! Komm, wir machen es gemeinsam!“ Ich atme viermal gut hörbar ein und aus. Ich habe keine Ahnung, ob er mitmacht. Trotzdem beruhigt er sich ein wenig.
„Ich weiß, ich rede mich in Rage und du weißt noch immer nicht, was eigentlich los ist. Ich komm’ jetzt einfach mal zum Höhepunkt des Abends. Im wahrsten Sinne des Wortes! Nach dem kurzen Begrüßungssmalltalk machten wir es uns auf der Couch gemütlich. Er legte die Hand auf meinen Oberschenkel und ich streichelte sie. Ich hatte viel zu erzählen. Er umarmte mich, hörte mir interessiert zu. Fragte nach. Wollte mehr wissen. Wenn ich gestresst bin, bin ich oft wie ein kleines Kind. Dann möchte ich einfach nur festgehalten werden. Na ja, irgendwann ging dann aber eines ins andere über. Wir lagen auf der Couch, konnten uns kaum aus der Umarmung lösen, küssten uns innig und meine Welt schien für den Moment perfekt. So kurz nach dem Aus mit H. handelte ich D. als nächsten ernsthaften ‚Love Interest‘. Er flüsterte mir dann ins Ohr: ‚Komm, im Bett ist es doch gemütlicher!‘ Zuerst zärtliche Berührungen am ganzen Körper, dann

flog nach und nach das Gewand. Es kam so, wie es kommen musste. Wir hatten tollen, aufregenden Sex. Danach lagen wir noch eine längere Zeit Arm in Arm. Beide erschöpft und zufrieden. Meine derartigen Erlebnisse lassen sich ja bis dato auf einer Hand abzählen, wie du weißt. Es war einfach nur heiß und ich spielte in meinem Kopf immer wieder durch, was gerade passiert war. Ich genoss die Sekunden und Minuten danach so richtig, die neue Erfahrung und das Kuscheln mit ihm."

„Aber was war denn dann los, dass du so außer dir bist?" Ich weiß, dass jetzt eine gravierende Wendung kommen muss. Irgendetwas hat ihn mächtig aus der Bahn geworfen. Aber was? Ich setze mich vom Badewannenrand auf den Boden. Den Rücken gerade an die Badewanne gelehnt. Ich spüre, dass seine Geschichte nun meine ganze Aufmerksamkeit erfordert. Und lümmelnd kann ich nicht klar denken.

„Irgendwann in den vergangenen Tagen hat er mir ja beiläufig erzählt, dass er bislang immer alle Dates unmittelbar nach dem Liebesspiel rausgeworfen hat. Und genau diese Aussage ist mir dann irgendwann in den Sinn gekommen, als ich da so in seinen Armen lag. Ich wollte die Stimmung aufheitern und uns zum Lachen bringen. Ich drehte meinen Kopf in seine Richtung, setzte an und fragte: ‚Und? Schmeißt du mich heute auch raus, so wie die anderen Dates davor?' In Erwartung, nun lächelnd und aneinander gekuschelt einzuschlafen, drehte er sich ebenfalls zu mir und antwortete in aller Kühle und ohne Emotionen: ‚Ja, so auch heute!'"

„Ja, so auch heute? Nicht dein Ernst!" Ich richte mich noch ein Stückchen mehr auf, um mit meiner ganzen Aufmerksamkeit für ihn da zu sein.

„Ich verstand in diesem Moment nicht so recht, was das zu bedeuten hatte. Das kann doch wohl hoffentlich nur ein mieser Scherz sein. Aber irgendwie verriet seine Körpersprache und die plötzliche Distanz, dass das jetzt eine Aufforderung war, seine Wohnung zu verlassen. Nämlich sofort. Auf gut österreichisch: ‚Wir sind fertig. Schleich dich!' Ich stand also auf, zog mich voller Enttäuschung und nicht wissend, was da abgeht, an. Sagte sogar noch Tschüss und schloss die Tür hinter mir. Und das wars."

„Fah, was für ein Arsch!" Das ist es, was mir gleich in den Kopf schießt. Und es passt wie die Faust aufs Aug'. Dafür hätte ich

mich eigentlich gar nicht so kerzengerade aufsetzen müssen. Das wäre mir auch lümmelnd eingefallen. „Wo bist du jetzt?“ Ich halte mich bewusst kurz, um ihn nicht noch mehr aufzuwühlen.
„Ich spaziere gerade auf meinem persönlichen ‚Walk of Shame'. Marina, ich fühle mich so benutzt, schmutzig und sowas von unwohl. Einen One-Night-Stand hätte er bestimmt auch billiger haben können. Aber was soll diese ganze Masche der letzten Tage, das vorgeheuchelte Interesse, das Kuscheln, das Filmschauen, das Pläneschmieden, das aufgesetzte Pärchengetue?! Warum macht man so etwas? Dieser ganze Aufwand für ein einziges, schnelles Sexabenteuer?“
„Alex, wo bist du jetzt?“, frage ich erneut nach. Dieses Mal mit Nachdruck.
„Ungargasse, dritter Bezirk“
„Warte bitte dort, ich bin gleich bei dir.“ Ich decke noch schnell meine Freundin zu und hinterlasse ihr eine kurze Nachricht auf dem Küchentisch. Einige Augenblicke später sitze ich im Taxi. Im rosa Jogginganzug, mit Dutt am Kopf und völlig ungeschminkt auf dem Weg zum Seelentröstungseinsatz.

32

Ich putze mir beide Hände am Shirt ab. Also ob sie schmutzig wären. Dabei sind sie völlig sauber. Doch beim bloßen Denken an dieses Erlebnis spüre ich ganz deutlich mehrere Bakterienkolonien auf allen meinen Extremitäten. Ekelhaft.

O. ist die ersten Jahre seines Lebens in Amerika aufgewachsen. Etwa als er im Volksschulalter war, sind seine Eltern mit ihm nach Österreich gezogen. Heute arbeitet er in einem international tätigen Unternehmen als Controller. O. ist Anfang 40 und Marathonläufer. Hat eine Vorliebe für exotische Länder, kocht leidenschaftlich gerne. Soll angeblich ein glückliches Händchen beim Pokern haben. Hat unlängst mit einer guten Freundin einen Tanzkurs absolviert und ist Besitzer einer großen Eigentumswohnung in Wien. Das sind jene Informationen, die Alex in der letzten Zeit immer wieder einmal mehr oder weniger detailliert ausgeschmückt von mir präsentiert bekommen hat. Sein Aussehen anhand der Fotos und des Videochats habe ich mit einem *Zufriedenstellend* beurteilt. Ganz okay, aber nicht mehr. Alex mit einem *Gut*. Also, von der gesamten Checkliste her gesehen alles im grünen Bereich!

Was Alex allerdings noch nicht kennt, ist jene Geschichte, die sich gestern Abend bei O. zu Hause zugetragen hat. Und die möchte ich ihm heute erzählen. In einer Kirche. Genauer in „seiner Kirche", die er mir endlich auch einmal zeigen möchte. Zeit wird es ja! So viel habe ich davon schon gehört. Wir sind also heute in Alex' Heimatort und spazieren ein Stückchen bergauf Richtung Pfarrkirche. Das ist ja jener Platz, der im letzten Jahrzehnt wie sein zweites Zuhause war. So wahnsinnig wichtig ist ihm dieser Ort.

„O. hat mich gestern Nachmittag angeschrieben, ob ich denn nicht spontan Lust hätte, zum Abendessen zu kommen. Es gäbe selbstgemachte Nudeln mit Basilikum-Pesto. Ich hatte sowieso nichts geplant und mein Kühlschrank war leer, also habe ich sofort zugesagt, bin nach der Arbeit zum Meinl am Graben gefahren, um noch schnell ein Mitbringsel zu besorgen, und saß kurz darauf im Bus zu ihm."

Alex deutet mit der Hand auf ein großes, braunes Tor. Wir biegen links ab.
„Ich freute mich auf einen entspannten Abend in netter Gesellschaft, war auch schon total gespannt, ihn endlich mal in natura kennenzulernen“, erzähle ich weiter.
Alex öffnet die schwere Kirchentüre und lässt mich zuerst eintreten. Er macht eine Kniebeuge verbunden mit einem deutlich ausgeführten Kreuzzeichen Richtung Altar. Ich hudle ebenfalls so etwas wie ein Kreuzzeichen – es könnte aber gut auch ein Dollarzeichen gewesen sein oder ein Smiley, das ich da mit meiner Hand in die Luft gemalt habe. Wir setzen uns nebeneinander in eine der Kirchenbänke. Ich halte es für angemessen, ab nun zu flüstern und erzähle demnach leise weiter. „O. hat mich herzlich begrüßt und hereingebeten. Er sah wesentlich besser aus als auf den Fotos, muss ich sagen. Deine Beurteilung mit *Gut* war wohl treffender als meine mit lediglich *Zufriedenstellend*. Ich war positiv überrascht! Er führte mich durch das Vorzimmer vorbei am offenen Schlafzimmer, vorbei am Pokerzimmer bis ins Esszimmer. Die Wohnung war echt groß. Und, jetzt halt dich fest, du kannst dir nicht vorstellen, was ich auf diesem Weg durch diese große Wohnung zu Gesicht bekommen habe!“ Meine Stimme wird vor Aufregung lauter. Ich versuche, sie sofort wieder zu drosseln. „Diese ganze Wohnung war voll. Von oben bis unten. Mit alten Zeitschriften, undefinierbarer Deko, Brettspielen, Computerkonsolen, Büchern, Schuhkartons, Geschirr, Kleidung. Gestapelt vom Boden bis unter die Decke. Und zwischen diesen tausenden Dingen sammelte sich der Dreck und Staub. Abartig, widerlich!“
Alex reißt die Augen auf. Er scheint genauso überrascht zu sein, wie ich gestern. „Puh, Wahnsinn! Ein Messie? Und dann? Bist du wieder gegangen?“, wirft er ein.
Ich flüstere weiter: „Ich habe versucht, das Ganze zu überspielen, habe mich an den gedeckten Tisch auf dem Balkon gesetzt und gute Miene zum bösen Spiel gemacht. Der Typ war nett. Das Essen war auch lecker und wir konnten – wie am Telefon auch schon – gut miteinander plaudern. Aber die Umgebung war, pfui Teufel, echt abnormal. Zum Glück saßen wir draußen. Und weißt du, was er dann ernsthaft zu mir gesagt hat?!“
Alex schüttelt den Kopf und wartet gespannt darauf, was jetzt wohl kommen mag.

„Gott sei Dank hatte ich heute Nachmittag frei, um noch ein bisschen aufräumen zu können, bevor du gekommen bist! A-U-F-R-Ä-U-M-E-N!“ Ich betone dieses Wort bewusst, kein Flüstern mehr. Das muss ich laut aussprechen. Dabei schaue ich in die Runde und fühle mich von den barocken Engeln um uns herum ziemlich beobachtet. Ja, ich habe sogar den Verdacht, sie spitzen ihre Ohren ein wenig. Irgendwie kann ich das aber auch verstehen, weil brandaktuelle Dating-Geschichten hören die bestimmt nicht alle Tage.

Es ist ganz schön heiß heute. Sogar hier drinnen ist es richtig schwül, obwohl es bereits später Nachmittag ist und wir in einer alten Kirche mit dicken Mauern sitzen. Ich nehme den Folder, der vor mir liegt, und verwende ihn als Fächer. Ankündigung eines Pfarrcafés. Leider aber erst am Wochenende. Schade. Ich hätte jetzt wirklich unheimliche Lust auf etwas Süßes. Genauer auf Eis. Im Sommer habe ich eigentlich ununterbrochen Lust auf Eis. Am liebsten ist mir ja die Kombination Schoko-Zitrone – mein persönlicher Klassiker. Ich kehre in Gedanken zurück zur Geschichte und kann sie auch heute noch nicht ganz fassen. „Und ich dachte mir nur: Oh Gott, dieser arme Kerl! Fesch, gebildet und ein hoffnungsloser Messie. Verdammt, wie gibt es sowas?“ Ich genieße die kühle Luft des improvisierten Fächers.
Zweimal hintereinander das belanglose Aussprechen des Gottesnamens und dann auch noch das Fluchen und das mit dem Teufel. Da überkommt selbst mich als nicht sehr fromme Taufschein-Christin ein bisschen das schlechte Gewissen. Auch die Engel scheinen ihre Stirn zu runzeln. Schließlich sitzen wir in einem Gotteshaus. Alex hat mir mal gesagt, dass die Kirche ein sehr andächtiger Ort für ihn sei. Deshalb sollte ich mich wirklich zusammenreißen und andächtig sein. Wie auch immer das hier geht. Ich besinne mich also zumindest auf das Wesentliche. Nämlich, dass mir Alex heute diesen für ihn so wichtigen Ort zeigen und mir mehr von seiner aktiven Rolle in der Pfarre erzählen wollte.

„Ich habe in meinem Leben ja schon viele Kirchen gesehen, aber für mich ist diese hier die schönste! Sie ist dem Heiligen Georg geweiht. Der Hochaltar stammt aus dem Jahr 1718, die Orgel ist mit Gold verziert und hat einen sehr schönen Klang." Alex deutet nach oben in die Galerie. „Du solltest wirklich einmal eine Messe besuchen, wenn sie gespielt wird. Ich bin in und mit dieser Kirche aufgewachsen. Mit dem Ministrieren habe ich ja schon als kleiner Bub angefangen. Und dann folgten nach und nach die Ausbildungen zum Lektor, Kommunionsspender und Leiter von Wort-Gottes-Feiern. Ich wurde zum stellvertretenden Vorsitzenden des Pfarrgemeinderates von vier Pfarren gewählt und bin der wohl engste Mitarbeiter unseres Pfarrers."

„Ein wirklich ungewöhnlicher Werdegang für die heutige Zeit. Wie ist es eigentlich dazu gekommen, dass du dich als junger Mann nebenbei so intensiv für deine Kirche und den Glauben engagierst, obwohl du kein Pfarrer oder so sein möchtest?", will ich weiter wissen. Alex hat mir ja erklärt, dass er sich bislang immer bewusst gegen einen offiziellen Job in der Kirche entschieden hat, obwohl es ihm mehrmals von verschiedenen Stellen angeboten worden ist. Er brauche den „weltlichen Ausgleich, der ihn erdet", meint er. Deshalb sein Job als Klima-Manager, den er hauptberuflich ausübt, und sein vielseitiges Engagement zur Aufwertung der Region.

„Ich bin in das Glaubensleben hineingewachsen, hab' früh Verantwortung übertragen bekommen, organisiere gerne und das kann ich hier gut ausleben. Das gibt mir Kraft, hilft mir im Leben. Und das möchte ich an andere weitergeben: Glaube an die gute Botschaft – liebe Gott und deinen Nächsten, glaube an die Gemeinschaft, die miteinander Gutes tun kann. Ich lebe nach einem afrikanischen Sprichwort, das zu meinem Lebensmotto geworden ist. Du kennst das ja schon von meiner Dating-Bio: *Viele kleine Leute, die an vielen kleinen Orten viele kleine Dinge tun, können das Gesicht der Welt verändern."*

33

Ich lege die ungeladene Pistole auf den Tisch und gebe neue Patronen ins Magazin. Danach schiebe ich das Magazin in die Waffe und lege sie abermals am Tisch ab. Ganz leicht spüre ich noch immer den Schweiß auf meinen Fingern, wenn ich mit meiner eigenen Waffe hantiere. Ich reibe meine Hände aneinander, wische sie an meiner Leinenhose ab und greife dann wieder nach meiner Pistole. Langsam gewöhne ich mich an ihr Gewicht und an ihre Eigenheiten. Jede Waffe hat ja ihren ganz eigenen Charakter. Die einen sind elegant und zart, dic anderen ruppig und grob. Manche fühlen sich fast wie ein Körperteil an, andere wiederum lassen sich gefühlt gar nicht bändigen.

Ich denke an das gestrige Gespräch mit Alex. Es regt mich wirklich nachhaltig zum Grübeln an. Auch ich habe mich schon mein Leben lang ehrenamtlich engagiert. Nicht in der Pfarre, aber im Tierheim oder Blindeninstitut zum Beispiel. Doch wenn ich mich in einer privaten Situation wie in dieser Messie-Geschichte befinde, stecke ich jedes Mal in einer persönlichen Zwickmühle. Soll man sich da einmischen oder lässt man es bleiben? Ist es angebracht, es einfach zu ignorieren, weil es einen Außenstehenden überhaupt nichts angeht? Oder ist es okay, wenn man einen erwachsenen Menschen darauf hinweist, dass er Hilfe braucht? Vielleicht muss man ihm sogar helfen, steht dann plötzlich in einer Verantwortung und Pflicht, in der man couragiert handeln sollte – aus Nächstenliebe, selbst wenn er doch grundsätzlich ein Fremder ist? So viele Fragen, die ich mir wohl wieder nur selbst beantworten kann. Da gibt es keine allgemeingültige Verhaltensweise. Das muss ich mit mir selbst ausmachen, ich weiß.

Ich kann mich heute wirklich außergewöhnlich gut konzentrieren. Das fühlt sich ziemlich gut an. Kurz vor Ende meiner gebuchten Stunde am Schießstand fasse ich den Entschluss, den Kontakt zu O. mit einer Notlüge abzubrechen. Welche das sein wird, weiß ich zu diesem Zeitpunkt jedoch noch nicht, aber die Wahrheit ist mir einfach zu ungemütlich. Ja, meistens ist die Wahrheit fair, aber manchmal ist sie auch verdammt ungemütlich und schreit nach einer Notlüge.

Am Nachhauseweg google ich aber noch in der Bim – so heißen die Straßenbahnen in Wien auch – nach adäquater Hilfe. Ich fordere Infomaterial der Selbsthilfegruppe „Pathologisches Horten" von der Psychologischen Ambulanz der Sigmund Freud Privat Universität in Wien an. Das werde ich dann in den nächsten Tagen kommentarlos in seinen Briefkasten einwerfen. Mehr als „dieses kleine Ding", diesen kleinen Akt der Nächstenliebe, kann und will ich in diesem Moment nicht tun, habe ich für mich beschlossen.

Ein Controller mit Bergen aus Müll und ohne Besen – es tut mir leid, das wären mir eindeutig zu viele Baustellen gewesen!

34

Es ist auch schon vorgekommen, dass ein verflossenes Date zu einem richtig wertvollen Wegbegleiter wurde. Gut, eigentlich war das ja etwas mehr als nur „ein Date". Ich möchte es zwar nicht „Beziehung" nennen, aber irgendetwas zwischen Date und Beziehung war das mit W. auf jeden Fall. So ein Dings halt. Vielleicht *Freundschaft Plus?*
Immer wieder einmal ein Mittag- oder Abendessen, ins Kino gehen, die Menschheit ausrichten, die Wahrheit unverblümt Wahrheit sein lassen, über den selben schwarzen, abartigen Humor lachen, sexuelle Vorlieben teilen – all das konnten wir miteinander. Nur das mit der Liebe und Partnerschaft stellten wir uns komplett anders vor. Da unterschieden wir uns eben grundlegend, weil für ihn das Gründen einer Familie absolut nicht vorstellbar war. Für mich aber eigentlich schon. Nicht jetzt akut, aber irgendwann vielleicht. Ich schloss es zumindest – im Gegensatz zu ihm – nicht kategorisch aus, sagen wir es so. Das war ein triftiger Grund, warum wir also als Paar nicht funktioniert hätten.

Geblieben ist mir W. als liebenswerter Freund (ohne Plus), den ich nicht mehr missen möchte. Jemand, der mir auch nach einigen Jahren noch unterstützend zur Seite steht. Jemand, mit dem ich so richtig schön lachen kann. Jemand, dem ich voll und ganz vertraue. Und, das Unglaubliche, er lebt mittlerweile in einer fixen Partnerschaft mit einer Vietnamesin und sie haben sogar einen Sohn miteinander. Das hätte ich ihm ja im Leben nie zugetraut, aber manchmal kommt es eben doch anders als man(n) denkt. Auch das ist keine neue Erfahrung. Wenn die Richtige erst einmal da ist, werfen Männer oft alle vermeintlich gefestigten Vorsätze über Bord, zeugen plötzlich Kinder und heiraten unter Umständen auch. Die einen finden diese Wendung durchaus großartig, die anderen bereuen es dann doch ein Leben lang.

Im Normalfall hören oder lesen wir uns einmal pro Woche, manchmal auch mehrmals. Dann wieder ein paar Wochen gar nicht. Das wechselt und ist für uns Normalität. Wir tauschen uns über brandaktuelle politische Themen aus oder reden mal eine Stunde lang nur über sinnbefreite Filmzitate. Wir können beides.

Manchmal kommt es aber auch vor, dass wir einfach nur gegenseitig über unser Leid klagen. Jeder auf seine Art und Weise, jeder in seinem Bereich. Er beklagt sich dann darüber, dass er am liebsten vor dieser ganzen Familiensache flüchten würde, und ich, dass ich mir eine fixe Partnerschaft (und eventuell Familie) wünsche. Ja, und wenn wir diese Art der gegenseitigen Beschwerde praktizieren, dann passiert es hin und wieder, dass ich Panik bekomme. Richtige Panik. Ausgelöst eben von seinen Geschichten, die er mir anvertraut, und in denen es oft darum geht, dass er zwar seinen Sohn sehr liebt, aber die aktuelle Konstellation ihn kaputt macht.
Das sieht dann in etwa so in meinem Kopf aus: Möchte ich das wirklich auch selbst? Einen Mann, ein Kind, eine Familie, diese Verpflichtungen? Bin ich schon bereit dafür? Bin ich überhaupt dafür geschaffen? Bin ich womöglich gar nicht der dauerhafte Beziehungstyp, der sich ein Leben lang binden kann und möchte?! Wünsche ich mir womöglich nur eine Familie, weil es alle haben, und will ich es insgeheim aber gar nicht? Hilfeeeee!!!
Hier ein Beispiel einer solchen Trigger-Konversation:

ICH: *Hey, wie gehts deinem Schnupfen?*
ER: *Gut! Mir wäre ja lieber, es würde ihm bei mir schlechter gehen und er würde sich bald schleichen!*
ICH: *Was machst du am Freitag? Zeit für ein Mittagessen im Börsecaffé?*
ER: *Da kann ich leider nicht. Bin nicht im Büro. Gönne mir am Freitag eine Auszeit ohne Familie. Singletag quasi.*
ICH: *Wow, klingt ja vielversprechend! Was hast du vor?*
ER: *Am Sonntag ist dann eh wieder das traditionelle Essen mit der ganzen Familie. Da gibts wieder ausgebrütete Vogeleier. Aber einmal im Jahr muss es eben sein. Und eigentlich will ich sowieso abnehmen. Zwei Tage kotzen hilft da unheimlich.*
ICH: *Ausgebrütete Vogeleier? Ernsthaft?*
ER: *Ja, 7-Gänge-Menü, von den Entenfüßen bis zum Kolibri-Bischof (Anmerkung: Bischof = Hintern) ist alles dabei.*
ICH: *Hui, ja, ist eben eine komplett andere Kultur!*
ER: *Das ist wirklich abartig, was die da essen. Ich meine, ich verstehe das schon auch... Andere Kulturen und blablabla, aber alles hat seine Grenzen. Wenn sogar der Hund kotzt, der sonst Scheiße frisst (ohne davon zu kotzen), dann sagt das schon alles!*

ICH: *Warum gehst du dann überhaupt noch hin?*
ER: *Na ja, das fragst du nicht ernsthaft, oder?! Ich mache es für den Kleinen. Nur für ihn, sonst für niemanden. Deshalb brauche ich vorher, d.h. vor der Lebensmittelvergiftung, ein bisschen Quality Time. Weil du wissen wolltest, was ich vorhabe: Vielleicht lass' ich mir eine Pizza und/ oder eine Nutte kommen, das habe ich schon lange nicht mehr gemacht. Also, eine Pizza bestellt, meine ich.*

Auch, wenn ich immer wieder über seine Wortwahl lachen muss und weiß, dass ich nicht alles ernst nehmen darf, lese und spüre ich trotzdem die Frustrationen zwischen seinen Zeilen. Das Gefühl, jetzt in etwas „gefangen" zu sein und nicht mehr weg zu können. Eine manchmal wirklich ungemütliche, unpassende Verbindung eingegangen zu sein, obwohl er eigentlich im Grunde seines Herzens etwas ganz anderes möchte. So vieles, was ich da immer wieder aufschnappe, klingt kapitulierend und besteht aus wahnsinnig großen Kompromissen.

Ja, und dann werde ich eben panisch und komme aus dem Sinnieren nicht mehr heraus. Ich habe immens großen Respekt davor, vielleicht selbst einmal eine eigene Familie zu haben, unendlich viele Mittelwege finden zu müssen, sich für immer an jemanden zu binden und ein Leben lang Verantwortung zu übernehmen. Deshalb diese in meinem Kopf eingebrannte, penetrante Frage: Verdammt, will ich das überhaupt???

Heute sind Alex und ich wieder einmal zusammen im Dienst. Ich hoffe, das Wetter hält noch ein bisschen, weil wir dieses Mal Outdoor unterwegs sind, um Sachspenden abzuholen. Viele Kartons, die wir aus drei Supermärkten der Region für die „Team Österreich Tafel" mitnehmen dürfen, wollen in den Kleinbus verladen und an der Abgabestation wieder ausgeladen werden. Bevor wir also losfahren, spähe ich noch einmal genau die Wetterverhältnisse aus. Die Wolken sind dicht und dunkel, soviel kann ich sehen. Aber, ob es trocken bleibt, lässt sich für mich nicht abschätzen. Meine Wetter-App sagt, dass heute kein Regen kommt. Meine Narbe am Zeh hat sich auch nicht dazu gemeldet, somit gehe ich von stabilen Wetterverhältnissen aus. Meinem Quaxi-Zeh vertraue ich ja mehr als jeder App.

Wir starten also zuversichtlich mit unserer Tour. Währenddessen erzähle ich Alex von der SMS-Konversation mit meinem Freund W. und von meinen Bedenken, ob ich jemals eine Familie gründen möchte. Ich selbst bin ja ein Scheidungskind und das prägt nun mal das ganze weitere Leben. Aufgewachsen bin ich in einer Stadtwohnung mit Mutter und Bruder. Ich war schon sehr früh selbstständig, weil meine Mutter arbeiten gehen musste, und ich oft alleine zu Hause war. So viele Kinder wachsen heutzutage mit geschiedenen Eltern auf. Oder noch schlimmer, in komplett zerrütteten Familienverhältnissen. So etwas möchte ich meinen eigenen Kindern ersparen. Aber könnte ich das garantieren? Nein, das kann ich nicht.
„Ich bin ja in einer echt spießigen Umgebung großgeworden. Am Land, mit verheirateten Eltern, einem Bruder und den Großeltern. Ich bin von meiner Oma immer beschützt und behütet worden. Fast schon ein bisschen zu idyllisch", wirft Alex ein. „Aber ich verstehe natürlich, was du meinst."
Ja, jedes menschliche Wesen hätte eine sorgenfreie Kindheit in einer liebevollen Familie verdient. Dass es nicht immer so ist, erkenne ich derzeit mehr denn je, denn viele Menschen nützen Organisationen, wie die „Team Österreich Tafel", um ihre Herzen auszuschütten. Viele Geschichten und Schicksale, die ich erzählt bekomme, berühren mich zutiefst.

„Jedes Kind sehnt sich nach einer intakten Familie", verstärkt Alex noch einmal. „Aber nicht nur jedes Kind. Letzten Sommer hab' ich da auch was Eigenartiges erlebt. Kurz bevor wir uns kennengelernt haben. E. ist ein Freund meiner Cousine. Sie hat mir von ihm erzählt und gemeint, dass er ein netter, ebenfalls homosexueller Mann sei. Ich habe ihn mir auf Facebook angesehen und er hat mir gefallen. Sehr schöne Fotos, er studiert Lehramt, freundliches Lächeln und er hatte sogar eine kurze, aber aussagekräftige Beschreibung dabei. Darin schrieb er von: ‚Respekt, Ehrlichkeit, Verlässlichkeit, gute Gespräche über einen Kaffee hinaus, sei einfach ehrlich und du selbst!' Sei du selbst – das gefiel mir! So geh' ich ja schließlich selbst in das Leben hinein. Ich möchte ich sein und will mich auch nicht verstellen müssen. Ich sag' in allen Chats und Telefonaten immer, was Sache ist. Früher oder später kommt ja sowieso immer alles raus, warum nicht gleich mit offenen

Karten spielen? Ich schrieb ihn kurzerhand an und es kam dann zu einem Chat, der während einer Sitzung entstand. Ich hatte mal wieder einen spannenden Termin in einem der zahlreichen kirchlichen Ausschüsse. Eigentlich ganz angenehm – daheim vor dem Laptop sitzend und virtuell die Sitzung abhaltend. Nach zwei kurzen Nachrichten kam schon ein längerer Roman. Oh, endlich jemand, der längere, wohlüberlegte und gut strukturierte Antworten gibt, dachte ich mir. Total cool! Also während die Sitzung lief und meine Kollegen diskutierten, versank ich immer tiefer in meinem Messenger-Chat. Wir haben uns übers Ehrenamt unterhalten und über viele andere Dinge. Er wollte auch unbedingt wissen, um welche Sitzung es sich handelt und in welchem Kontext sie stattfindet. Das Interesse war groß. Also wurden auch die Nachrichten immer länger und ausführlicher. Wow, so lernt man sich nach ein oder zwei Stunden wirklich schnell kennen."

„Und die Sitzung? Die war vermutlich nur mehr beiläufig interessant, könnte ich mir vorstellen?!"

„Ja, daran habe ich auch noch teilgenommen. Irgendwie halt. Allerdings mehr schlecht als recht. Obwohl ich sonst multitaskingfähig bin – chatten und bei der Besprechung am Laufenden bleiben, das ist für mich nicht das größte Problem. Nach diesem langen Tag legte ich mich dann aber bald ins Bett. Am nächsten Morgen habe ich natürlich gleich den ersten Blick aufs Handy gemacht und eine weitere lange Nachricht gesehen. Zufällig habe ich auch auf die Zeit geschaut, wann die Nachricht abgesendet wurde. 03:45. Wahnsinn! Da konnte jemand wohl nicht schlafen. Ich setzte mich dann gemütlich zum Frühstück und antwortete ausführlich. Wie immer habe ich bald nach der Handynummer gefragt und habe mir gleich alle Daten eingespeichert. Ach ja, bei meiner Dating-App ist das jetzt übrigens sehr praktisch. Wenn man eine Kontaktkarte gesendet bekommt, kann man den Kontakt direkt ins Handy übernehmen – samt Beschreibung und Fotos. Übrigens mit einem Flammen-Symbol. Wohl als Hinweis: Achtung, dieser Typ ist hot!"

Ich muss lachen und denke an einen Scherz. „Zeig her!" Das interessiert mich jetzt, ob das so stimmt und wenn ja, wie das aussieht. Wir fahren gerade zum Lieferanteneingang des ersten Lebensmittelhändlers und steigen aus. Tatsächlich, hier! Der Name und ein Flammensymbol.

„Der Chat in dieser Dating-App ist nicht mein bester Freund, wie ich dir schon einmal erklärt habe. Und mit Bildern kann man Emotionen viel besser transportieren und so manche Nachricht unterstreichen beziehungsweise sind Bilder im Kennenlernprozess sehr nützlich. Mit Telefonnummer ist man flexibel“, meint Alex.

Als wir die ersten Kisten vom Laden in den Kleinbus tragen, erzählt er weiter:

„Oftmals muss ich aber bei den Namen auch eine Info hinzufügen, um gleiche Vornamen nicht zu vertauschen. Das kommt ja beim Vieldating schon mal vor, wie du weißt. Bei einem Match hab' ich sogar ein Vogel-Emoji hinter den Namen gegeben. Damit habe ich unverwechselbar markiert, dass das jener Ch. ist, der einen ziemlichen Vogel hat, und nicht Ch., der nette Kellner vom Heurigen. Das sollte ja eindeutig sein.“ Alex grinst. Dann erzählt er weiter. „E. hat mir schnell seine Nummer gegeben und ich meine brav zurückgeschickt und schon kamen auch die Nachrichten außerhalb von Facebook. Dann nimmt das fast immer den gleichen Lauf. Zuerst werden die Romane fortgesetzt und irgendwann fehlt einem die Zeit. Mir zumindest. Also beschloss ich, ihn anzurufen und mich mit ihm zu unterhalten. Das erste Mal die Stimme zu hören ist etwas Besonderes. Ich finde, dass sie sehr viel über einen Menschen aussagen kann.“

Die Kartons sind sicher verstaut. Wir bedanken und verabschieden uns und steigen zurück ins Auto. Bis jetzt hat auch das Wetter gehalten. Sehr gut! Und wie es scheint, verziehen sich die dunklen Wolken gerade. 100 Punkte für meinen Zeh – auf ihn ist halt immer Verlass! „Mit der Stimme hast du recht! Die kann für die eigenen Ohren eine Wohltat sein aber auch wie Psychoterror klingen. Ich habe ja schon mehrmals während einer intensiveren Chatkonversation um Wohnungsfotos gebeten. Ungewöhnlich, ich weiß, und ist auch nicht immer jedem recht. Aber auch das sagt etwas über den Charakter aus, wie jemand eingerichtet ist, finde ich. Und wenn ich ganz lustig bin, dann bitte ich um eine Schriftprobe!“ Ich lächle, während ich mich anschnalle. Ja, auch das ist kein Scherz, das habe ich tatsächlich schon gemacht. Schreibt er groß, schreibt er klein, macht er Schnörkel, ist die Schrift leserlich, wie sieht das Schriftbild insgesamt aus? Ich mag

Männer, die eine aussagekräftige und erwachsene Schrift haben. Vielleicht ja deshalb, weil meine eigene aussieht wie Kraut und Rüben. „Schönes Schriftbild, aber unleserlich", hat mein Deutschprofessor mal gesagt und sich geweigert, die nächste Schularbeit zu korrigieren. Meine Kollegin hat mich sogar ernsthaft mal gefragt, ob ich beim Protokollieren stenografiere. Nein, keine Kurzschrift, mein Geschriebenes ist Langschrift aber eben grottenhässlich! Weiter nichts.

„Wir haben dann gleich am ersten Abend ziemlich lange miteinander geredet und uns richtig gut unterhalten", fährt Alex fort. „Am nächsten Nachmittag hatte ich Zeit und wollte spontan etwas unternehmen. Ich habe mich mit E. zu einem Spaziergang in Wien verabredet. Wir gingen durch die Stadt und kamen bei einem kleinen Süßigkeiten-Geschäft vorbei. Ich hatte Lust auf kandierte Orangen. Die liebe ich wirklich sehr. Also schnappte ich mir ihn und wir gingen hinein. ‚Möchtest du auch was Süßes?', fragte ich ihn. Und bevor er antworten konnte, bestellte ich bei der freundlichen Verkäuferin schon meine kandierten Orangen und Marzipankartoffeln. Ich bezahlte und wir gingen weiter. Wir griffen abwechselnd in das Papiersackerl. Bei einem Spaziergang durch den Stadtpark unterhielten wir uns schon über Gott und die Welt. Am Weg vom Donaukanal hinauf zur Urania habe ich ihn das erste Mal nach seiner Familie gefragt, daran erinnere ich mich noch genau. Daraufhin wurde er ein wenig schwermütig und ich spürte sofort, dass dies kein angenehmes Thema für ihn war. Er versuchte dennoch, meine Fragen zu beantworten. In seinen Erzählungen hat er immer nur seine Mutter erwähnt und von einem Umzug vom Mostviertel nach Wien in eine kleine Wohnung gesprochen. Mit seiner Mutter hat er nicht das beste Verhältnis und es hat wohl auch einen weniger netten Stiefvater gegeben. Gut, ist nichts Ungewöhnliches, kommt ja öfter vor. Sein Vater aber, erzählte er mir, starb vor mehr als zehn Jahren. Ich dachte an Autounfall, Krankheit oder Ähnliches. Tatsächlich stellte sich heraus, dass sein Vater Winzer war, sie ein eigenes Weingut besaßen und der gute Mann im wahrsten Sinne des Wortes im eigenen Wein ertrunken ist. Genauer, im eigenen Weintank ersoffen. Und er, der eigene Sohn, hat seinen toten Vater gefunden. Kannst du dir das vorstellen? Ein Kind mittendrin in so einem Drama?"

Bei solchen Geschichten stockt einem der Atem. Welche Rucksäcke manche ein Leben lang mit sich herumtragen müssen, ist oft wirklich grauenhaft.
„Unvorstellbar“, sage ich und bin dankbar dafür, dass ich bislang vor solch prägenden Tragödien verschont geblieben bin. Ich war zumindest „nur“ ein ganz normales Scheidungskind. Was auch immer „normal“ in diesem Zusammenhang bedeutet.
„Für mich auch völlig unvorstellbar. Ich, wohlbehütet in den Familienbanden aufgewachsen, kannte als Kind nur die heile Familie. Ja, klar, auch bei uns gab es kleine Unstimmigkeiten, die eben auftreten, wenn mehrere Menschen zusammenleben, aber trotzdem habe ich immer gewusst, wohin und zu wem ich gehöre. Ich habe zwar die meiste Zeit meines Lebens bei meiner Oma verbracht, aber durch das Wirtshaus waren alle fast täglich beisammen. Ich kenne also nur das Leben in der Großfamilie und davon habe ich ihm erzählt. Als ich seine Familienverhältnisse erfahren habe, war mir plötzlich klar, warum er bei meinen Erzählungen immer genau zuhörte und intensiv nachfragte, wie denn das so sei und wie es sich anfühle, umgeben von seiner Familie aufzuwachsen.“
„Das Leben in der Großfamilie kenne ich auch nur von Erzählungen und aus dem Fernsehen.“
Alex macht eine kurze Pause. „Nach drei Stunden Spaziergang wurde ich allmählich müde und du weißt, ich muss ja immer von Wien wieder zurück aufs Land fahren. Somit lenkte ich unseren Spaziergang in Richtung U-Bahn und verabschiedete mich langsam. Das sollte aber nicht das letzte Treffen gewesen sein. Wir schrieben fleißig weiter und verabredeten uns spontan an einem Abend der nächsten Woche. Ich nannte ihm lediglich den Treffpunkt, die Uhrzeit und schrieb noch dazu, dass er sich warm anziehen solle. Ich hatte nämlich schon einen Plan. Eine gute Bekannte sagt ja immer zu mir: ‚Du willst was Schönes erleben, dann organisier es dir!’ Gesagt – getan! Ich packte zuhause ein paar Naschereien, eine Flasche Mineralwasser, frischen Zitronensaft und eine Decke in den Rucksack. Das Date sollte auf der Terrasse mit herrlicher Aussicht am Kahlenberg stattfinden. In der Nähe von jenem Ort, wo wir zu unserem Outing-Spaziergang waren.“
„Ich erinnere mich gerne an diesen Tag zurück. Es war zwar arschkalt, aber sowas von schön.“

„Ich hatte in Gedanken das perfekte Picknick geplant. Ich sagte ihm erst bei der Begrüßung, wohin es tatsächlich gehen sollte und sah sofort das Strahlen in seinen Augen. Das Date sollte nach Plan verlaufen. Es war ein herrlicher Abend und wir kamen uns auch näher, kuschelten uns aneinander und genossen den Moment. Es kam aber zu keinem Kuss, was für mich aufgrund der fehlenden Erfahrung völlig okay war. Es ergab sich einfach nicht der richtige Moment. Es wurde langsam aber doch etwas kühl und wir beendeten diesen netten Abend nach einer gemeinsamen Fahrt im Bus. Ich verabschiedete mich mit gemischten Gefühlen. So recht wusste ich zu diesem Zeitpunkt noch nicht, ob ich da mehr wollte oder ob ich eben nur den Moment genoss. Das Ganze war schließlich direkt nach meinem Outing!"
„Du denkst einfach zu viel nach und lässt zu wenig geschehen."
So habe ich Alex in den letzten Monaten immer wieder wahrgenommen. Er macht sich wirklich viele Gedanken über Dinge, die eventuell in der Zukunft passieren, und über mögliche Auswirkungen, die seine Entscheidungen nach sich ziehen könnten. So ähnlich ticke ich zwar auch, aber er ist da ja noch viel extremer als ich.
„Es vergingen dann wieder ein paar Tage, die anfängliche Chat-Euphorie ließ langsam nach, aber wir nahmen uns bewusster Zeit für Videotelefonate. Er wollte wirklich alles von mir wissen, was mich sehr freute, aber besonders interessiert war er nach wie vor an meiner Familie. Da konnte ich für ihn gar nicht genug ins Detail gehen. Als das Wochenende langsam vor der Tür stand, schrieben wir Freitagabend hin und her und redeten über ein nächstes Treffen. Aber diesmal dachte ich mir, soll er doch mal raus aufs Land kommen."

Wir fahren noch immer mitten durch die Pampa von Niederösterreich. So kommt es mir zumindest vor. „Entschuldige, aber sind wir hier wirklich richtig? Ich glaube, wir haben die falsche Abfahrt erwischt. Oder nicht? Ein Bioladen, hast du gesagt? Aber hier sind wir ja total weg vom Schuss. Wer macht denn hier einen Laden auf?" Ich schaue beim Fenster hinaus. Eine verlassene, vereinsamte Gegend prasselt auf mich ein. Mehrere renovierungsbedürftige Häuser, an denen wir vorbeifahren. Ich kann es kaum glauben, dass hier jemand lebt und noch weniger kann ich glauben, dass hier wirklich irgendjemand ein Geschäft eröffnet. Wir biegen links in einen unbefestigten Weg ein, in eine Schotterstraße. „Sind wir hier falsch?“, frage ich noch ein weiteres Mal. Es ist für mich wirklich unbegreiflich, dass es in dieser trostlosen Gegend tatsächlich Leben geben soll. Wir biegen noch einmal links ab und stehen plötzlich in der Einfahrt eines wunderschönen Bauernhofes. „Na bum! Ich hätte jetzt alles erwartet, aber das nicht!“

Alex grinst. Wir steigen aus und drehen eine kleine Runde im Innenhof, gehen durch einen aufwendig restaurierten Arkadengang hin zu einem Hofladen. Alex ist offensichtlich ortskundig. Wahrscheinlich arbeitet er auch hier von Zeit zu Zeit als Aushilfe, könnte ich mir vorstellen. Er arbeitet ja gefühlt überall in dieser Region für absolut jeden. Währenddessen erzählt er weiter.

„Auf jeden Fall bot ich E. an, ihn am Samstagabend vom Bahnhof abzuholen. Das nahm er dankend an, er hat ja auch kein Auto.“ Alex sieht kurz zu mir herüber. „Wir begrüßten uns mit einer Umarmung. Bei mir zu Hause angekommen parkte ich mich vor unserem Wirtshaus ein. Ich habe zwei Möglichkeiten, in meine Wohnung zu gelangen. Einmal rundherum durch den Innenhof oder auf kürzestem Weg direkt durch das Wirtshaus. Also, entweder anonym oder prominent. An diesem Abend sagte ich: ‚Komm wir gehen durchs Wirtshaus, dann siehst du das auch gleich!’ Also wir beide vorne rein, Licht an und nicht damit gerechnet, dass meine Mama noch in der Küche sitzen würde. Da kommen wir jetzt nicht so einfach vorbei, dachte ich mir. Und schon wollte meine Mutter wissen, wer denn mein Gast sei.“

„Ähm, ein Freund aus Wien.“ Ich bin mir sicher, dass das die einzig richtige Antwort ist.

„Ja, genau das stammelte ich auch. Und gastfreundlich, wie meine Mama eben ist, lud sie uns umgehend auf einen Kaffee ein. Als meine Mutter in der Küche war, warnte ich E. vor, dass er jetzt vermutlich wie in einem Verhör ausgefragt werde. ‚Das macht mir nichts aus’, meinte er. Und so war es dann auch. Ich trank meinen Kaffee relativ zügig aus, um schnell wieder gehen zu können, aber E. machte keine Anstalten, sich von hier wegzubewegen. Er genoss das Gespräch mit meiner Mutter, machte es sich gemütlich wie in einem Nest. Nach einiger Zeit kam auch noch mein

Vater, machte sich ebenfalls einen Kaffee und gesellte sich dazu. Ich geriet da immer mehr in Vergessenheit und wurde scheinbar immer unwichtiger daneben. Als alle ausgetrunken hatten, sagte ich dann, um das Gespräch der drei zu beenden: ‚Komm, wir gehen nach oben!'"

Wir bleiben noch eine kurze Weile vor diesem Hofladen stehen. Alex möchte die Geschichte offensichtlich noch zu Ende bringen, bevor wir uns an die Arbeit machen.

„Wir gingen also nach oben in meine Wohnung. E. schwärmte ununterbrochen davon, wie wunderbar meine Eltern doch seien, dass er sich auch so ein intaktes Verhältnis zu seinen Eltern gewünscht hätte usw. Ich und meine Person waren da absolute Nebensache. Und als er dann schon wieder im Zug Richtung Wien saß, weißt du, was da noch kam?"

Ich sehe Alex fragend an.

„Einige Nachrichten... Dass er meine Eltern gerne zu sich nach Wien einladen würde und er fragte, womit er ihnen eine Freude bereiten könnte. Er schrieb, dass er ihnen Geschenke per Post schicken möchte, dass er sich schon ein Ausflugsziel überlegt hätte. Und so weiter und so fort. Puh, das war mir dann zu viel! Ich meine, ich freute mich schon irgendwie, dass er sich mit meiner Familie so gut verstand, aber dieses Gefühl, dass er eigentlich mehr an meiner heilen Familie als an mir interessiert sein könnte, ließ mich einfach die ganze Zeit nicht los. Wie du dir vorstellen kannst, wird mir meine Großfamilie und der Trubel, den sie mit sich bringt, manchmal ein wenig zu viel und ich flüchte mich gern in meine Wohnung, wo ich Ruhe habe. Das ist mein persönlicher Ort, an dem ich mich entspannen und abschalten kann. Bei E. spürte ich, dass er sich am liebsten gar nicht vom Wirtshaus wegbewegen wollte und genau diesen Trubel suchte. Dass er sich vermutlich nach einem Leben in der Großfamilie oder so sehnte. Aber ich suche keinen zweiten Bruder, sondern einen Partner auf Augenhöhe, der mich auffängt und mir ein persönlicher Zufluchtsort ist, mich gelegentlich aus dem Familienverband rausholt und mit mir die Zweisamkeit genießt. Ich habe nichts davon, wenn mein Freund die Zeit lieber mit meiner Familie als mit mir verbringt und sich bei ihnen wohler fühlt als bei mir. Vielleicht unterstelle ich es ihm ja auch nur, aber das war eben mein Bauchgefühl damals und deshalb konnte ich an dieser Stelle nicht weitermachen."

„Scheint trotzdem, ein netter Kerl gewesen zu sein. Hast du noch Kontakt zu ihm?"

„Nein, ich distanzierte mich immer mehr von ihm und die Chats wurden weniger, auch das Telefonieren. Meistens spüren ohnehin beide Seiten, dass es nicht funktionieren wird. Er schrieb weiterhin sehr lange Nachrichten, die ich meistens nur sehr kurz beantwortet und mich auf einen vollen Tag ausgeredet habe. Zuerst schrieb ich oft stundenlang nicht zurück, später dann auch tagelang nicht. Nicht die feine englische Art, ich weiß, aber ein ernsthaftes Gespräch mit ihm zu führen und diese Punkte anzusprechen, war aber auch nicht wirklich mein Plan. Es hat sich dann einfach aufgelöst. Und das war gut so!"

„Ach, ich wünsche ihm, dass er einen Partner mit Familienanschluss findet. An diesem Erlebnis sieht man wieder ganz gut, wie sehr so eine zerrüttete Familie prägt, wie sehr sich alle Menschen in Wahrheit nach Harmonie sehnen. Verdammt, ich weiß wirklich nicht, ob ich diese verantwortungsvolle Rolle einer Mutter übernehmen möchte und kann", ich denke abermals über die letzte Konversation mit meinem Freund W. nach. Dieses Thema fesselt mich nun schon seit Tagen und ich finde einfach keine passende Antwort darauf.

Am Sonntagabend erreicht mich dann übrigens auch noch ein Update von W. und der Familienfeier:

ER: *Jetzt ist ihr schlecht und sie weiß angeblich nicht einmal, warum. Ich hingegen schon!*
ICH: *Vielleicht waren die Entenfüße nicht mehr gut?*
ER: *Vielleicht. Wobei, die waren doch noch nie gut...*

35

Alex ist richtig sauer. Das spüre ich mit all meinen ausgefahrenen Antennen. Wir sitzen auf der Terrasse meiner Wohnung. Ich lebe in einer netten Maisonette-Wohnung im sechsten Stock eines Mehrparteienhauses. Gemietet natürlich. Mit kleiner Terrasse – hier lässt es sich auch im Sommer sehr gut aushalten. Das viele Grün rundherum kühlt die Luft angenehm ab. Wir trinken Kaffee und essen ein Stück Apfelstrudel dazu. Also, Alex trinkt Kaffee, ich natürlich Tee. Heute genehmige ich mir einen Sikkim Temi. Auch das ist Schwarztee, aber eine seltene Frühjahrspflückung der einzigen Teeplantage eines kleinen indischen Königreichs. Da bin ich gleich gefühlt in Tausend und einer Nacht. Der wurde mir bei einer Dienstreise nach Düsseldorf vom Inhaber eines unscheinbaren Teeladens empfohlen.

„Das macht mich richtig wütend!“, verstärkt er seine nonverbalen Signale nun auch noch mit Worten. „Der Maulwurf hat sich tatsächlich wieder einmal ans Tageslicht gegraben und gemeint, er kann mich nicht treffen, weil er ein Problem mit meinem Glauben hat.“
Ah, das ist dieser Typ, der irgendwie immer da ist und dann doch nie, ich erinnere mich. Den gibts tatsächlich noch immer auf der Bildfläche? Unglaublich.
„Und hier der nächste Depp“, schießt er hinterher. „Das musst du dir von vorne bis hinten durchlesen.“ Er holt sein Handy aus der Hosentasche und lässt mich einen kompletten Chat mit einem Match lesen, damit ich seine aufgebrachte Stimmung noch besser verstehen kann. Ich lese also ganz aufmerksam. Alex schenkt sich und seinem Hitzkopf währenddessen ein Glas kaltes Wasser ein. Das wird ihnen guttun.

MATCH: *Du bist ein interessanter Mann. Aber ich habe das mit der ‚Christian Community‘ überlesen. Damit komme ich gar nicht klar. Deshalb möchte ich dich nicht weiter kennenlernen, sorry! Alles Gute.*

ALEX: *Spannend und womit genau? Weil ich ein Mensch bin, der glaubt?*

MATCH: *Kirche und Homosexualität, Rolle der Frauen, Missbrauch, Kirchenvermögen/Spendenaufrufe etc.*

ALEX: *Verstehe! Und auf diesen kleinen Teil meines Lebens reduzierst du mich?*

MATCH: *Na ja, aber es ist doch eine bewusste, vielsagende Entscheidung, wenn man so einer Gemeinde angehören will. Jemand, der eine solche Entscheidung trifft, passt nicht zu mir.*

ALEX: *Ich bin in der katholischen Kirche engagiert, aber auch nicht mit allem einverstanden. Ich studiere sogar katholische Fachtheologie, weil ich es besser verstehen will. Ich bin selbst schwul und finde trotzdem Platz in der Kirche, beschäftige mich sehr mit dem Thema Missbrauch und was dahintersteckt. Geld und Kirche ist von vielen Irrtümern und Meinungen geprägt. Aber die Grundmessage ist für mich eine gute und die vertrete ich... Der Glaube ist ein Teil von mir und den leugne ich nicht. Aber ich als Person bestehe ja nicht nur aus dem Glauben. Ich feiere am Sonntag eine Messe in der Kirche und fliege am Montag zum Feiern nach Mallorca. Auch das bin ich.*

MATCH: *Und warum brauchst du für deinen Glauben die Institution, die Geistlichen und was sonst noch dazugehört?*

ALEX: *Ich brauche sie einerseits und andererseits auch wieder nicht. Ohne Gemeinschaft kann man nicht glauben. Ich finde meinen Platz in der Gemeinschaft der Kirche und kann dort viel Gutes für die Menschen in unseren Pfarren bewirken.*

MATCH: *Bewegt es nichts in dir, wenn der Papst es verbietet, queere Personen zu segnen? Oder wenn er einen Kardinal ernennt, der meint, Homosexualität sei ansteckend? Wie kannst du hier deinen Platz finden? Warum möchtest du das überhaupt? Das verstehe ich nicht.*

ALEX: *Das ist Weltkirche. Eine Kirche, die auf allen Kontinenten dieser Welt vertreten ist und die unterschiedlichen Entwicklungen der Länder berücksichtigen muss. Das ist Kirche aus Menschen. Und Menschen machen Fehler und sind immer Kinder ihrer Zeit und haben Einstellungen, haben Meinungen. Du wirst diese Menschen auch in deinem Umfeld finden. Aber ich spare auch nicht mit Kritik. Ich diskutiere mit Bischöfen, durfte als Berater nach Rom reisen und versuche, das starre Gottesbild, das die Kirche mit Macht und Autorität über viele Jahrhunderte verkündet hat, zu korrigieren und in ein anderes Licht zu rücken. Und dennoch macht sie viel Gutes, finde ich. Aber sie muss authentischer werden und das leben, was sie verkündet, da gebe ich dir recht.*

MATCH: *Nein, diese Menschen finde ich nicht in meinem selbstgewählten Umfeld. Ich gebe mich nicht bewusst mit Menschen ab, die andere wegen ihrer Diversität verurteilen, die Homosexuelle verachten. Was macht denn deine Kirche Gutes? Und das frage ich nicht zynisch. Ich möchte es wirklich wissen.*

Ich nehme mir ebenfalls mein Wasserglas und trinke es in einem Zug aus. Dabei werfe ich einen Blick zu Alex. Er sieht mich mit versteinerter Miene an. „Ich bin noch nicht durch!" Dann lese ich weiter.

ALEX: *Vieles. Kindergärten, Schulen, Heime, Altenpflege. Orte, an denen Menschen Hilfe und Heimat finden, wo sie das Gefühl einer Gemeinschaft haben. Ich möchte niemanden bekehren, ich respektiere die Einstellung anderer. Du respektierst meine offensichtlich nicht und versuchst, das runterzumachen, was mir wichtig ist. Das finde ich traurig!*

MATCH: *Du hast meine Frage nicht beantwortet. Mich interessiert, was es in dir auslöst, welche Gefühle da aufkommen, wie es deine Identität und Selbstwahrnehmung beeinflusst, wenn du als junger Homosexueller liest und hörst, was die Geistlichen deiner katholischen Kirche tun und sagen. Wie fühlt es sich an, einen Teil seines Lebens und seiner Energie in einen Verein zu investieren, dessen Mitglieder an der Spitze dir selbst weniger Rechte zugestehen, dich dadurch diskriminieren und vielleicht sogar verachten?*

ALEX: *Ich bin seit 15 Jahren in der Gemeinschaft vor Ort gut aufgehoben und wir leben offen miteinander. Alles ist möglich, wenn man sich dazu entscheidet, selbst Part der Veränderung zu sein. Und danach lebe ich in meiner Gemeinde, auch wenn die Institution Kirche Fehler macht und Makel hat, ja!*

MATCH: *Es macht nichts mit dir? Ernsthaft? Das Oberhaupt deiner Kirche verurteilt einen nicht unwichtigen Bestandteil deiner eigenen Identität!*

ALEX: *Nein, macht es tatsächlich nicht... Es ist traurig, aber die Zeit wird es ändern. Es ist in den letzten Jahren einiges passiert. Weltkirchlich muss der Papst sogar sehr sensibel sein, um mit seinen Aussagen nicht Menschenleben zu gefährden. Leichter ist es natürlich, einer Institution den Rücken zu kehren und sie zu verurteilen, ohne sich näher damit zu beschäftigen, da gebe ich dir recht. Schwieriger ist es, dort zu bleiben und für seine Rechte zu kämpfen, etwas zu verändern und sich darum zu bemühen, Teil eines schwierigen Prozesses zu sein.*

MATCH: *Warum sollte ich für Rechte in einer Institution kämpfen, die keinen Wert in meinem Leben hat?*

ALEX: *Wenn alle so eine Einstellung hätten, wären wir gesellschaftlich noch nicht da, wo wir heute sind.*

MATCH: *Ich kämpfe gerne und engagiert für meine und unsere Rechte, wenn es um den Staat geht.*

ALEX: *Schön! Ich trete für meine und unsere Rechte in der Kirche ein. Und für eine gute Sache: Liebe Gott und deinen Nächsten wie dich selbst!*

MATCH: *Bist du in deiner Kirche geoutet? Wie reagieren Männer generell?*

ALEX: *Ja, ich bin geoutet in meiner Kirche. Wie Männer auf meinen Glauben reagieren, meinst du? Ich wünsche mir, dass sie mich genauso respektieren, wie ich sie und ihre Einstellung respektiere. Mehr nicht. Ich möchte niemanden missionieren. Mein Partner muss sonntags nicht aufstehen und mit mir in die Kirche gehen. Er muss lediglich akzeptieren, dass ich es tue.*

MATCH: *Und das klappt in der Realität? Ich bin der Erste, der es verurteilt?*

ALEX: *Ja, das klappt. Und nein, das bist du leider nicht. Ich begegne immer wieder Menschen, die mich auf diese Art und Weise wegen meines Glaubens vorverurteilen. Auf dieses eine Detail reduzieren, mich abstempeln und nicht einmal nachschauen wollen, welche Person dahintersteckt. Aber willkommen in der Gegenwart! Noch nie zuvor wurden so viele Christen auf der Welt wegen ihres Glaubens verfolgt wie heute.*

„Ich bin überfordert. Ein Mensch, der vermutlich wegen seiner sexuellen Orientierung nicht verurteilt werden möchte, verurteilt einen Mitmenschen wegen seines Glaubens? Hä?"

Ich weiß im ersten Moment wirklich nicht, wie ich das Gelesene kommentieren soll. Ich trinke noch einen Schluck Wasser. Das hilft mir leider auch nicht, meine wirren Gedanken zu ordnen. „Das wäre gleich, wie... Ein Beispiel: Jemand gibt an, dass er fußballbegeistert ist. Und du sagst dann: ‚Tut mir leid! Du bist wirklich unheimlich nett, ich finde dich toll, aber mit Fußball kann ich gar nichts anfangen. Fußball spielen doch nur Proleten. Deshalb kann ich dich leider nicht näher kennenlernen. Ich mag keine Proleten.'" Das ist doch wirklich das haargenau Gleiche. Macht doch auch keiner. Aber beim Glauben ist das Diskriminieren plötzlich wieder salonfähig? Sich gar nicht erst anschauen, wer dahintersteckt, sondern gleich vorab schubladisieren, das ist ja Irrsinn! Ich gestikuliere ziemlich aufgebraust mit Alex Handy in der Hand. „Gilt die hochgelobte Toleranz neuerdings nur mehr für ausgewählte Bereiche? Und wenn ich schon nicht imstande bin, andere Einstellungen zu akzeptieren, dann muss ich zumindest so weit sein, zwei Meinungen nebeneinander stehen lassen zu können", schnaube ich und spreche etwas wild durcheinander. „Du weißt schon, was ich meine, oder?", werfe ich noch hinterher und schließe meine Aussage damit ab.

Ich gebe Alex das Handy zurück, bevor es mir durch das Fuchteln noch aus der Hand rutscht. Ich verstehe seine Wut sehr gut. Verstehe, dass er sich darüber ärgert, dass er enttäuscht ist. „Großstädter rühmen sich ja selbst oft damit, weltoffen und tolerant zu sein. Aber eines kann ich dir sagen, ich freue mich sehr für dich, dass du am Land lebst und dich dein Umfeld offenbar nicht nur akzeptiert, sondern auch respektiert und schätzt. Das ist wohl Gold wert." Damit schließe ich mein Plädoyer nun endgültig ab.

Apropos „Gold wert": Ich wollte mir heute eigentlich Alex' Meinung zu zwei neuen Handtaschen einholen, ihn um Entscheidungshilfe für ein Modell bitten. Jetzt fehlt mir aber die Lust. Keine Spur mehr von Tausend und einer Nacht. Ich stelle meine lächerliche Unentschlossenheit hintenan. Meine Probleme möchte ich haben...

36

Spaziergänge auf einem Friedhof sind für mich nichts Ungewöhnliches. Das habe ich schon als Kind in Graz gerne gemacht. Ich fand es immer aufregend, all die verschiedenen Namen auf den Grabsteinen zu lesen, die imposantesten Gruften zu besuchen und die Engelfiguren anzusehen. Das wurde mir quasi in den Kinderwagen gelegt. Denn auch schon meine Mutter schob mich als Baby über dieses ungewöhnliche Kieselsteinpflaster. Der Friedhof ist nämlich jener Ort in einer Stadt, an dem es einfach am ruhigsten ist, wo keine Autos fahren, wo man oft noch saubere Luft atmen kann. Hier lässt es sich also als Mama hervorragend flanieren, während der Säugling zufrieden schlummert.

Heute entführe ich Alex an einen dieser besonderen Orte. Wir werden diesen Sonntag auf dem Zentralfriedhof in Wien verbringen. Ein herrlicher Sommertag erwartet uns, mit strahlend blauem Himmel und einem angenehmen Lüftchen, das uns um die Ohren weht. Alex ist von meiner Idee nicht angewidert. Im Gegenteil, er ist vollends begeistert. Sein letzter Besuch hier fand schon vor längerer Zeit im Zuge eines Liturgieseminars statt und er wollte ohnehin wieder einmal hierherkommen. Der Friedhof ist für ihn ein andächtiger Ort, aber grundsätzlich kein Ort von großer Traurigkeit, hat er mir mal erzählt. Der Tod ist nichts, was ihm Angst macht, er ist für ihn kein negativ behaftetes oder trauriges Ereignis. Er sieht den Tod als Eintritt in das nie endende Fest des Lebens im Reich der grenzenlosen Liebe Gottes. So oder so ähnlich hat er mir das erklärt. Mit dieser theologischen Sprache tue ich mir ja immer wieder schwer. Für Normalbürger beziehungsweise Taufschein-Christen wie mich ist diese Art der Formulierung oft unverständlich und beim ersten Hören nicht verwertbar. Schade eigentlich, muss ich sagen, denn die Religionen dieser Welt vermitteln meiner Meinung nach oft ganz wundervolle Botschaften. Warum werden sie also oft so verschleiert, dass sie wie Geheimsprachen klingen und absolut nicht mehr zu verstehen sind? Gerade auch, wenn man doch das Zusammenleben in einer Gemeinschaft vieler unterschiedlicher Menschen anstrebt? Das erschließt sich mir nicht. Aber was solls? Das sind ja nicht die einzigen Fragezeichen in meinem Kopf, wenn es um das Thema „Religion“ geht.

„Bitteschön, das sind deine Rosen! Was hältst du davon, wenn wir sie auf verlassene Gräber legen?“, lautet mein Vorschlag. Die Rosen habe ich im Blumenladen bei Tor 2 gekauft. Auch so etwas habe ich schon mal gemacht. Allerdings nicht mit meiner Mutter, sondern mit meinem Grazer Religionslehrer im Gymnasium. Ich mag diese Idee heute noch.

Auf diesem Friedhofsareal mit seinen mehr als 300.000 Gräbern kommt man aus dem Staunen nicht heraus. Berühmtheiten und Bundespräsidenten liegen neben den Familien Gruber, Huber und Müller. Christen neben Juden. Särge neben Urnen. Ich lege meine erste Rose auf einem Grab ab. Sie ist orange. Den Namen des/der Verstorbenen kann ich nicht lesen. Der Grabstein liegt beschädigt und verkehrt auf dem Gruftdeckel. Auf ihm klebt ein rotweißer Sticker mit der Aufschrift „Bauliche Mängel“. Ja, es ist offensichtlich, hier kümmert sich schon lange keiner mehr. Diese vergessenen Gräber haben etwas Mystisches an sich. Oftmals frage ich mich, welche Geschichten wohl dahinterstecken. Wer waren diese Menschen, die darin begraben liegen? Wurden sie mal schmerzlich vermisst oder wollte sich von Anfang an niemand um sie kümmern?

Wir spazieren weiter. Ich lasse meine Gedanken schweifen. Aufgerechnet auf die gesamte Menschheitsgeschichte liegt nur eine so kurze Zeitspanne zwischen uns und vielen Menschen, die hier vor 100 oder 150 Jahren beigesetzt wurden. Aber dennoch unterscheiden sich das Leben von damals und das Leben von heute in fast allen Bereichen. Beim Vorbeispazieren lese ich beinahe vergessene Namen, wie Walburga, Wilhelmine, Hermannus und Adalbert. Und aus heutiger Sicht ungewöhnliche Standesbezeichnungen: Haus- und Hofbesitzer, Lust- und Ziergärtner, Medizinalratswitwe, Schmiedmeistersgattin.

Auf einem beeindruckenden Mausoleum lese ich: „Gekämpft in 30 Schlachten für das Kaiserreich.“ Daneben ein weiteres Grabmal mit der Inschrift: „Wirklicher geheimer Rat“. Das muss ich googeln. Ich tippe es ein und zitiere laut: „Spitze des kaiserlichen Hofstaates, Auszeichnung an höchste Beamte.“ Wow, man fühlt sich gleich wie ein mickriger Wurm, wenn man so etwas liest.

Alex steuert ein kleines Grab auf der gegenüberliegenden Seite an und legt dort eine rote Rose ab. Ich folge ihm wortlos und betrachte den verwilderten Grabstein, auf dem kaum noch lesbar der Name „Gloria Maria Erber 1873-1901“ steht. „Was ist es, das du mal als ‚Erbe' hinterlassen möchtest, wenn du nicht mehr lebst?“, frage ich ihn gedankenverloren.
Er hält kurz inne, schaut abwechselnd auf das Grab und in den blauen Himmel. „Ich wünsche mir vermutlich eine Utopie! Aber ich möchte eine Welt hinterlassen, die lebenswert ist und die menschlich miteinander umgeht. Eine Welt, die den beiden Geboten ‚Liebe Gott' und ‚Liebe deinen Nächsten' nähergekommen ist.“
Wir schweigen eine Weile gemeinsam vor Glorias Grab. Alex spricht wohl ein stummes Gebet. Danach spazieren wir ebenfalls wortlos weiter.
„Da fällt mir etwas ein“, unterbricht Alex das Schweigen nach einer Weile. „Vor ein paar Tagen gab es einen Match mit einem Jüngeren, 19 Jahre, aus meiner Gegend. Ich hatte diesen Match zwar registriert, aber nicht gleich darauf reagiert. Ein paar Stunden später hat C. mir eine Nachricht geschickt. Ich lese ja immer die Beschreibungen und darin habe ich gesehen, dass er sich selbst als ‚kleiner, unbedeutender Träumer' bezeichnet. Das habe ich gleich herangezogen, um mit ihm zu kommunizieren. Marina, ich sag es dir, was da kam, mit dieser Antwort habe ich nicht gerechnet. Warte, die muss ich dir vorlesen!“

Ich möchte als nächstes Falcos Grabstätte besuchen. Dieser einzigartige Künstler, der viel zu früh von uns gegangen ist, faszinierte mich schon immer. Er ist und bleibt ein ganz Großer für mich und hat demnach eine meiner Rosen verdient. Ich sehe mich um und suche Gruppe 40, also jenen Bereich, wo Falco begraben liegt. Neben seiner Mutter. Wir sind noch ein ganzes Stück Fußmarsch davon entfernt. Immerhin hat dieser Friedhof eine Fläche von 2,5 Quadratkilometern. Alex deutet auf eine Parkbank, die unweit von uns steht und liest mir vor:

„„Für mich selbst bin ich ein kleiner, unbedeutender Träumer. Träumer deshalb, weil ich mir sehr gern aktiv Zeit nehme, um nachzudenken, zu grübeln, zu sinnieren, eben zu träumen. Da

denk' ich dann über den Moment im Hier nach, aber auch darüber, was die Zukunft bringen könnte. Als ‚klein' bezeichne ich mich deshalb, weil ich nicht gerade der Größte bin. Im eigentlichen aber auch im übertragenen Sinne, das Ausmaß, über welches ich träume, in Relation zur Gegenwart und der Vergangenheit. Ich bin klein im Vergleich zur ganzen Welt und im Vergleich zu den wichtigen Kindern, die die Menschheit immer wieder hervorbringt. Deshalb das Wort ‚unbedeutend'. Hört sich eventuell ein bisschen komisch oder sogar verwirrend an, aber das ist es, was ich mache, wenn ich mal zur Ruhe komme. Das ist es, was mir so durch den Kopf schwirrt, wenn ich Zeit zum Nachdenken habe."“
„Wie alt hast du gesagt? 19?“ Ich kann es kaum glauben, dass ein gerade einmal Erwachsener solche Gedanken in seinem Kopf wälzt.

„Ja, 19! Ich war im ersten Moment auch total überrascht und hatte nicht mit diesen Worten gerechnet. Ich meinte auch gleich, dass an ihm wohl ein Philosoph verloren gegangen sei und schrieb zur Nachricht noch hinzu, dass ich ein gläubiger Mensch bin und meine Gedanken in ruhigen Momenten sich ähnlich verhalten. Und ich war wirklich schon auf die Antwort gespannt. Es dauerte eine Weile, und in der Zwischenzeit war ich aufgrund meines langen Arbeitstages und meines neuen Experiments, auf Kaffee zu verzichten, eingeschlafen. Gleich früh am Morgen leuchtet aber eine Nachricht der Dating-Plattform auf. Nachricht von C. Gespannt öffnete ich die App und ein langer Text sprang mir gleich ins Auge. Soll ich dir den auch noch vorlesen?“
Die Antwort erübrigt sich eigentlich, doch ich schieße trotzdem ein schnelles „Ja, klar!“ hinterher.
„„Ich habe mir schon als Kind oft Sorgen über das Unbekannte der Zukunft gemacht. Was wird da kommen? Welcher Weg ist meiner? Was erwartet mich? Und dann habe ich nach und nach erkannt, dass wir unseren Weg durch das Leben selbst finden müssen. Wir selbst bestimmen ihn. Jeder für sich. Aber wenn ich mir auch heute noch als Erwachsener vorstelle, dass bei jeder Entscheidung, die ich bewusst oder unbewusst treffe, mein eigener weiterer Weg komplett verändert werden kann und man dieser Situation völlig ausgeliefert ist, dann macht mir das schon

Angst. Deshalb bin ich gerade auf der Suche nach etwas, woran ich mich in solchen Situationen klammern kann. Etwas, das mir Sicherheit gibt. Etwas, das mich stärkt. Ich glaube nicht wirklich, dass meine Suche zum heutigen Zeitpunkt schon vollendet ist, nein. Aber durch diese langjährige Suche habe ich mich jedenfalls mit meiner eigenen Philosophie, wenn man das so nennen will, auseinandergesetzt. Inwiefern ich mittlerweile ein Philosoph bin, weiß ich aber natürlich nicht. Ich habe meine Gedanken und den Weg, den ich bislang schon gegangen bin, gerade das erste Mal schriftlich zusammengefasst. Wow, ich bin selbst überrascht!' ... Das war mir zu viel für 06:30 morgens, muss ich zugeben, und ich legte das Handy schnell beiseite. Das musste ich erstens noch ein paar Mal lesen, um es zu verstehen, und zweitens darüber nachdenken, was ich antworten sollte. Um 09:00 – mittlerweile im Büro sitzend – fasste ich den Entschluss, doch schon jetzt zu antworten. Ich war ganz offen und schrieb, dass ich die Nachricht des Öfteren lesen musste, um sie zu verstehen. Ganz ehrlich, mich erinnerte diese Nachricht an eine Philosophie-Vorlesung, antwortete ich ihm. C. meinte nur, dass er sie ja selbst ein paar Mal lesen musste, um sie zu verstehen. Und wir mussten offensichtlich beide lachen."

„Wahnsinn, mit 19 Jahren schon so tiefsinnig. Na ja, du könntest ihn daten und womöglich wird dann ja ein ‚Philosophengatte' aus dir", sage ich und beziehe mich abermals auf die für mich teilweise wirklich ungewöhnlichen Grabstein-Informationen. Hier, schon wieder! Rauchfangkehrergattin. Diese vielen Buchstaben könnte man sich heute ja kaum noch leisten bei einem Steinmetz. „Und wenn das mit dem Neo-Philosophen nichts wird, dann könntest du ganz traditionell den ‚Fiakermeistergatten' anstreben." Als ich das sage, verlassen wir gerade die Parkbank. Dabei lege ich die vorletzte Blume auf ein etwas verwildertes, mit Pferdestatuen gesäumtes Grab eines Wiener Kutschermeisters.

37

Ich freue mich schon riesig auf diesen Abend! Alex kocht heute für mich. Bislang hat er mir immer nur davon erzählt, was er denn alles so kocht und bäckt. Auch auf Instagram macht er mich regelmäßig mit seinen Bildern neidisch. Heute darf ich sein Können aber endlich auch mal selbst verkosten und bin mehr als gespannt. Wir betreten seine Wohnung durch den Eingang über den Hof. Nicht über Mamas Wirtshaus, um Verwirrungen wegen des weiblichen Besuchs des Nächtens zu vermeiden.

Als kleines Dankeschön für die Einladung habe ich ein persönliches Mitbringsel in meiner Tasche. Ein paar Linzerkipferl seiner Lieblingsbäckerei. Ich komme ja nie mit leeren Händen. Zusätzlich bekommt er aber heute auch noch ein paar Weisheiten von mir überreicht. Weisheiten, die eigentlich – ja, so kommt mir das tatsächlich vor – Geheimnisse der Männerwelt und nicht für Frauenohren bestimmt waren. In den letzten Jahren habe ich viel Zeit mit wirklich vielen unterschiedlichen Menschen und Charakteren verbracht. Sowohl männlichen als auch weiblichen Geschlechts. Und da ist so einiges in meinem Kopf hängengeblieben. Vielleicht ist ja irgendetwas dabei, das auch er bei seiner Partnersuche sinnvoll verwerten kann.

Alex präsentiert mir die Vorspeise. Brokkolischaumsuppe. Die duftet auf jeden Fall schon einmal köstlich. Ich lege mir die Serviette auf den Schoß und beginne zu löffeln. Die Temperatur passt genau – nicht zu heiß, aber auch nicht zu kalt. Perfekt, um sie gleich essen zu können. Das mag ich nämlich gar nicht, wenn ich Essen oder Trinken ewig nur anschauen anstatt endlich kosten kann.

Während der Vorspeise erzähle ich ihm von meinem wirklich schönen Rendezvous mit A. von vor ein paar Monaten, der mich zu seinem Lieblingsitaliener in Wien-Döbling eingeladen hat. Das hat ja immer einen gewissen Charme für mich, wenn Männer initiativ sind und sich um die Reservierung der Lokalität etc. kümmern. Nichts schlimmer, als diese ewigen Ja-Sager, die keine eigene Meinung haben und sich nach allen anderen richten.

Alex hakt ein. „Ja, grausam. Kannst du dich an E. erinnern? Das war der, der eine Ersatzfamilie gesucht hat? Der war auch so ein Ja-Sager. Das ist genauso unsexy wie Männer, die sich tausend Mal entschuldigen für alles, was sie machen oder nicht machen. Der hat sich wirklich andauernd gerechtfertigt. Das ist mir zu Beginn nicht aufgefallen, aber jede Nachricht, auf die er nicht in der Sekunde antworten konnte, wurde mit einer Entschuldigung eingeleitet. Ich meine, fürs nicht gleich Antworten muss sich ja niemand verteidigen. Keiner klebt ständig an seinem Handy."

Der Suppenteller ist beinahe leer, als ich endlich zur Weisheit komme. „Dieser A. hat dann im Zuge des Abends sein persönliches Geheimnis ausgeplaudert. Keine Ahnung, ob er das wollte oder ob ihm das einfach so passiert ist. Vielleicht haben ihn auch die drei Whiskey Sour ungewollt redselig gemacht. Auf jeden Fall sagte er mir wortwörtlich Folgendes: Eine außergewöhnliche Frau kann ein Mann nur mit zwei Dingen dauerhaft an sich binden. Entweder mit viel Geld oder mit wirklich abartig gutem Sex." Ich merke, das regt Alex zum Nachdenken an, während er seinen leeren Suppenteller zur Seite schiebt.
„Interessant. Und weißt du, ob er diese Erfahrung selbst gesammelt hat? Auf welcher Schiene er persönlich fährt?"
Ich lache süffisant und zwinkere ihm zu. „Er ist kein Millionär. Soviel kann ich dazu sagen. Auch aus eigener Erfahrung. Außerdem ist er mit einer verboten heißen Russin liiert." Das reicht ihm als Antwort.

Ich bin beeindruckt! Filet Wellington mit Pfefferrahmsauce, Rahmwirsing und Kroketten. Ich kann es kaum erwarten, das Fleisch anzuschneiden. Ich esse nicht allzu oft Fleisch, aber wenn ich es schon esse, dann sollte es wenigstens perfekt gebraten und butterweich sein. Und was die Qualität des gebratenen Fleisches angeht, bin ich wahnsinnig kritisch. Ich bestelle mein Rinderfilet sowieso immer medium-rare und dann muss es zu 100 Prozent passen. Ich setze also das Messer an und... ja, es schneidet sich hervorragend!

„Ich hatte mal mit einem Mann eine längere SMS-Beziehung", fahre ich im Bereich der Weisheiten fort. „Wir kannten uns zwar auch persönlich recht gut, weil wir beruflich miteinander zu tun hatten, aber es existierte in natura eigentlich nie eine sehr persönliche oder innige Beziehung zueinander. Das änderte sich aber bald, als er anfing, mir täglich SMS zu schreiben und mich jeden Abend anzurufen."

„Bitte nicht, ein Stalker?", wirft Alex ein. Da ist auch er ein gebranntes Kind. Von dieser Zeit hat er mir schon ziemlich erschreckende Details erzählt. Ich kann seine Schlussfolgerung also nachvollziehen, wobei es mir zum Glück gelingt, die Vermutung auch gleich wieder zu entkräften.

„Nein, das beruhte auf Gegenseitigkeit. Er war etwas älter als ich und seine Ansichten waren durchaus spannend. Er hatte eine Sichtweise auf die Dinge des Lebens, die mir bis dahin völlig neu war. Deshalb interessierte es mich sehr, mich mit ihm auszutauschen. Na ja, und dann hat er mir irgendwann beiläufig erzählt, dass er verheiratet sei und zwei kleine Kinder hätte."

Ich mache bewusst eine Pause. Dieses Fleisch fühlt sich ganz wunderbar auf meinem Gaumen an. Göttlich! „Kompliment, es schmeckt wirklich hervorragend", lobe ich Alex' Leistung. Er freut sich sichtlich.

„Dieser Typ hat mich tatsächlich jeden Abend angerufen und mit mir über die verschiedensten Dinge philosophiert. Das fand ich schon fragwürdig, habe aber trotzdem ganz egoistisch mitgemacht, weil ich es als bereichernd empfand. Und mein Radiowecker war auf Telefongesprächspartner im Bett nie eifersüchtig. Ja, aber irgendwann einmal war der ungemütliche Punkt dann gekommen. Er war in der Stadt und hat mir vorgeschlagen, ich solle ihn doch im Hotelzimmer besuchen kommen. Um, du weißt schon was, zu machen. Das hat mein Weltbild mal wieder ordentlich durcheinandergebracht. Wir tauschten uns nie über Körperlichkeit aus und dann das. Können Männer und Frauen wirklich nicht miteinander befreundet sein, ohne dass es irgendwann einmal auf eine sexuelle Ebene hinausläuft?" Ich schüttle angewidert den Kopf. Bin ich wirklich so naiv, wenn es um dieses Thema geht? „Wenigstens muss ich mir da bei dir keine Sorgen machen," lächle ich Alex an.

„Nein, bei mir hast du keine Chance!", erwidert er frech.

„Ich war es dann auch noch, die ihm ins Gewissen reden wollte, habe ihn wirklich eindringlich darauf aufmerksam gemacht, dass

er doch eine Familie hätte, und dass ich es unmöglich fände, dass er mich auf dieses verruchte Tête-à-Tête einlädt. Und, pass auf, jetzt kommt die Weisheit, die er mir dann hingeworfen hat: ‚Ein feiges Herz ist noch nie neben einer Schönheit aufgewacht!'"
Alex wiederholt: „Ein feiges Herz ist noch nie neben einer Schönheit aufgewacht? Meinte er damit, Frechheit siegt?"
„Ja, das war es, was dieser Mann zu mir gesagt hat und ja, vermutlich meinte er wohl genau das. Jene Menschen, die in ihrem Leben ein bisschen skrupellos sind, kommen immer einen Schritt weiter. Nicht komplett, aber dezent, sodass es nicht gleich auf den ersten Blick auffällt." Diese Erfahrung habe ich persönlich schon oft machen müssen. Und ich ärgere mich dabei immer wieder über mich selbst, weil ich persönlich das ja überhaupt nicht kann. Gar nicht. Manchmal wünschte ich mir, ich könnte Schuldgefühle und Gewissensbisse einfach so ausknipsen wie den Lichtschalter einer billigen Lampe und vorpreschen wie ein Kronleuchter.

Ich lehne mich zurück, um meinen Bauch zu entspannen. Das Menü fordert mich, ist aber einfach zu gut, um es stehen zu lassen. Im Hintergrund höre ich diesen Chesney Hawkes aus dem Radio trällern. Unglaublich, was ist da nur los? Warum verfolgt der mich? Dieses Mal möchte ich mich aber nicht schon wieder fragen, ob der eigentlich noch lebt. Und während ich mir das vornehme, frag' ich es mich natürlich schon wieder. Eh klar. Ich richte mich auf, nehme eine Gabel Rahmwirsing zu mir, kaue genüsslich und konzentriere mich dann aber doch lieber wieder auf meine nächste Weisheit.

Es ist für mich wirklich nicht nachvollziehbar, warum ein Mann und eine Frau nicht befreundet sein können, ohne sexuelle Gedanken zu entwickeln. Ich kann natürlich nur für mich sprechen, aber für mich persönlich ist das nicht so abwegig. Ich male mir nicht bei jedem Mann, mit dem ich mich intensiver und öfters auseinandersetzte, aus, wie der Sex mit ihm wäre. Ich kann auch Gespräche mit Männern ohne „schwindelige Gedanken" führen. Und es ist auch noch nie vorgekommen, dass ich einem Familienvater aktiv Avancen gemacht hätte. Gut, ganz so unschuldig bin ich nun auch wieder nicht, wie sich das jetzt vermutlich anhört. Auch ich habe schon mal mit einem liierten Mann rumgemacht

– danach habe ich es zwar bereut, aber im Moment selbst fand ich das völlig okay. Ich schiebe es gerne auf den jugendlichen Leichtsinn, damit kann ich ganz gut leben, aber mit reiferem Alter ist das nicht mehr vorgekommen. Genauso wenig habe ich jemals meinen Partner betrogen. Das würde mir im Leben nicht einfallen. Wenn die Beziehung nicht mehr passt, sodass ich Lust auf einen anderen Mann habe, dann spreche ich das offen und ehrlich an beziehungsweise beende die Liaison vorher. So ticke ich eben!

„Ich habe ja auch einmal von einem Mann gehört, dass heterosexuelle Männer nur dann regelmäßigen Kontakt mit Frauen pflegen, wenn sie sexuelles Interesse an ihnen haben. Sollte das nicht das vorherrschende Interesse sein, dann ist es zumindest etwas Finanzielles, etwas Berufliches, das sie von ihnen wollen. Sonst würden sie den Kontakt nicht aufrechterhalten", fahre ich weiter fort. Ich lasse diese Aussage bewusst so im Raum stehen.
„Ein Mann hat also angeblich immer etwas im Hinterkopf, wenn er sich intensiver mit Frauen beschäftigt", fasst Alex auch dieses Mal gekonnt zusammen.
„Glaubst du das auch?"
„Ich glaube ja fast, dass sich niemand aus dieser Gedankenwelt ausnehmen kann. Jeder denkt wahrscheinlich irgendwann mal darüber nach, wie es wäre – die einen mehr, die anderen weniger. Aber ich glaube trotzdem auch, dass eine Freundschaft zwischen Hetero-Mann und Hetero-Frau möglich ist. So wie zwischen Homo-Mann und Homo-Mann. Es gibt ja auch in meinem Umfeld Männer, die ich gernhabe, aber nicht ins Bett kriegen will."

Ich denke sofort wieder an meinen Freund W., den ich beinahe wöchentlich höre. Was könnte er von mir wollen? Aufträge als Innenarchitekt? Oder doch wieder nur das Eine? Ich mag diesen Gedanken nicht. Ich möchte weiterhin darauf vertrauen, dass er mich ebenso als Freundin (ohne Plus) schätzt wie ich ihn als Freund. Und nicht mehr.

Bei der Nachspeise drehe ich den Spieß um und fordere Alex auf, mir eine Lebensweisheit von sich mitzugeben, die er beim Onlinedating als brauchbar empfindet.

„Na ja“, beginnt er. „Viele meiner Lieblingsweisheiten sind biblischen Ursprungs. Wie könnte es auch anders sein. Seit ich auf der Suche nach einem Partner bin, ist mir leider auch sehr viel Oberflächlichkeit begegnet. Viele entpuppen sich unterwegs als gut getarnte Lügner, lieben dich für das Eine und verurteilen dich für das Andere. Deshalb orientiere ich mich auch da an einem Bibelzitat von Jesus Sirach: ‚Willst du einen Freund gewinnen, gewinne ihn durch Erprobung, schenke ihm nicht zu schnell dein Vertrauen.' Diese Weisheit ist meines Erachtens für das gesamte Leben brauchbar, nicht nur für die Liebe.“

38

Wir holen uns eine Abkühlung beim Eis-Greissler in der Rotenturmstraße. Wie immer steht eine wirklich lange Schlange vor dem Eissalon. Verständlicherweise, denn diese Eisspezialitäten suchen ihresgleichen. Oh, es gibt wieder dieses köstliche Birneneis. Da steh' ich ja total drauf! Wahrscheinlich auch, weil es saisonhalber nicht ständig verfügbar ist. Jahreszeitenbedingter oder künstlich erzeugter Mangel wirken bei mir ja immer Wunder. Deshalb muss ich das heute auf jeden Fall haben, bevor der Sommer ganz um und diese Sorte wieder verschwunden ist. Alex sucht sich zwei Kugeln aus. Zotterschoko und Mango. Ich lade ihn darauf ein.

Während ich bezahle, drückt er mürrisch auf seinem Handy herum. „Wem schreibst du?", frage ich. Eigentlich ist er bei unseren Treffen immer ganz bei der Sache, immer mit seiner ganzen Aufmerksamkeit bei mir. Aber heute ist ihm da offensichtlich etwas anderes wichtiger. Ich reiche ihm sein Eis im Becher. Tüten mag Alex nicht. Viel zu groß ist die Gefahr, dass er sein Shirt beschmutzen könnte. Mir ist so etwas ja völlig egal! Wenn man Flecken mit einer gewissen Selbstverständlichkeit trägt, dann wirken die wie gewollte Mode.

„Weißt du, welche Art von Chat ich am meisten liebe?" Ich höre den sarkastischen Unterton in seiner Stimme. Eine Antwort meinerseits auf diese rhetorische Frage ist natürlich nicht nötig. Alex liest gleich vor:

Chat Anfang.
A: Hey!
B: Hey, wie gehts?
A: Danke, gut und dir?
B: Auch gut. Bist du aktiv oder passiv?
Chat Ende.

In dieser kurzen Zeit gehen sich für mich nicht einmal zwei Schlecker vom Eis aus, dann ist der Chat auch schon wieder beendet. „Na, wenn das das wichtigste Kriterium bei der Partnersuche ist...", wirft er noch hinterher. „Match bereits aufgelöst", erklärt

er sein verärgertes Rumdrücken von gerade eben und löffelt als Trost Mango-Eis in sich hinein.
„Ziemlich wortkarg, der junge Mann! Ich kann ja die Anfragen nicht ausstehen, bei denen nur ein Lächeln oder Thumbs up und sonst nichts geschickt wird. Was soll ich damit? Aber zumindest kommt dein Match gleich zum Punkt, ohne das Blaue vom Himmel zu versprechen. Kann man auch so sehen!" Ja, manchmal ist es einfach besser, wenn man nicht herumschwafelt, sondern gleich in medias res geht. Dann spart man sich Zeit und Nerven. Ich nehme mir nun bewusst Zeit für mein unsagbar saftiges, süßes Birneneis und schlecke genüsslich daran, während ich krampfhaft versuche, dabei nicht an homosexuelle Männer in flagranti zu denken.

„Apropos ‚wortkarg', da fällt mir ein kurioses Date ein!"
„Welches Date denn?"
„Während du damals auf der rosaroten Wolke herumgeschwebt bist, hatte ich nämlich noch ein weiteres Date, von dem ich dir nie erzählt habe. Noch vor dieser enttäuschenden Geschichte mit der vorgegaukelten Krebsdiagnose der Mutter. Weißt du noch?"
Ich nicke.
„Mit S., Hochbauingenieur, 29 Jahre, auf der Suche nach dem Freund fürs Leben. Ein Tscheche. Er beschrieb sich selbst als schüchtern und als Einzelgänger. Ich musste ihn beim Chatten ganz schön aus der Reserve locken. Anfangs waren die Antworten extrem kurz und die Gegenfragen ließen ganz schön auf sich warten. Vom Aussehen her hat er mich nicht wirklich angesprochen, aber man sah ehrlicherweise nicht viel auf den Fotos. Auch in seiner Profilbeschreibung erzählte er nur ganz wenig von sich. Aber ich habe mir gedacht, ich wische mal nach rechts. No risk no fun. Ja, und wie es schien, hat er in diesem Fall auch nach rechts gewischt und wir hatten einen Match. Dann wieder der übliche Chatbeginn mit den Standardfragen. So ging es einige Zeit hin und her. Manchmal habe ich das Bedürfnis, dann schon auch ein Foto zu schicken, wo ich grad bin oder davon, was ich genieße und ich frage ja immer bald, ob wir Nummern austauschen."
„Und dieser S. hat dir dann gleich unanständige Fotos geschickt?"
Ich versuche, eine Verbindung zu dem eben besprochenen Mini-Chat und dieser Geschichte herzustellen. „War er auf diesen Fotos

aktiv oder passiv?" Verdammt, jetzt rutsche ich mit meinem Zynismus schon wieder in das „Männer in flagranti"-Bild ab. Manchmal geht bei mir einfach das Kopfkino los und meine Fantasie mit mir durch. Ob ich will oder nicht.

„Nein, ganz daneben! Wir wollten uns in Wien am Schwedenplatz treffen. Vor dem großen Eisgeschäft. Diese Station ist ein Standard-Treffpunkt und ein guter Ausgangspunkt für einen Spaziergang. Und am Weg in die Stadt versichere ich mich gern, ob mein Date auch schon am Weg und vor allem pünktlich ist, denn das schätze ich sehr. Wie oft habe ich das schon erlebt, dass die in Wien lebenden Freunde, die eigentlich ums Eck wohnen, zu spät kommen und der Junge vom Land brav und pünktlich schon kurz vor der ausgemachten Zeit in der Stadt eintrifft. Pünktlichkeit ist für mich eine Sache der Wertschätzung dem anderen gegenüber und eine Sache des Respekts. Bei Verspätungen ist der erste Eindruck dann wieder schwer gutzumachen. Ich schaute in der U-Bahn nochmal auf die Fotos, um ihn gleich erkennen zu können. Blöd nur, dass es zwei Eisgeschäfte am Schwedenplatz gibt. Ich musste mich also für eines der beiden entscheiden."

„Der eine stand hier, der andere dort, oder?! Ein Klassiker", werfe ich grinsend ein.

„Genau. Ist meistens so – wie mans macht, ist es verkehrt. Also griff ich zum Telefon, ließ den Anruf aber dann und dachte mir, ich gehe zum anderen Eissalon und schaue einfach nach. Und von weitem erkannte ich mein Date dann auch schon, das gerade sein Handy aus der Tasche kramte und suchend in alle Richtungen schaute. Ich ging auf ihn zu und lächelte, um meinem Date zu zeigen, dass wir uns gefunden haben. Die Eisdielenverwechslung war natürlich brauchbar, um gleich – im wahrsten Sinne des Wortes – das Eis der oft aufgeregten Stimmung zu brechen. Doch ich bemerkte gleich, mein Gegenüber war kurz angebunden und stieg nicht auf meinen Humor ein. Ich fragte ihn, wohin wir spazieren wollen. Seine Antwort: ‚Ist mir eigentlich egal.' Das entwickelte sich sowieso zu seiner Standardantwort. Puh, in Gedanken sagte ich gleich zu mir: Na, hoffentlich geht das nicht so weiter. Wie mühsam! Ja, also entschied ich einfach alles. Zuerst einmal ab in die Stadt. Ich begann unser Gespräch mit dem Üblichen. Wie war dein Tag? – ‚Gut!' ‚Viel zu tun gehabt? – ‚Ja!' Das kann ja heiter werden, dachte ich mir immer wieder. Ich entschied mich dann kurzerhand für einen Monolog und erzählte von mir. Ich erzählte von meinem Beruf als Manager, meinen Ehrenämtern und anderen Tätigkeiten. Von meiner Wohnung, meiner Familie. Ganze zwei Stunden redete fast nur ich. Ich bekam immer nur sehr kurze Antworten. Wenn überhaupt. Ich versuchte, ihn ständig mit Gegenfragen aus der Reserve zu locken, aber irgendwie gelang es mir nicht. War er immer so? Ist er nur bei mir so? Was ist der für ein Sternzeichen? Vielleicht ist er einfach nur extrem schüchtern? Ist es die fremde Sprache? Während ich mir so meine Gedanken machte, herrschte jedes Mal absolutes Schweigen. Wir schlenderten also zwischendurch auch komplett still durch die Gegend. Unsere Runde führte uns mittlerweile am Donaukanal entlang. Dort war ordentlich was los und ich fragte ihn, ob er öfter hier sei. ‚Ja, ist ganz schön da.' Ich atmete tief durch und motivierte mich selbst. Es ist ein schöner Tag, das Wetter ist angenehm, du bist in der Wiener Innenstadt, sagte ich mir lautlos vor. Aber dieses Date war so verdammt mühsam und ich musste ihm alles aus der Nase ziehen. Weißt du, was ich meine?"

„Oh, ja! Ich komme mir dann gleich wie ein Bittsteller vor, so als bräuchte ich dringende Infos von jemandem, der nicht freiwillig dazu bereit ist, sie mir zu geben. Extrem mühsam so etwas! Und meistens haben diese Typen dann ja auch noch Null Humor."

„Stimmt. Zu lachen gab es da nichts! Aber ich verspürte Hungergefühl in meinem Magen und überredete ihn tatsächlich noch, etwas essen zu gehen. Ich kenne ein kleines Lokal, sagte ich zu ihm. Da war ich letztes Mal mit einer Studienkollegin. Annehmbare Preise, gute Qualität und sehr vielfältig. Wiener Küche gepaart mit spannender internationaler Küche. Kennst du das zufällig? Direkt neben der Peterskirche? Es heißt ‚Wienerin'. Ich war schon öfters nach einem Gottesdienst im Stephansdom oder einem Gebet in der Peterskirche hier."

Ich schüttle den Kopf, das sagt mir nichts, obwohl ich eine wirklich leidenschaftliche Esserin bin.

„Na, dann gehen wir mal gemeinsam dort essen, versprochen. Also, bin ich da eben mit S. hin. Ich bevorzuge ja beim Auswärtsessen immer ausgefallene Gerichte. Hausmannskost bekomme ich im Wirtshaus bei meiner Mama sowieso immer. Wenn ich woanders hingehe, dann will ich ja auch mal etwas anderes probieren. Und jetzt halt dich fest, warum ich das so betone. Ich lese

in der Karte: Hausgemachte Tagliatelle mit frischen Pilzen, rosagebratener Schweinslungenbraten mit Dillkürbis und Erdäpfelgratin, Risotto mit Garnelen und Safransauce. Dann sprang mir das lauwarme Roastbeef Sandwich mit Cocktail Dip und gemischtem Salat ins Auge. Das nehme ich, dachte ich mir und lugte auf mein Gegenüber, das die Karte gerade zumachen wollte. Ich habe noch weitergelesen und mir die verschiedenen Ofenkartoffelvariationen durchgesehen. Und vor allem die Desserts. Ich bin ja der Meinung, dass es einen eigenen Dessertmagen gibt. Desserts gehen einfach immer! Na ja, zurück zum Thema. Nachdem mein Date ja noch immer nicht wirklich redselig war, fragte ich mich selbst, was er denn da jetzt bestellen könnte. Insgeheim wusste ich es aber schon irgendwie. Der stumme Langweiler bestellt bestimmt ganz unspektakulär ein Wiener Schnitzel. Zack, und tatsächlich! Da antwortete S.: ‚Ich werde ein Schnitzel mit Pommes essen.' Aber da gibts doch so viele spannende Sachen, dachte ich mir, und er bestellt ausgerechnet den Wienerischsten Wiener Standard? Und zack, mit dem Schnitzel habe ich ihn in meine nächste geistige Schublade für Langweiler gesteckt, war leicht genervt und konzentrierte mich nur noch auf den Hunger, der schnellstmöglich weg musste."
„Na, Mahlzeit! Dass du überhaupt noch mit ihm essen gegangen bist. Respekt! Das zeugt von deiner sozialen Ader!"
„Er sah mir die Verwunderung offensichtlich an. So sensibel war S. zumindest und er fragte mich – ja, ER fragte mich –, was denn an einem normalen Schnitzel verkehrt sei. Ich erzählte ihm eben vom Wirtshaus und dass es dort immer Schnitzel gäbe und ich persönlich es liebe, ausgefallene Dinge zu probieren. Er erzählte dann was von einem tschechischen Gericht. Ich war interessiert und wollte mehr dazu wissen. Aber das war es dann auch schon wieder mit den Informationen seinerseits. Ich hoffte einfach nur noch, dass mein Essen bald kommt und mein Hunger gestillt wird. Aber dann..."
„Oh, jetzt wirds wohl spannend," bin ich mir sicher.
„Ja, dann habe ich ein Thema aufkommen lassen, das seine Zunge aus der Verknotung gelöst hat. Mitbewohner! Ich habe ihn auf seine Wohnverhältnisse und seine Wohngemeinschaft angesprochen. Und dann passierte es!!! Es brodelte ganz plötzlich aus ihm heraus. Er begann zu reden und zu reden und zu reden. Und hörte

nicht mehr auf. Er hörte einfach nicht mehr auf zu reden. Ich traute meinen Ohren nicht! Er konnte wirklich völlig normal reden – es hatte also gar nichts mit der fremden Muttersprache zu tun. Hat es wirklich so lange gedauert, bis er mir gegenüber aufgetaut ist? Oder habe ich ihn niedergeredet, sodass er gar nicht zu Wort kam, habe ich mir dann sogar überlegt."
„Gut, das könnte jetzt tatsächlich beides sein!" Ich stoße Alex sanft mit der Schulter, um die Ironie im Gesagten zu unterstreichen.

„Auf jeden Fall war ich dann live dabei. Ich wusste, wie seine komplette Wohnung aussieht. Wusste ganz plötzlich, wie man neue WG-Mitbewohner per Casting auswählt und wie schräg Mitbewohner im Allgemeinen sein können. Er hatte offensichtlich in der Vergangenheit wirklich kein gutes Händchen für die Auswahl und immer Pech mit seinen Mitbewohnern. Ich konnte ihm zwischendurch nicht ganz folgen und wollte nachfragen. Aber das konnte ich nicht. Ich kam einfach nicht mehr dazu. Er redete und redete. Dieser Mann war nicht mehr zu stoppen. Typischer Fall von plötzlichem Sprechdurchfall!"
Ich lache laut auf und pruste sogar ein wenig. Dabei spucke ich einen Klecks Eis auf meinen Pullover. Ich tippe mit der Serviette kurz darüber und das wars dann auch schon. So etwas kommt schließlich in den besten Familien vor – sowohl bei den Tüten- als auch bei den Bechereisesser-Familien. Das ist nicht weiter schlimm.
„Ich sags dir, was ich mich vorher abgemüht habe, ein halbwegs ausgewogenes Gespräch zu beginnen und plötzlich überfährt der mich verbal. Unsere Konversation war zu jeder Zeit einseitig und es entstand nie ein ordentlicher Dialog. Beschwerlich. Nach einiger Zeit verlangte ich die Rechnung und bezahlte. Und bei der Verabschiedung wusste ich schon fix, dass dieser Abend unser einziger bleiben wird. Wie gibt es sowas? Hast du so etwas schon mal erlebt?"
„Selektiver Mutismus? Oder taut der vielleicht nur bei Themen auf, zu denen er echt was zu sagen hat? Ist mühsam, das stimmt! Aber bei manchen Menschen ist es echt oft besser, wenn sie einfach nur die Klappe halten, wenn sie keinen sinnvollen Beitrag leisten können. Vielleicht hat er aber auch nur zu all deinen Themen einfach keine Meinung gehabt?" Ich grinse, weil ich weiß,

dass auch ich gerade völligen Schwachsinn rede. Keine Ahnung, was bei diesem Mann schiefläuft, ich kenne ihn ja schließlich nicht. Deshalb wäre es jetzt auch meinerseits angebracht, die Klappe zu halten und nicht darüber fachzusimpeln. Und das mache ich dann auch.

39

„Rosa!", schreie ich ins Handy. Ich sitze gerade mitten in einer Maniküre. Da fragt mich die Kosmetikerin plötzlich: „Du hast deine Haare heute so schön. Warst du beim Frisör?" Und dann dämmert es mir! Shit. Zum Glück hebt meine Nachbarin, die mit dem Reserveschlüssel, gleich ab. „Rosa, wo bist du?" Ja, ein bisschen Panik schwingt in meiner Stimme mit. „Du musst bitte unbedingt in meine Wohnung gehen. Ja, jetzt sofort! Ich Depp habe das Glätteisen nicht ausgesteckt!"

Wie man sieht, ich habe mich wirklich intensiv auf diesen heutigen Abend vorbereitet. Und wie man sieht, bin ich ganz schön im Stress deswegen. Haare gerichtet, Smokey Eyes aufgemalt, Abendrobe putzen lassen und die Nägel sind gerade am Fertigwerden. Heute findet nämlich ein Arbeitsdinner mit den wichtigsten Kooperationspartnern statt. Mit einem Konzertbesuch und mehrgängigem Menü im Anschluss. Vor diesem alljährlichen Essen graut es mir immer ein wenig. Also, nicht kulinarisch und auch nicht vor dem Konzert, sondern dramaturgisch. Das ist einer dieser Termine, die unserem Generaldirektor besonders wichtig sind. Klinkenputzen, Schönreden, Falschlachen. Da ist unser Generaldirektor einfach so antiquiert, unglaublich. Dieser Typus Chef ist zwar schon kurz vor dem Aussterben und es kommen zum Glück kaum noch neue nach, aber wir haben eben noch so ein Exemplar bei uns in der Chefetage sitzen. Er erwartet von den sehr jungen Mitarbeiterinnen (es sind ausschließlich Mädels), dass sie perfekt gestylt und mit versteinertem Lächeln auftauchen. Ja, und von mir – Mitarbeiterin Mitte 30 und in einer Führungsposition – erwartet er neben Professionalität neuerdings auch eine männliche Begleitung. Nicht aktiv ausgesprochen, aber ich kenne meinen Pappenheimer doch! Er möchte tatsächlich, dass ich mit einem passenden Mann erscheine, um sein persönliches, perfektes Gesamtbild abzurunden. Nichts schlimmer für ihn, als wenn am Tisch neben mir der Platz freibliebe. Mit männlicher Begleitperson hingegen könnte er seinen Plan ganz unkompliziert umsetzen: Mann – Frau – Mann – Frau – Mann – Frau – Mann – Frau – Mann – Frau – Mann – Frau. Bäh, total spießig, stimmt schon, dafür mit zeitnahem Ablaufdatum. Das relativiert die Situation ein wenig. Deshalb war ich bereit, ihm eben diesen letzten Wunsch, bevor er in ein paar Wochen in den Ruhestand übertritt, zu erfüllen. Ich wollte trotz all des Stresses auch optisch das Beste aus mir rausholen und extra für ihn einen Mann organisieren. Unglaublich! Manchmal bin ich gutmütig und dumm zugleich. Ja, aber das mit dem Wollen war die eine Sache... Verdammt, wen mitnehmen???

Vor genau dieser schwierigen Frage stand ich vor etwa einem Monat. Und ich muss zugeben, sie war gar nicht leicht zu lösen. Innenarchitekt W.: Als Freundschaftsdienst, aber mit Erklärungsnot seiner Frau gegenüber und womöglich dann auch noch mit ungemütlichen Hintergedanken – nein, danke! Mein Bruder: Absolut kein Bock auf ein spießiges Essen und ein vermeintlich ödes Konzert, ich wollte ihn nicht unnötig quälen! Dating-Buddy Alex: Genau an diesem Samstag hatte er schon Karten für ein anderes Konzert, fiel also leider weg!

Ja, da blieb dann nur noch meine neue Online-Bekanntschaft P. übrig. Ein Unternehmer aus Klagenfurt, 41, begeisterter Kletterer und Radfahrer, geschieden, ohne Kinder. Soweit ja kein Ausschlussgrund zu erkennen, aber einen völlig Unbekannten zu einem Arbeitsessen einzuladen, erschien mir dann doch etwas zu riskant. Auch wenn die Alternativen zu diesem Zeitpunkt, wie gesagt, überschaubar waren. Deshalb bot ich ihm kurzerhand an, am Wochenende nach Kärnten zu kommen, um zwei Tage mit ihm am Wörthersee zu verbringen. Ich organisierte das Busticket und das Hotelzimmer und befand mich dann am Freitagnachmittag pünktlich auf dem Weg in den Süden. Am Busbahnhof angekommen, war P. erstmal nirgendwo zu finden. Nach der Reihe stiegen die Passagiere aus, vertschüssten sich von selbst oder wurden abgeholt. Nur ich nicht. Ich zückte mein Handy – keine Nachricht. Also schnappte ich mein bescheidenes Reisegepäck und setzte mich auf die Bank im Wartehäuschen. Klassischer Fall von „bestellt und nicht abgeholt“. 20 Minuten später leuchtete mein Handy dann doch auf. Endlich. Hallo! *Ich kann dich leider nicht abholen. Bis später, P.* Jup, das war mir tatsächlich nicht entgangen. Komisch nur, dass das mit dem Abholen seine Idee war. Ich hätte mir ohnehin lieber ein Taxi genommen. Aber egal, ich setzte mich eben in ein solches und fuhr in mein Hotel.

Wir verabredeten uns schlussendlich für den Abend. Das kam mir ganz gelegen, weil ich mich noch in Ruhe fertigmachen konnte. Pünktlich um 20:00 stand P. dann aber in der Lobby. Fesch sah er von weitem aus. Leicht glänzender dunkelblauer Anzug und ein schlichtes, weißes Hemd. Langärmelig! Ich kann die Manschetten sehen. Er begrüßte mich unerwartet mit zwei energischen Küssen auf die Wangen. Dabei hielt er mich an beiden Oberarmen fest. Er deutete mir, ich solle mich doch auf das Sofa der Lobby setzen. Während er sich ganz höflich für die Situation beim Abholen am Bahnhof entschuldigte, sah ich, dass er bereits im Vorfeld einen Aperitif bestellt hatte. Ich signalisierte ihm, dass er sich darüber keine Gedanken mehr machen müsse und setze mich auf diese Zweierbank. Die Beine schlug ich elegant übereinander, weil ich mich für ein kurzes Kleid entschieden hatte. Er nahm ein Glas, reichte es mir und wollte gerade mit mir anstoßen, als ich vor Schreck fast aus allen Wolken fiel!
„Was ist mit deinen Händen?“, rief ich geschockt aus. „Deine Hände bluten!“
Er lächelte zufrieden. „Das ist vom Klettern.“
Dann wieder ich: „Hast du dich verletzt?“ Ja und auch nein, denn dann kam seine konfuse Erklärung dazu.
„Ich klettere gerne auf schroffen Felsen und liebe es, wenn ich die Kraft der Steine auf meiner Haut spüre. Da kommt es schon vor, dass ich mich verletze. Mal mehr, mal weniger. Und es reizt mich unheimlich, wenn mich Menschen dann ganz geschockt ansehen, weil ich etwa beim Einkaufen oder in einem Restaurant den Geldschein mit blutigen Händen überreiche“, schwärmte P.

Hab’ ich das eben richtig verstanden?, dachte ich mir. Ich versuchte, das eben Gehörte und seine Schwärmerei zu verdauen. Aber es gelang mir im ersten Moment ganz und gar nicht. Zu wirr war die Vorstellung in meinem Kopf, was genau er damit meinte und dass dieser adrette Mann diese abartige Vorliebe hatte. Ob er irgendein schlimmes Kindheitstrauma verarbeiten muss? Ob ihn das sexuell erregt? Oder was steckt dahinter? Und vor allem: Wie kommentiert man so eine total bizarre Situation?

„Oh, wow!“ sagte ich wie gelähmt. Mehr brachte ich da nicht raus. Was erwidert man auf so etwas Seltsames? Ich trank einen

überdurchschnittlich großen Schluck vom Aperitif, daran erinnere ich mich noch genau. Ich versuchte, bloß nicht auf seine Hände zu starren, erspähte aber im Augenwinkel trotzdem, dass er wohl an einigen Stellen auch Pflaster kleben hatte. Als P. gerade noch einmal genauer darauf einging, warum er mich versetzt hatte, dachte ich mir nur: Um dieses harmlose Versetzen machst du so ein Drama, aber auf deine abartige Leidenschaft gehst du nicht näher ein, hä?
Und währenddessen entstand vor meinem geistigen Auge ein ungemütliches Bild: P. in einem schicken Anzug mit dazu passender Weste, an den Füßen blitzeblank geputzte Budapester wie er meinem Generaldirektor die blutverschmierten Hände zum Gruße reicht.
Unmöglich, das ging wirklich keinesfalls! Es war mir einerseits klar, dass ich ihn nicht einladen konnte, aber ich war andererseits auch froh, dass ich nicht risikofreudig genug war, es am besagten Abend auf ein Blind Date ankommen zu lassen.

Na ja, das Wochenende am Wörthersee habe ich trotzdem verbracht. Allerdings ohne den blutrünstigen Vampirtypen. Er war vom Charakter her ein angenehmer Zeitgenosse, aber ich müsste lügen, wenn ich sagen würde, dass diese Eigenheit mich nicht gestört hat. Nach dem ersten Toilettenbesuch inklusive Händewaschen war die Sache optisch zwar nur mehr halb so schlimm, aber inhaltlich hat es mir fast den Boden unter den Füßen weggezogen. Und es blieb den ganzen Abend dabei: Während er die entsetzten Blicke genoss, habe ich mich dafür geschämt. Ich unterhielt mich zwar völlig normal mit ihm, aber dieses Ding mit seinen blutigen Händen war einfach nur abartig, nicht zuordenbar, ekelhaft und wird mir vor allem ewig ein Rätsel bleiben. Denn bis zum Verabschieden konnte ich Hobbypsychologin nämlich nicht vollständig klären, was denn eigentlich hinter dieser merkwürdigen Leidenschaft stand. Vermutlich wäre da schon astreine Tiefenpsychologie vonnöten gewesen.

Den heutigen, für meinen Generaldirektor so wichtigen Abend werde ich übrigens ohne männliche Begleitung verbringen. Ich habe mich vor ein paar Tagen dazu entschlossen, meinem altbackenen Chef zu sagen, dass seine Sichtweise besser ins 19. als ins

21. Jahrhundert passt. Okay, ich habe es ihm etwas schonender und etwas verblümter mitgeteilt, aber die Botschaft ist angekommen, denn heute Abend sitzen wir so: Mann – Frau – Mann – Frau – Mann – Frau – Mann – Frau – Mann – Frau – Frau.

Lieber Unternehmer mit Vorliebe für Blut, ein bisschen Therapie täte dir mit Sicherheit gut!

40

„Den nächsten Mann, den ich date, den heirate ich“, werfe ich Alex energisch an den Kopf. Er kommt gerade aus dem Starbucks-Laden in der Bräunerstraße. In der einen Hand einen Chai Latte für mich, in der anderen einen Caffé Latte für ihn.
„Alles Gute zum Geburtstag! Sorry, das musste sein“, sagt er und zaubert einen Lemon Loaf Cake aus der Papiertüte, den er mir mit einer Umarmung überreicht. Mein Lieblingskuchen, den muss ich annehmen. Auch wenn ich meinen Geburtstag eigentlich nicht feiern wollte.

Wir spazieren heute im Schneckentempo durch die Wiener Innenstadt, schlendern einfach so im 1. Bezirk herum und betreiben ausgedehntes Window Shopping. Das war mein ausdrücklicher Wunsch für meinen halbrunden Geburtstag. Alles, nur kein dateähnliches Szenario. „Ich kann dir gar nicht sagen, wie voll ich die Schnauze habe. Von der Männersuche und dem Onlinedating! Warum mach’ ich das eigentlich? Es war ja klar, dass es ‚den Einen’ nicht für mich gibt.“ Mein sonst so geliebtes Dating geht mir mittlerweile mächtig auf den (nicht vorhandenen) Sack. Ja, ich weiß, mein Plan klingt nach einer wahnsinnig ehrgeizigen Zielsetzung, aber ich selbst bin überzeugt von meinem Vorhaben, das nächste Date zu heiraten. Etwas anderes kommt gar nicht in Frage. Ich will nicht mehr!
„Ach, ich wünsche es dir so sehr“, entgegnet Alex und schaut mich etwas bekümmert an.
„Das musst du dir mal vorstellen, meine Kollegin hat mir gestern einen Hotelgutschein geschenkt und mir tatsächlich im gleichen Atemzug ein Versprechen abgenommen. Ein Geschenk mit wirklich ungemütlichen Verpflichtungen ist so gar nicht meins.“ Alex sieht mich fragend an. „Mit folgenden Worten hat sie mir den Gutschein überreicht: ‚Genieße dieses Wochenende mit einem Mann, der es wert ist. Löse ihn nur mit dem Richtigen ein.’ Als würde ich der Anweisung einer Fee lauschen, die mich vor einem Fluch warnt. Ich meine, würde ich ja. Verdammt gerne sogar, aber wie komme ich zu diesem Mann? Wie?? Ich wusste es doch von Anfang an, wenn ich ehrlich bin! Für mich gibt es ‚den Einen’ wohl nicht. Nur Enttäuschungen.“ Ich bin unglücklich und gleichermaßen sauer.

Kurz überlege ich, ob ich Alex fragen soll. So ein paar Tage Auszeit in der Südsteiermark würden uns beiden bestimmt guttun. Zwei Nächte in einer Luxusbleibe, ein Abendessen in einem Haubenlokal. Da spräche absolut nichts dagegen. Und wenn einer das verdient hätte, dann wohl er! „Sag, drehst du nachts das Licht ab, wenn du die Toilette verlässt?“ Oh, habe ich das jetzt tatsächlich laut ausgesprochen?
„Was meinst du damit?“, fragt er verwirrt.
„Ach, vergiss es!“ Er kann sich offensichtlich nicht mehr an den Kurzurlaub mit U. erinnern, dem erwachsenen 5-Jährigen. Nein, meine Kollegin hatte schon irgendwie Recht, ich werde diesen bescheuerten Gutschein aufheben und mit „dem Einen“ einlösen. Wer auch immer das dann ist.

Wir bleiben bei der Auslage des Juweliers Bucherer am Graben stehen und schauen auf die Eheringe. „Stress dich nicht, Gutscheine sind ja unbegrenzt gültig“, besänftigt Alex mich. Stimmt, ich lege den Gutschein noch im gleichen Moment gedanklich in meine Schublade. „Bucherer, seit 1888“ – lese ich auf einem Werbesujet. Genauso alt fühle ich mich heute an meinem Geburtstag – weit weg von den eigentlichen 35 Jahren. Wie ein körperliches und mentales Wrack.

„Könntest du dir eigentlich vorstellen, mal zu heiraten?“, beginne ich bewusst ein neues Thema. Alex überlegt ein Weilchen, während er die Vitrine mit den wirklich schönen Ringen mustert.
„Wenn sich zwei Menschen lieben und das Leben miteinander teilen wollen, dann sollen sie das auch in einem gewissen Rahmen tun und quasi ein Siegel auf die Verbindung drücken können. Wenn sie das eben bewusst wollen. Egal, ob heterosexuell oder homosexuell. Aber ich glaube, dieses Siegel muss nicht ‚Ehe’ heißen!“

„Homosexuelle sind doch völlig wider die Natur!“, keift eine alte Frau mit Gehstock in unsere Richtung. Sie steht direkt hinter uns und trotzdem ist sie mir nicht aufgefallen. Erst jetzt, als sie sich so unverschämt in unser Gespräch einmischt, merke ich, dass sie förmlich auf uns draufklebt. Diese unmögliche Person steht so nahe an uns dran, dass ich sie schnaufend atmen höre. Ich gehe ein Stück zur Seite. Wie lange belauscht sie uns schon, bitte? Noch bevor Alex auch nur irgendwie darauf reagieren kann, belle ich schon zurück: „Ein Herzschrittmacher, künstliche Hüften und Blutdrucksenker sind auch wider die Natur!"

Alex lächelt, ist aber sichtlich baff. Ich hake mich bei ihm ein, wir verlassen kopfschüttelnd die Auslage des Juweliers und gehen weiter. Ich drehe mich aber noch einmal zu ihr um und singe laut vor mich hin: „I am the one and only. Nobody I'd rather be!!!" Am liebsten würde ich ihr auch noch die Zunge rausstrecken, aber das erscheint mir in Anbetracht meines nunmehr nicht mehr juvenilen Alters als unangebracht. 35, Wahnsinn! Wo ist bloß die Zeit hin?

Endlich kann ich den ersten Schluck von meinem Chai trinken. Diese Getränke to go sind ja immer so dermaßen heiß, dass man sie in der ersten halben Stunde lediglich tragen anstatt trinken kann. Das nervt mich ein wenig, wenn die eine Hand dann unnötig blockiert ist. Aber derzeit kann es mir sowieso niemand und nichts recht machen. Ich bin dauergenervt. Auch auf Männer habe ich keine Lust. Was eigentlich ganz gut passt, denn auch auf meiner Dating-Plattform gibt es keine neuen Interessenten, keine alten Bekanntschaften, die es wert wären, ihnen noch eine Chance zu geben. Tote Hose und das ist auch gut so. Außerdem ist mein geliebter Radiowecker eingegangen. Ja, er hat es zum Glück nicht mehr miterlebt, gegen einen echten Mann in meinem Bett ausgetauscht zu werden. Das empfand ich sogar als ein klein wenig erleichternd. Das hätte ich ihm nicht antun wollen. „Wenn das so weitergeht, dann bewerbe ich mich bei den ‚Liebesg'schichten und Heiratssachen' im Fernsehen, aber wirklich", poltere ich weiter. Der arme Alex, was der heute alles aushalten muss. Nun gebe ich ihm auch noch meinen Becher zum Halten. Aber nur vorübergehend. Ich breche mir ein Stück des Geburtstagskuchens ab. Das hebt meine Laune zumindest ein bisschen.

In meiner Jackentasche spüre ich ein Vibrieren. Ich reagiere nicht. Ist bestimmt die 127. Geburtstagsgratulation. Auch darauf habe ich in diesem Jahr keine Lust. „Komm, ich zeig' dir was", sage ich zu Alex und schleuse ihn durch einige Gassen zu einer etwas verborgenen Schönheit dieser Millionenstadt. Als wir davorstehen, leere ich mit einem letzten Schluck endlich diesen Chai Latte, der mir auch schon auf die Nerven geht. „Der Vermählungsbrunnen. Schon mal hier gewesen?“, spreche ich die Frage in der Hoffnung aus, sie mit *nein* beantwortet zu bekommen. So viele historische Schätze verbergen sich in dieser lebendigen, modernen Metropole. Alex verneint wortlos, aber ich sehe es ihm an, dass er meine Begeisterung für dieses simple aber schöne Objekt teilt, das die Vermählung Marias und Josefs durch den Hohepriester zeigt. Wir lehnen uns an den Brunnen, atmen ruhig und schweigen ein paar Minuten miteinander – wie wir das so oft machen.

Alex Handy läutet. Das Klingeln reißt uns aus der Stille und führt uns in der gleichen Sekunde zurück in das bunte Treiben dieser Stadt. Wie ich schrillende Handys hasse... Und was ist das überhaupt für ein nerviger Klingelton? Der passt ja so gar nicht zu Alex.
„Ist mein Chef“, sagt er kurz und entfernt sich ein paar Schritte von mir. Er hat mich schon vorgewarnt. Diesen freien Tag hat er sich recht kurzfristig genommen. Für mich. Für meinen 35. Geburtstag, den ich nicht feiern, sondern einfach flanierend in der für mich schönsten Stadt der Welt verbringen möchte. Auch ich zücke mein Handy und bereite mich auf das Lesen der Standard-Gratulationen vor. Irgendwann muss es ja schließlich sein und jetzt ist ein guter Zeitpunkt dafür.

Aber gar nichts. Keine einzige „Alles Gute zum Geburtstag“-Nachricht. Nur eine E-Mail von der Dating-Plattform. *Neue Nachricht von* R. Einen R. kenne ich nicht.
„Den Nächsten, den ich date, den heirate ich“, murmle ich schon wieder aber dieses Mal kaum hörbar vor mich hin. Ich zögere kurz und schaue mich um. Nach links und rechts. Als würde ich gleich etwas Verbotenes tun, bei dem ich nicht erwischt werden möchte. Ich sehe mir seine Fotos an. Der ist mir noch nie aufgefallen. Frischfleisch! Hübsches Frischfleisch sogar. Warum habe ich den noch nie gesehen? Ich klicke mich durch sein Profil. Ah, alles klar! Meine Wunschgröße endet bei 1,90 Meter. Er gibt an, 1,95 Meter groß zu sein. Deshalb wurde er mir vermutlich nie vorgeschlagen. Wie herrlich oberflächlich das Ganze doch ist.

Ich beobachte Alex, wie er noch immer telefoniert und dabei wild gestikuliert. Es scheint, als würde das Telefonat noch etwas länger dauern. Deshalb öffne ich die Nachricht von R.

Liebe Marina! Ich habe zwei Karten für ein Konzert heute Abend in der Krypta der Peterskirche. Ich weiß, das ist verrückt, aber hast du ganz spontan Lust, mit mir dort hinzugehen? R.

Hui, wie jetzt? Was jetzt? Ich bin überfordert. Heute Abend? Ich überlege und schaue abermals nach links und rechts. Eine Nachricht, dic sowas von nicht Standard ist, verdient meine volle Aufmerksamkeit. Ich löse mich aus meiner lehnenden Position am Brunnen und stelle mich kerzengerade hin. Das habe ich in den ganzen Monaten meiner Onlinedating-Karriere noch nicht erlebt. Eine Konzerteinladung, ohne irgendeine Konversation zuvor. Ein echtes Novum. Was mache ich jetzt? Soll ich ihm antworten? Jetzt gleich? Oder soll ich es ignorieren, weil ich eigentlich keinen Bock auf Dating habe? Ich schaue wieder zu Alex, er klebt noch immer am Handy. Ach, was solls? Ich antworte ihm.

ICH: Hallo R.! Verrückt ja, aber auch verrücktschön. Was spielen sie denn?
ER: La Traviata
ICH: Meine Lieblingsoper!

Eine Oper über eine schwindsüchtige Hure in der Kirche? Wahnsinn eigentlich. Das hätte es vor ein paar Jahren bestimmt auch noch nicht gegeben. Vielleicht hat Alex recht, wenn er sagt, dass sich auch die Kirche ständig weiterentwickelt und verändert? Womöglich passiert in diesem Bereich doch einiges, ohne dass wir es als Außenstehende bewusst mitbekommen?

Aber egal jetzt. Ich brauche Alex. Jetzt sofort. Für meinen ganz persönlichen Wahnsinn! Ich warte, bis er mit seinem Telefonat fertig ist. Es kommt mir wie eine Ewigkeit vor. Als er endlich zurückkommt, zerdrücke ich gerade ungeduldig den leeren Chai-Becher und erzähle ihm sofort von dieser besonderen Einladung.
„Was soll ich denn jetzt tun?", frage ich wohlwissend, dass er mir das nicht beantworten kann. Ich bin furchtbar aufgeregt. Die Lethargie der letzten Stunden ist wie weggeblasen. Ich spüre wieder

dieses Dating-Feuer in mir. Und, ich bin ehrlich zu mir selbst, ich habe es auch dieses Mal mehr als vermisst!
„Den nächsten Mann, den ich date, den heirate ich doch!", schieße ich noch ein weiteres Mal hinterher und erkenne zum ersten Mal, wie bescheuert und realitätsfremd dieses Vorhaben doch eigentlich ist. „Ist er das jetzt?" So viele Fragen und keine Antworten.
„Was sagt dein Bauch?", kommt mir Alex mit einer simplen Gegenfrage. Simpel, aber wirksam. „Nicht der Kopf, sondern wirklich der Bauch?"

Hm, was sagt mir mein Bauch? Ich fühle in mich hinein. „Mein Bauch sagt, er ist aufgeregt, das ist schon mal klar. Mein Bauch sagt, das ist spannend. Mein Bauch sagt auch, das kann ich jetzt unmöglich ablehnen. Ich glaube, ich mache es! Soll ich es machen?" Ja, ich glaube, das sollte ich tatsächlich tun. Alex unterstützt diese Aussage mit einem enthusiastischen Nicken.

ICH: *Ich freue mich. Auf die Traviata und natürlich besonders auf dich, unbekannter, spannender R.!*

Wir verabreden uns für 18:00 auf der Marienbrücke. Ich bin wie immer ein paar Minuten früher da, das ist so ein Familienleiden. Wir kommen nicht zu spät, sondern immer zu früh, manchmal sogar viel zu früh, wenn wir besonders nervös sind. Und heute bin ich besonders nervös. Heute bin ich wieder einmal seit langem wirklich zittrig und habe nasse Hände. Ich zapple in meinen High Heels hin und her und schaue in alle Richtungen. Dabei klammere ich mich am Riemen meiner Tasche fest, um etwas Sicherheit zu gewinnen. Von diesem Mann kenne ich ja absolut gar nichts – nur diese wenigen Details aus dem Profil, sein Alter, ein paar Fotos und seine Größe. Keine Stimme, keine Schriftprobe, keine Wohnungsbilder. Nichts. Mir ist übel.

Da! Das könnte er sein! Groß, gut gebaut. Jeans, kariertes Hemd. Mit langen Ärmeln – puh, ich bin erleichtert. Ja, das könnte er wirklich sein! Hoffentlich ist er das, bitte, bitte! Das muss er einfach sein! Ich gehe langsam auf ihn zu, er lächelt mich schon von weitem an. Er ist es tatsächlich.

Wow, ich bin geflasht! R. ist so ein Typ, dem ich vom ersten Augenblick an nah sein möchte. Der könnte mich schon in den ersten Minuten fest umarmen und ich würde mich wohl dabei fühlen. Würde es als völlig normal empfinden. Er ist gewinnend, sympathisch und unheimlich attraktiv. Er riecht gut, ohne Parfum zu tragen. Seine Stimme ist männlich und das Gesagte weit weg von belanglos. Es interessiert mich einfach alles, was er mir zu erzählen hat. Ich könnte ihm stundenlang nur zuhören und ihn dabei ansehen. Das würde mir fürs Erste reichen.

Wir spazieren zur Location und setzen uns auf die zugeteilten Plätze. Das ehrwürdige Gebäude verleiht dieser besonderen Situation noch einmal eine Extraportion Charme und Eleganz. Ich denke kurz an Alex, dessen Wiener Lieblingslokal gleich gegenüberliegt, und der auch immer wieder einmal auf ein schnelles Gebet in diese Kirche kommt, wenn er dort speist. Ich kann ihn gut verstehen. Ans Beten denke ich aber nicht, auch wenn die Mystik dieses Ortes deutlich spürbar und faszinierend ist.
„Magst du klassische Musik?", frage ich flüsternd. Ich habe bei Gott schon tiefgründigere Fragen gestellt, aber ich bin so unheimlich aufgeregt, dass meinerseits nicht viel mehr möglich ist.
„Wo man singt, da lass dich ruhig nieder, böse Menschen haben keine Lieder", antwortet er und zwinkert mir mit seinen braunen Augen zu. Das hat mein geliebter Opa auch oft gesagt. Dieser Gedanke gepaart mit seiner Anwesenheit machen es, dass mir ganz warm ums Herz wird.

Und schon hat er mich in seinen Bann gezogen. Ich bin ihm emotional völlig wehrlos ausgeliefert und es fühlt sich großartig an. Weit weg von ohnmächtig oder beängstigend. Ich lasse dieses Gefühl deshalb gerne zu.
Kurz bevor das Konzert beginnt, frage ich ihn noch etwas völlig Banales, das jedoch kurioserweise in letzter Zeit immens an Bedeutung für mich gewonnen hat: „Weißt du vielleicht zufällig, wie es mit diesem Chesney Hawkes aus unserer Jugend weitergegangen ist? Der mit diesem ‚The One and Only'-Hit? Gibt es den noch?"
R. zögert nicht lange und erwidert leise: „Ja, klar, den gibt es noch! Ich habe ihn erst unlängst in einer amerikanischen Talkshow gesehen. Der wohnt mit Frau und Kindern in L.A."

Als ich mich kurz vor Mitternacht zufrieden in mein Bett fallen lasse, schreibe ich noch schnell eine Nachricht an Alex: *Das ist mein ‚The Only and the One' – nur ein paar Stunden später und ich weiß es schon. Happy Birthday to me – es stimmt alles, sogar noch mehr als die berühmte Chemie!*

EPILOG

Ob es Schicksal, Bestimmung oder Zufall war, das weiß ich natürlich nicht, aber mein letztes Onlinedate habe ich tatsächlich geheiratet. Mit all den rosaroten Schmetterlingen im Bauch und den blinkenden Rufzeichen im Kopf. Verbunden mit einem Umzug von der Großstadt in ein Dorf – ohne Radiowecker, dafür mit Ehemann im Gepäck. Ja, das City Girl, das die Stadt so sehr liebt, wohnt jetzt tatsächlich (ein wenig) am Land. Ich weiß, das klingt furchtbar dramatisch, aber diesen dramatisch klingenden Umstand kann ich noch in der selben Sekunde entkräften: Superfly lässt sich hier nämlich noch immer einwandfrei empfangen – also, alles halb so schlimm!

Ach ja, noch etwas Gutes hat der Ortswechsel. Alex und ich sind jetzt quasi Nachbarn und wann auch immer wir Lust darauf haben, treffen wir uns beim „Weißen Kreuz" auf einen Spaziergang. Wir schlendern dann nach wie vor – wie in den guten alten (Onlinedating-)Zeiten – durch die Straßen und tauschen Geschichten über Gott und die Männer aus. Geschichten über Männer, die einen ganz besonderen Stellenwert in unserem Leben haben und Geschichten über Bübchen, die absolut gar nichts haben. Nicht einmal Ahnung von Tuten und Blasen oder von Bienchen und Blümchen.

Alex ist noch Single und befindet sich auf meinen Rat hin in einer Onlinedating-Pause. Wie ich damals an meinem 35. Geburtstag. Nur hat er wirklich alles gnadenlos gelöscht. Alle offenen Chats, alle Kontakte. Ja, sogar die Dating-App selbst. Und das finde ich erstmal gut so. Er braucht die Zeit einfach zum Revue passieren lassen und Durchschnaufen. Diese vielen Abenteuer bringen zwar prickelnden Elan ins Leben, keine Frage, aber mehrere erfolglose Dates in Reihe ermatten auch irgendwann einmal. Sie sind wahre Energievampire, wenn man ehrlich ist. Das weiß ich aus eigener, jahrelanger Erfahrung. Ja, und wenn diese spezielle Müdigkeit sich bemerkbar macht, dann ist es höchste Zeit, ein wenig Abstand zu gewinnen, sein eigenes Leben zu rebooten und sich schlussendlich wieder auf das Wesentliche zu besinnen.

Und wann auch immer Alex nach dem Rebooten wieder bereit dazu ist, die Suche nach der Liebe seines Lebens aufzunehmen, dann bin ich verlässlich an seiner Seite. Ganz egal, ob diese Suche dann doch wieder online oder zur Abwechslung einmal offline stattfinden wird, eines habe ich alte Pessimistin ihm trotzdem versprochen: „Zwischen all den Männern, die sich da so tummeln, versteckt sich auch ‚der Eine' für dich, das kannst du mir ruhig glauben. Den werden wir suchen und auch finden."
„Und wenn er sich von uns nicht finden lässt, dann wird er eben mich finden!", hat er zuversichtlich geantwortet. Ja, so kenne ich Alex – er ist und bleibt ein unverbesserlicher Optimist.

Ich kann ihm zwar aus heutiger Sicht nicht sagen, wie lange es noch dauern wird, bis dieser besondere Mann auch an seine Tür (oder sein Postfach) klopft, aber eines kann ich ihm mit hundertprozentiger Sicherheit sagen, nämlich: „Auf diesem spannenden und steinigen Weg werde ich dich weiterhin begleiten. Als schamlos-ehrlicher, mitfühlender Ex-Dating-Buddy, und vor allem als echte, nicht virtuelle Freundin!"

Printed in Poland
by Amazon Fulfillment
Poland Sp. z o.o., Wrocław

83278875R00115